AF307818

J. Gerhardt, Jahrgang 1988, liebte das Lesen bereits in ihrer Kindheit. Vor allem romantische Romane mit einem Hauch von Drama haben es ihr angetan. Da war es kein Wunder, dass sie über kurz oder lang selbst mit dem Schreiben anfing und ihre Gedanken einen Weg in den eigenen Roman gefunden haben. J. Gerhardt lebt mit ihrer Familie in einem Haus am Waldrand in einer Kleinstadt Niedersachsens.

J. GERHARDT

Drei Dates zu Weihnachten

Überarbeitete Neuausgabe November 2022

Copyright © 2022 dp Verlag, ein Imprint der
dp DIGITAL PUBLISHERS GmbH
Made in Stuttgart with ♥
Alle Rechte vorbehalten

Drei Dates zu Weihnachten

ISBN 978-3-96087-289-7
E-Book-ISBN 978-3-96087-822-6
Hörbuch-ISBN: 978-3-98637-823-3

Copyright © 2021, dp Verlag
Dies ist eine überarbeitete Neuausgabe des bereits 2021 bei
dp Verlag erschienenen Titels Drei Dates zu Weihnachten (ISBN:
978-3-96817-755-7).

Covergestaltung: Anne Gebhardt
Umschlaggestaltung: ARTC.ore Design
Unter Verwendung von Abbildungen von
shutterstock.com: © james weston
stock.adobe.com: © Candlelight
elements.envato.com: © alexdndz, © andrewtimothy, © vintagio
Lektorat: Cara Kolb
Satz: dp DIGITAL PUBLISHERS GmbH
Druck und Bindung: Books on Demand GmbH, Norderstedt

für Inna

Kapitel 1

Schlafe niemals mit deinem besten Freund, haben sie gesagt. Das bringt nur Probleme, haben sie gesagt. Doch wieso zur Hölle hat niemand mit der kleinsten Silbe erwähnt, dass diese verdammten Gefühle immer stärker werden, wenn man versucht, dagegen anzukämpfen?!

Aber da bin ich selbst schuld! Ich hätte David niemals bitten sollen mich auf die Büro-Weihnachtsfeier zu begleiten. Doch nach der Trennung von Carsten, meiner letzten Büroaffäre, hatte ich keine Lust allein dort aufzukreuzen. Ich wollte mir auf keinen Fall die Blöße geben und meinem Ex zeigen, wie sehr es mich verletzt hatte, dass er seine Finger nicht von Susanne, unserer neuen Sekretärin hatte lassen können.

David ist mein bester Freund aus Schultagen und natürlich konnte er mein Gejammer wegen der Trennung und weil ich die diesjährige Weihnachtsfeier aus diesem Grund keinesfalls auslassen wollte, einfach nicht ertragen. Also hat er sich kurzerhand als meine Begleitung angeboten – und ich dumme Kuh habe freudig zugestimmt, statt einmal mein Hirn einzuschalten und an mögliche Folgen eines feuchtfröhlichen Abends zu denken. Wäre ich doch nur standhaft geblieben und hätte seinen Vorschlag rigoros abgelehnt, anstatt mich über diese Idee zu freuen. Dann wäre das alles nicht passiert! Dann hätten wir nicht nach Ende der Weihnachtsfeier miteinander geschlafen! Dann würde ich mich in seiner Nähe auch nicht fühlen, als wären da Tausende von Schmetterlingen in meinem Bauch, die um die Wette fliegen, während David so tut, als wäre alles wie immer. Als hätte es diese verhängnisvolle Nacht nie gegeben.

Dabei weiß ich bis heute nicht, warum ich auf einmal diese Nähe zwischen uns zugelassen und ihn geküsst habe. Ich meine, David ist wie ein großer Bruder für mich. Wir sind zusammen aufgewachsen, sind zusammen zur Schule gegangen und haben sogar gemeinsam studiert. Jetzt wohnen wir Tür an Tür in einem Mietshaus in der Kölner Altstadt.

Er ist für jeden Spaß zu haben, ein hoffnungsloser Romantiker, hört gut zu und wenn es einem schlecht geht, bietet er gleich eine Schulter zum Weinen an. Ein Mann fürs Leben, nicht bloß für eine Nacht. Da habe ich es wohl mit unserer Freundschaft so richtig verbockt!

Wie jedes Mal, wenn ich in den letzten Tagen über David nachdenke, bekomme ich wildes Herzklopfen. Noch schlimmer wird es, wenn er unangekündigt vor meiner Wohnungstür steht und sich Milch oder Eier borgen will. Am schlimmsten war es jedoch, als er mir letzte Woche aus heiterem Himmel seine neue Freundin Isabella vorgestellt hat. David, der jahrelang Single gewesen ist, während ich mich vor Männerbekanntschaften kaum retten konnte. Immer hat er meinen Männergeschmack sanft belächelt, als er dem einen oder anderen im Treppenhaus über den Weg gelaufen ist. Und wenn mal wieder Schluss war, kam er mit Eiscreme und einem Liebesfilm zu mir rüber, um mich zu trösten.

Tja, und neuerdings hat David eine feste Freundin. Keine Ahnung, wie mir das entgehen konnte! Nach unserem One-Night-Stand bin ich so damit beschäftigt gewesen, ihm aus dem Weg zu gehen, dass ich gar nicht mitbekommen habe, wie mein bester Freund sich verliebt hat. Und dann stand er mit seiner Freundin eines Abends bei mir auf der Matte, mit einer Flasche guten Rotweins und selbst gemachtem Tiramisu. Ich war so überrascht, dass ich mich kaum gegen dieses Treffen wehren konnte. Also saß Isabella auf einmal zwischen David und mir auf meiner Couch und erzählte von ihrem ehrenamtlichen Job im Tierschutzverein, während ich das Tiramisu in mich hineinschaufelte, als wäre ich am Verhungern.

Mit den großen Augen, blasser Haut und den dunklen Haaren erinnert sie mich irgendwie an Bella aus den Twilight-Filmen. Nur dass David kein glitzernder Vampir ist. Er ist ein bisschen wie Superman und Captain America in einer Person. Jemand, der schützend die Arme um dich legt, um dich vor jedem Kummer zu bewahren. Ein Mann, der für dich durchs Feuer gehen würde, egal, ob er sich dabei verbrennen könnte. Wenn er liebt, dann bedingungslos. So jemand passt meiner Meinung nach nicht zu einer geradezu perfekten Frau wie Isabella.

Zu mir leider auch nicht, denn jemand wie David könnte es nicht mit so einer Chaosqueen wie mir aushalten. Bei meiner letzten Aufräumaktion habe ich doch tatsächlich meine Socken hinterm Kühlschrank wiedergefunden. Wie sie dorthin gekommen sind, weiß ich bis heute nicht.

Nur blöd, dass ich mich immer noch viel zu lebhaft an Davids sanfte Küsse und die zärtlichen Berührungen erinnern kann. Diese Seite habe ich noch gar nicht gekannt – und eigentlich gedacht, sie nie kennenzulernen. Doch für alles gibt es bekanntlich ein erstes Mal, wie ich zu meinem Leidwesen feststellen musste. Mein bester Freund scheint diesen kleinen Ausrutscher gut weggesteckt zu haben, denn sonst wäre er vermutlich nicht mit Isabella zusammen. Ich hingegen kann seit unserer gemeinsamen Nacht an nichts anderes mehr denken, bin ein seelisches Wrack, das ohne literweise schwarzen Kaffee kaum noch durch den Tag kommt, weil ich nachts von Davids Lippen träume.

Das Gleiche gilt auch für heute, denn ich bin wieder viel zu spät dran fürs Büro. Nachdem ich den Wecker dreimal auf Snooze gestellt hatte, bin ich irgendwann vom Baulärm vor meinem Schlafzimmerfenster aufgewacht, um mit Entsetzen festzustellen, dass ich verschlafen habe. Ich würde nicht mal rechtzeitig im Büro ankommen, wenn ich jetzt sofort in die Straßenbahn steigen würde. Die Standpauke meines Chefs werde ich also so oder so einstecken, weshalb ich beschließe, mich jetzt auch nicht mehr übermäßig zu hetzen.

Gähnend schleiche ich ins Badezimmer, bringe mein Erscheinungsbild notdürftig in Ordnung und schlüpfe in das Etuikleid, das ich schon gestern getragen habe. Dann schreibe ich eine kurze Nachricht an meine Kollegin Sabrina, dass ich mich verspäte, während schwarzer Kaffee in den To-Go-Becher läuft, den ich statt eines Frühstücks mitnehme.

Es sind noch zwei Wochen, bis die Weihnachtsfeiertage beginnen. Noch zwei Wochen bis sich meine komplette Familie inklusive Freunde in absolute Weihnachtsfreaks verwandelt. Und während ich es sonst gar nicht abwarten kann, das Fest der Liebe zu begehen, habe ich dieses Jahr das erste Mal ein wenig Angst davor. Gerade vor Stefanies Weihnachtsfeier fürchte ich mich am meisten. Denn dieses Mal werden alle meine Freunde in Begleitung auftauchen, während ich die Einzige sein werde, die als Single kommt. Dabei kann ich mich kaum an eine Zeit erinnern, in der ich nicht in einer Beziehung war. Irgendjemand hat sich immer gefunden, der mir die Tage und Nächte versüßt hat.

Dieses Mal bin ich mir jedoch nicht so sicher, jemanden zu der Weihnachtsfeier mitbringen zu können. Einerseits bin ich noch immer ziemlich genervt wegen Carsten, andererseits kann ich mir gerade auch keinen anderen Mann an meiner Seite vorstellen als David. Und David ist tabu! Folglich bleibt mir nichts anderes übrig, als die Zähne zusammenzubeißen und mich auf einen langen Abend mit vier verliebten Pärchen einzustellen, die sich schnulziges Zeug zuflüstern und dabei blöd kichern werden. Zum Glück weiß ich, wo meine Freundin ihren Weinvorrat bunkert. Denn ohne genug Alkohol werde ich den Abend sicher nicht überleben.

Draußen vor dem Haus weht mir frostiger Wind entgegen.

Den Mantel enger um mich schlingend, eile ich zur nächsten Straßenbahnhaltestelle.

***

Im Büro ist es mollig warm, sodass die Kälte schnell wieder aus meinem Körper weicht. Bevor ich mich an meinen Platz setze, mache ich einen kleinen Abstecher in die Küche, um mir noch einen Kaffee zu holen. Der erste Becher ist längst leer und hat seinen Zweck, mich halbwegs aufnahmefähig für Zahlen und Protokolle zu machen, leider nicht so recht erfüllt. Immer noch bin ich hundemüde, vermutlich wird da auch ein zweiter Kaffee kaum helfen. Einen Versuch ist es trotzdem wert.

Sabrina sitzt bereits an ihrem Platz vor dem Chefbüro und tippt munter auf ihrer Tastatur herum, als ich meine Handtasche auf den Boden neben meinem Schreibtisch fallen lassen. Sie hebt den Kopf und lächelt mich an.

»Endlich bist du da. Der Chef ist heute echt mies drauf. Er weiß schon, dass du zu spät bist, hat nämlich eben nach dir gefragt«, sagt sie anstelle einer Begrüßung. Seufzend hänge ich den Mantel über meine Stuhllehne und setzte mich auf meinen Drehstuhl. Hoffentlich ist der Chef nicht ganz so schlecht gelaunt, denn ansonsten macht er mich einen Kopf kürzer. Er hasst es, wenn seine Assistenz zu spät ist, weil er selbst die Pünktlichkeit in Person und immer vor allen Angestellten im Büro ist.

Auch Sabrina fängt bereits etwas früher an. Sie hat nur eine halbe Stelle, da sie am Nachmittag ihre Kinder aus dem Kindergarten abholen muss. Und auch wenn sie nur für ein paar Stunden da ist, bin ich darüber mehr als dankbar. So können wir uns wenigstens einen Teil der Aufgaben aufteilen. Bevor sie als zusätzliche Kraft eingestellt wurde, stand ich kurz vor einem Burnout. Nicht, weil mir mein Job als Assistenz des Geschäftsführers eines kleinen Chemieunternehmens keinen Spaß macht, ganz im Gegenteil, doch seitdem der Chef Vater geworden ist, sind seine Launen manchmal nicht zu ertragen. Ob es an den zu kurzen Nächten liegt oder der Tatsache, dass sein kleiner Sohn sein Leben ziemlich auf den Kopf stellt, kann niemand sagen. Seitdem ist er jedoch wie ausgewechselt und wenn man ihn auf dem falschen Fuß erwischt, dann muss man wirklich aufpassen, was man zu ihm sagt.

»Seine Frau hat ihm gestern verkündet, dass sie sich dieses Jahr weigert, die Weihnachtsfeiertage bei seinen Eltern zu verbringen. Du kannst dir vorstellen, dass ihm das gegen den Strich geht. Da hast du dir wirklich keinen passenden Moment zum Zuspätkommen ausgesucht.«

Ich starte meinen Rechner, in der Hoffnung, wenigstens noch ein paar Minuten Ruhe zu haben, um richtig wach zu werden.

»Konntest du wieder nicht schlafen?«, will Sabrina mit einem eindringlichen Blick auf mein Gesicht wissen, nachdem ich ihre Aussage unkommentiert gelassen habe. Ich drehe mich ein Stück zur Seite, um sie ebenfalls besser ansehen zu können.

»Nicht so richtig«, murmele ich schwerfällig und nehme noch einen großen Schluck Kaffee. Hier im Büro schmeckt er zwar besser als bei mir zu Hause, seine Wirkung bleibt dennoch aus. Meine Kollegin schüttelt mitleidig den Kopf.

»Da hast du dich wirklich in was reingeritten«, meint sie und legt die Stirn in Falten. Sabrina weiß von meinem One-Night-Stand. Fast jeder hier im Büro weiß es, denn sie haben gesehen, wie ich David die Zunge in den Hals gesteckt habe, bevor er mich von der Party nach Hause bringen konnte. Natürlich musste ich Sabrina die Wahrheit erzählen, ansonsten hätte sie mich mit ihren neugierigen Fragen nicht in Ruhe gelassen. So kam auch raus, dass David nicht mein fester Freund, sondern bloß mein *bester* Freund ist. Und mit besten Freunden hat man keinen Sex, das ist ungeschriebenes Gesetz, das ich gebrochen habe! Seitdem bedenkt mich Sabrina mit mitleidigen Blicken, wenn ich wieder völlig übernächtigt im Büro aufkreuze.

Dabei liegen die Weihnachtsfeier und mein One-Night-Stand gute drei Wochen zurück. Trotzdem ist die Erinnerung daran immer noch so präsent, als wäre es erst gestern gewesen, dass ich in Davids Armen aufgewacht bin. Der Morgen danach war mir furchtbar peinlich. Ich habe kein Wort herausgebracht und mich solange im Badezimmer eingeschlossen, bis David meine Wohnung verlassen hatte. Erst dann habe ich mich wieder herausgetraut. Am Tag darauf hatte ich Angst ihm im Flur zu begegnen, weil ich einfach nicht wusste, wie ich mit dieser Situation umgehen sollte. Doch als er nach Feierabend bei mir vor der Tür stand, um sich etwas Mehl für seine Weihnachtskekse zu borgen, benahm er sich, als wäre zwischen uns nichts passiert. Einerseits bin ich froh darüber, dass wir nicht noch einmal über diesen Fauxpas gesprochen haben, doch irgendwie wurmt es mich, dass ich die Einzige bin, bei der diese Nacht anscheinend Spuren hinterlassen hat.

Betrübt und immer noch sehr müde lasse ich meinen Kopf auf die Tischplatte sinken. Auf meinem Bildschirm ploppen bereits einige Mails auf, die ich jedoch geflissentlich ignoriere. In den letzten Wochen vor dem wohlverdienten Weihnachtsurlaub kann ich mich nur sehr schwer auf meine Arbeit konzentrieren.

»Vielleicht musst du dich einfach neu verlieben? Dann hättest du beide Probleme mit einem Streich gelöst: Deine Gefühle für David unter Kontrolle gebracht und gleichzeitig eine Begleitung für eure Weihnachtsparty«, mutmaßt Sabrina mit erhobenem Zeigefinger. Ich hebe den Kopf etwas an, um sie ansehen zu können, bleibe jedoch in meiner halb liegenden Position.

»Nach der Pleite mit Carsten will ich wirklich nichts Ernstes mehr«, brumme ich. »Das ist mir im Moment viel zu anstrengend!« Eine neue Beziehung bedeutet immer Arbeit und totale Aufopferung für den Partner. Meine letzten Partnerschaften hielten alle nicht länger als wenige Monate. Sobald ich mir sicher gewesen bin, dass es nun endlich der Mann fürs Leben ist, kam immer irgendwas dazwischen. Entweder er ging fremd, verlor das Interesse an mir oder er entwickelte eine Marotte, mit der ich nicht umgehen konnte.

Meine Kollegin lacht auf. »Bekomm du erst mal Zwillinge, dann weißt du, was wirklich anstrengend ist. Dagegen würde ich es mit drei Männern gleichzeitig aufnehmen, statt einen Nachmittag auf zwei schreiende Babys aufzupassen«, belehrt sie mich grinsend. Jetzt muss auch ich kichern. Die Erinnerung daran, wie hoffnungslos überfordert ich gewesen bin, als ich einmal auf Sabrinas Jungs aufpassen musste, kommt mir wieder in den Sinn. Da waren die kleinen Racker gerade mal ein Jahr alt und meine Kollegin hatte eine komplizierte Wurzelbehandlung beim Zahnarzt. Weil ihr Mann keinen Urlaub bekommen und auch ihre Mutter keine Zeit hatte, bot ich mich als Babysitter an. Dass diese paar Stunden in einer Katastrophe enden würden, habe ich damals nicht gewusst. Kurzum hatten die Jungs die Wohnung in Chaos versetzt. Sie hatten ihren Mittagsbrei als ein originelles Kunstwerk an die Küchenwand geschmiert, bevor ich fluchend hinter ihnen herlaufen musste, um ihnen eine frische Windel anziehen zu können. Der kleine Peter ist dabei rückwärts unters Sofa gekrochen und mit dem Beinchen stecken geblieben, sodass er wie am Spieß geschrien hat. Währenddessen versuchte sein Bruder Paul, sich eine Gesichtsmaske aus Erde zu machen, die er zuvor aus dem großen Blumentopf auf dem Couchtisch herausgeholt hatte. Alles in allem habe ich mich nicht gerade geschickt angestellt, doch die Kleinen hatten ziemlichen viel Spaß mit Tante Carolin. Seitdem freuen sie sich wie Bolle, wenn ich Sabrina besuchen komme. Jetzt sind sie jedoch fast drei Jahre und verstehen, wenn man ihnen sagt, dass man Blumenerde nicht essen darf.

Auf meinem Bildschirm werden die E-Mailfenster immer mehr und auch das Telefon neben mir beginnt zu klingeln. Das war's mit der Schonfrist, nun muss ich mich wohl doch an die Arbeit machen. Ich will gerade zum Telefonhörer greifen, als die Bürotür meines Chefs mit einem Knall aufgestoßen wird.

»Carolin! In mein Büro! Sofort!«, ruft mein er, dann knallt er die Tür wieder zu. Das laute Geräusch lässt mich zusammenzucken.

»Oje, das hört sich nicht gut an. Viel Glück! Ich werde deine Telefonate gern so lange entgegennehmen, während er dich in deine Einzelteile zerlegt.«

»Danke für die moralische Unterstützung«, entgegne ich sarkastisch, glätte den Rock meines Kleides und atme tief durch. Dann verlasse ich den Platz hinter meinem Schreibtisch und klopfe zaghaft an die Bürotür meines Chefs.

***

Die Standpauke war im Endeffekt nur halb so schlimm. Mein Chef ärgerte sich zwar über mein Zuspätkommen, aber ich konnte mich durch das Angebot, welches ich am Tag zuvor für die Firma eingeholt hatte, retten. Außerdem schlug ich ihm vor, im Internet nach einem schönen Wellnesshotel zu schauen. Als Weihnachtsgeschenk ist so etwas optimal, um eine nahende Ehekrise abzuwenden. Zwar bin ich augenscheinlich selbst eine Beziehungsniete, dafür kenne ich mich jedoch ein bisschen mit Romantik aus. Viele Frauen mögen ein paar schöne Tage in einem Spa, wo sie sich rum um die Uhr verwöhnen lassen können. Zwar bin ich selbst noch nie in einem Wellnesshotel gewesen, doch David hat neulich gemeint, dass er Isabella solch einen Wochenendtrip schenken wollte.

Meine Idee kam zum Glück gut an, sodass sein Ärger über meine Unpünktlichkeit direkt verraucht war. Vor allem den Vorschlag, seinen Sohn für zwei Tage bei den Großeltern unterzubringen, um mit seiner Frau die Zeit gemeinsam zu genießen, fand er großartig.

Nachdem ich den restlichen Vormittag damit verbracht hatte, nach einem passenden Hotel zu suchen, konnte ich die Gedanken an David tatsächlich ein bisschen verdrängen.

In den kommenden Stunden bearbeite ich alle angesammelten Mails in meinem Postfach, schreibe Angebote für bereits fällige Aufträge und bestelle noch einen großen Weihnachtsbaum für den Empfangsbereich der Firma.

In der Mittagspause läuft mir Carsten über den Weg und verdirbt mir mit seinem frechen Grinsen die Laune. Als ich mich im Flur an ihm vorbeidränge, lege er ganz beiläufig seine Hand auf meinen Hintern. Sofort mache ich einen Satz zur Seite, presse mich mit dem Rücken gegen die Wand und funkele ihn wütend an.

»Finger weg, du Arsch. Du hast deine Chance verspielt, als du dich an Susanne herangemacht hast«, zische ich zornig. Seit unserer Trennung geht mir dieser Kerl mit seiner arroganten Art nur noch auf die Nerven. Ich war wirklich blind, als ich dachte, wir könnten es länger als einen Monat miteinander aushalten. Im Endeffekt war Carsten auch nur ein Mann, der von seinen Hormonen gesteuert wurde.

»Ach komm schon, Caro. Das mit Susanne war nichts Ernstes. Es war ein kleiner Spaß unter Kollegen, das hast du falsch verstanden«, meint er und hebt beschwichtigend die Hände, doch ich drehe mich bereits um und gehe eilig an ihm vorbei in den Pausenraum. Mit seinen Lügenmärchen kann er mir wirklich gestohlen bleiben!

»Na endlich! Was hat denn auf der Toilette so lange gedauert?«, neckt mich Sabrina, die bereits in ihrem Salat herumstocherte. »Hast du etwa dein Tampon im Klo versenkt, oder was?« Sie kichert über ihren Witz, worüber ich nur die Augen verdrehen kann. Mit Sabrina verstehe ich mich von allen Kollegen am besten, doch manchmal ist sie einfach nur albern für ihre 32 Jahre. Niemand der anderen achtet auf unser Gespräch. Ich hole meine Lasagne aus dem Kühlschrank, die ich mir heute Morgen in aller Eile eingepackt habe, und stelle die Dose in die Mikrowelle. Während mein Mittagessen warm wird, gieße ich mir eine weitere Tasse Kaffee ein, ehe ich mich meiner Kollegin gegenübersetze.

»Ich habe noch auf eine Nachricht von David geantwortet«, erkläre ich meine Verspätung.

»Uff, was wollte er denn diesmal? Bereits die erste Krise mit Bella? Versteh mich nicht falsch, aber ich finde es nicht gerade nett von ihm, erst mit dir zu schlafen und dir danach seine glückliche Beziehung unter die Nase zu reiben.«

Ich schüttele den Kopf. »Bisher scheinen beide ein Herz und eine Seele zu sein«, antworte ich und übergehe ihren Kommentar. »Er wollte nur wissen, ob es nicht zu früh wäre, Isabella unseren Freunden an Weihnachten vorzustellen.«

»Natürlich hast du ihm gesagt, dass er allein zu der Weihnachtsfeier bei Stefanie kommen soll?«

»Nein, ich habe ihn bestärkt, seine Freundin mitzubringen«, entgegne ich und pike ein Stück der Lasagne auf meine Gabel. Der Käse zieht sich, als ich sie zum Mund führe. Sabrina verzieht ihr Gesicht zu einer Grimasse, während sie lustlos auf ihrem Salat herumkaut. Nach der Schwangerschaft versucht sie immer noch ihr Idealgewicht zurückzuerlangen, was bisher nur wenig von Erfolg gekrönt wurde. Dafür nascht sie viel zu gern Schokolade während der Arbeit.

»Du quälst dich wohl gern, hm?«, meint sie nachdenklich. Ich zucke bloß die Achseln und streiche mir eine dunkelbraune Strähne hinters Ohr, die sich aus meinem Pferdeschwanz gelöst hat.

»Er ist mein bester Freund. Wie könnte ich ihm sagen, dass er mich jedes Mal umbringt, wenn ich die beiden zusammen sehe?«, murmele ich betreten. Sabrina verdreht die Augen.

»Und da verletzt du dich lieber selbst? Wirklich, dieser Kerl ist so ein Idiot. Erst schläft er mit dir, dann tut er auf best friends! So was ist echt unmöglich!«, empört sie sich und sticht auf die Gurkenscheiben in ihrem Salat ein, als würde sie sie erdolchen wollen.

»Ich bin an der Sache selbst schuld. Ich hätte ihn nicht zur Weihnachtsfeier mitbringen sollen. Der Alkohol hat das Übrige erledigt. Hätte ich David nicht geküsst, um Carsten eins auszuwischen, wäre es wohl nie so weit gekommen, dass wir ...« Ich breche ab, denn in diesem Moment betritt besagter Ex gemeinsam mit Susanne den Pausenraum. Sie hängt an seinem Arm und schmachtet ihn an, während er ihr einen Witz erzählt. Gott, die beiden zusammen sind einfach nur eklig kitschig. Dabei hat dieser Typ noch vor wenigen Minuten versucht, sich an mich ranzumachen. Vielleicht sollte ich ihr über Carsten reinen Wein einschenken, ehe er ihr das Herz bricht. In dem Moment setzt sie sich neben mich und lächelt zuckersüß.

»Ich habe gehört, dass du heute zu spät gekommen bist. Hoffentlich gab es keinen allzu großen Ärger«, sagt sie mit einem unschuldigen Wimpernaufschlag. Ich lächle zurück, doch das Lächeln erreicht meine Augen nicht. Susanne war schon immer eine hinterhältige Ziege, die jedes Gerücht im Büro breittreten musste. Jeder weiß, wie neidisch sie auf meinen Posten als Assistenz ist, auf den sie sich damals ebenfalls beworben hat.

»Mach dir um mich keine Sorgen. Es braucht schon etwas mehr, dass der Chef mich feuert«, entgegne ich grinsend und erhebe mich. Die Pause ist sowieso beinahe vorbei, die restliche Zeit kann ich genauso gut an meinem Platz verbringen. Sabrina steht ebenfalls auf und steckt ihre leere Salatdose in die Handtasche. Dann folgt sie mir aus dem Pausenraum.

»Ich habe nachgedacht«, meint sie, nachdem wir an unseren Arbeitsplatz zurückgekehrt waren. Fragend hebe ich die Augenbrauen.

»Worüber?«, will ich irritiert wissen, in Gedanken immer noch bei Carsten und Susanne, die mir meine Mittagspause verdorben haben.

»Über dich und dein Männerproblem.« Sie setzt sich auf ihren Schreibtischstuhl und schlägt die Beine übereinander, statt ihre Sachen in die Tasche zu packen. Eigentlich muss sie längst schon gehen, um die Zwillinge rechtzeitig aus dem Kindergarten abzuholen. Doch Sabrina macht keine Anstalten sich zu beeilen, wippt freudig mit dem Fuß und grinst, als könne sie kaum erwarten, mir ihre Gedanken mitzuteilen. Ich schiebe meine Handtasche unter den Tisch, setze mich ebenfalls an meinen Platz und hole meinen Rechner aus dem Ruhemodus.

»Spuck's schon aus, bevor du platzt«, meine ich amüsiert. Ich kann meiner Kollegin ansehen, wie aufgeregt sie auf einmal ist. Zwar habe ich kein Männerproblem, doch ihr Verhalten macht mich trotzdem neugierig.

»Du brauchst ein Date, um den passenden Kandidaten für die Weihnachtsfeier bei Stefanie zu finden.« Mit gerunzelter Stirn verschränke ich die Arme vor der

Brust und warte schweigend auf eine weitere Erklärung. Was will mir Sabrina damit sagen?

»Na, das ist doch ganz einfach. Heutzutage gibt es haufenweise Dating-Plattformen im Internet. Du erstellst dir ein Profil, gibst die Eckdaten deines Traummanns ein und dir wird eine ganze Liste an möglichen Kandidaten ausgespuckt, die geeignet wären.« Darüber habe ich tatsächlich noch nie wirklich nachgedacht, weil ich noch nie gezielt nach einem Date suchen musste. Irgendwie sprachen mich die Männer bisher immer von selbst an. Nachdenklich lege ich die Stirn in Falten und lasse mir Sabrinas Idee durch den Kopf gehen. Dieser Gedanke ist gar nicht mal so blöd. Bisher habe ich es dem Zufall überlassen, in wen ich mich verliebt habe. Und jedes Mal endete es in einem Desaster. Wenn ich mir den Partner jedoch gezielt aussuchen könnte, wäre die Wahrscheinlichkeit höher eine längerfristige Beziehung zu führen, oder? Ein Lächeln breitet sich auf meinem Gesicht aus und ich lehne mich ein wenig an meinem Platz vor, um Sabrina besser ansehen zu können.

»Ich bin ganz Ohr.«

Kapitel 2

Nach Feierabend kann ich nicht schnell genug wieder zu Hause sein, denn die Idee, die mir Sabrina in den Kopf gepflanzt hat, drängt darauf in die Tat umgesetzt zu werden. Natürlich habe ich ihr versprochen mit meiner Recherche auf einschlägigen Datingportalen auf sie zu warten, was ich insgeheim bereits bereue. Sie wollte so schnell wie möglich bei mir sein, sobald sie einen Babysitter für ihre Jungs organisiert hat.

Die letzten Meter von der Straßenbahnhaltestelle bis zum Wohnhaus laufe ich durch den Schnee, weil ich es kaum erwarten kann, mich an meinen Laptop zu setzen. Zum Glück bin ich heute Morgen nicht mit dem Auto gefahren, denn sonst wäre ich jetzt sicher immer noch nicht zu Hause. Kurz nach der Mittagspause hat es zu schneien begonnen, und bei dieser Eiseskälte ist der Schnee direkt liegen geblieben. Bei diesem Wetter wäre ich mit dem Wagen sicher irgendwo im Schnee steckengeblieben.

Ich schlittere über die zugeschneite Einfahrt und komme auf meinen hochhackigen Stiefeletten ins Straucheln. Verzweifelt rudere ich mit den Armen, kann jedoch nicht mehr verhindern beinahe einen Spagat zu machen. Mit einem Aufschrei lande ich auf dem Hosenboden und bleibe erschrocken im Schnee hocken.

»Caro! Um Himmels willen! Ist alles okay bei dir?« Es ist David, der gerade mit einer Schneeschaufel bewaffnet aus der Haustür tritt. Er trägt eine dicke Winterjacke, Handschuhe und eine Wollmütze auf dem Kopf. Genau richtig für dieses kalte Wetter, während ich unter meinem Mantel bloß mein dünnes Bürokleid trage. Mein bester Freund lässt die Schaufel fallen und eilt zu mir.

»Danke, ich glaube, es ist noch alles dran«, murmele ich mit schmerzverzerrtem Gesicht und klopfe mir den Schnee vom Mantel. Kritisch mustert er meine Schuhe.

»Dass du mit diesen Dingern ausrutschst, ist ja auch kein Wunder«, kommentiert er meinen Schuhgeschmack. »Darin kann man ja schon bei Sonnenschein kaum gerade laufen.«

»Schönheit hat nun mal seinen Preis«, gebe ich meine Weisheit zum Besten. Als rechte Hand des Chefs kann ich nicht in Jeans und Turnschuhen im Büro auftauchen.

»Du bist schön. Da könntest du genauso gut einen Kartoffelsack überziehen«, entgegnet er ernst. Seine Augen ruhen einen Moment zu lange auf meinem Gesicht, als dass ich diese Bemerkung einfach abtun kann. Sogleich meldet sich mein verräterisches Herz wieder, das nur auf einen Kommentar wie diesen zu warten scheint. Dabei steigen Gefühle in mir hoch, die ich nur mit purer Willenskraft beiseiteschiebe. Trotzdem kann ich nicht verhindern, dass ich rot werde.

»Das solltest du lieber deiner Freundin sagen«, murmele ich verlegen und will mich schon zum Gehen abwenden, doch er hält mich kurz am Arm zurück. Erneut komme ich nicht drum herum David anzusehen.

Seine braunen Augen blicken besorgt, suchen in meinem Gesicht nach etwas, das ich nicht deuten kann. Viele Leute sagen, dass braune Augen langweilig sind. Ich hingegen finde sie sehr ausdrucksstark. Besonders Davids Augen sind so einzigartig in ihrer Farbe – nicht einfach nur braun. Sobald man ihn ansieht, verspürt man den unwiderstehlichen Drang, in der Tiefe seiner Augen versinken zu wollen. Je nach Gemütslage leuchten sie so golden wie Herbstlaub in der Sonne oder so dunkel wie die tiefste Nacht. Gerade jetzt ist sein Blick so warm, dass selbst die Kälte mir nichts mehr anhaben kann.

»Du *bist* meine Freundin«, bestätigt er fest, ohne den Blickkontakt zu lösen. »Außerdem mache ich mir Sorgen um dich. Wenn du bei diesem Wetter so leicht bekleidet herumläufst, landest du spätestens zu Weihnachten mit einer Lungenentzündung im Bett. Kleiderordnung im Büro hin oder her.«

Ja … ich bin seine Freundin. Seine *beste* Freundin. Genau das ist der Punkt. Mehr werde ich nie für ihn sein, auch wenn es in dieser einen, verhängnisvollen Nacht vielleicht anders ausgesehen hat. Ich versuche, die Enttäuschung darüber hinter einem Lächeln zu verbergen, und entziehe ihm sanft meinen Arm.

»Schon gut. Bald habe ich Urlaub. Und dann werde ich mich in meinen dicksten Pullover hüllen, versprochen«, antworte ich ihm, drehe mich um und eile zur Haustür. Seine Blicke spüre ich immer noch im Nacken, als ich die Tür bereits hinter mir zuziehe. Die ersten Stufen zu meiner Wohnung beeile ich mich, doch dann werden meine Schritte langsamer. Gerade konnte ich kaum schnell genug zu Hause sein, aber jetzt lässt mich etwas zögern. Langsam gehe ich zum Fenster im ersten Stock und sehe hinaus. Draußen ist David bereits bei der Arbeit. Unermüdlich schaufelt er den Schnee zur Seite, damit niemand mehr in der Einfahrt ausrutschen kann.

Mein Herzschlag beschleunigt sich, während ich ihm stumm zusehe. David ist wirklich ein toller Mann. Eigentlich müsste er sich nicht einmal um den Schnee vor dem Haus kümmern, dafür haben wir den Hausmeister und einen Winterdienst. Trotzdem sieht er es als seine Aufgabe, wenn er gerade Zeit hat. Er hilft nun mal gern. Seufzend berühre ich kurz die Stelle an meinem Ärmel, an der er mich festgehalten hat. Es ist wirklich dumm, von mir zu glauben, die Wärme seiner Finger immer noch durch den Stoff meines Mantels spüren zu können, aber irgendwie gefällt mir diese Vorstellung.

Noch einen Moment verharre ich am Fenster, dann zwinge ich mich dazu, mich von seinem Anblick loszureißen. *Carolin, jetzt reiß dich zusammen! David ist tabu. Er ist dein bester Freund und in festen Händen!* Doch obwohl ich mir diese Worte wie ein Mantra vorsage, gelingt es mir nicht, mich selbst davon zu überzeugen. Immer ist da dieser Funke Hoffnung in mir, der mir einen Strich durch die Rechnung macht. Vor allem in Momenten wie eben im Hof bilde ich mir ein, dass unser One-Night-Stand auch an David nicht spurlos vorbeigegangen ist. Doch dann erinnere ich mich an I-sabella, die er mir nur kurze Zeit später als seine Freundin vorgestellt hat, und sofort erlischt jegliche Hoffnung an eine gemeinsame Zukunft in mir. Machen wir uns nichts vor: Der Sex mit ihm war eine einmalige

Sache und wird sich nicht wiederholen. Ich sollte meine Energie in neue Projekte stecken, statt mir wegen David Hoffnungen zu machen.

Fest entschlossen nach vorne zu blicken, steige ich die letzten Stufen zu meiner Wohnung hinauf und schließe die Tür auf. Drinnen betätige ich den Lichtschalter, dann ziehe ich Mantel und Stiefel aus. Meine Handtasche lasse ich auf der Kommode neben der Garderobe stehen. Als Erstes gehe ich ins Badezimmer und entferne das Make-up aus meinem Gesicht. In meinen eigenen vier Wänden muss ich für niemanden hübsch sein. Da kann ich auch mit zerzaustem Haar, Augenringen und ausgebeulter Jogginghose herumlaufen. Schließlich lebe ich schon lange allein. All die Beziehungen, die ich in meinem bisherigen Leben vorzuweisen habe, gingen nie so weit, dass einer der Männer bei mir eingezogen ist. Natürlich haben sie hier übernachtet und sind auch zum Frühstück geblieben, aber mehr hat sich nie ergeben. Meine Eltern haben mir schon das ein oder andere Mal zu verstehen gegeben, dass ich nicht mehr ewig Zeit hätte, mir einen Mann auszusuchen. Vor allem meine Großmutter liegt mir bei jedem Besuch in den Ohren, dass sie in meinem Alter bereits verheiratet gewesen ist und zwei Kinder hatte. Nun, ich bin erst fünfundzwanzig, ich habe noch Zeit genug, mich um meine Zukunft zu sorgen. Der Mann fürs Leben fällt schließlich nicht vom Himmel. Was kann ich dafür, dass ich bisher immer nur Frösche geküsst habe, statt meinem Traumprinzen zu begegnen?

Ich löse meinen Pferdeschwanz und schüttele einmal den Kopf über dem Waschbecken, ehe ich mein Gesicht mit Wasser abspüle und es abtrockne. Dann gehe ich rüber ins Schlafzimmer und schäle mich aus meinem Kleid. David hat recht, in diesem Aufzug ist es wirklich kalt draußen. Zum Glück ist Sabrina genauso eine Frostbeule wie ich, weshalb wir im Büro die Heizung immer voll aufdrehen. Das Kleid landet auf meinem Bett, dann nehme ich den wärmsten Pullover aus dem Schrank, den ich finde und ziehe ihn über. Es ist ein Weihnachtsgeschenk meiner Oma, total altmodisch aus dunkelgrüner Wolle mit einem großen Rentierkopf mitten auf der Brust, doch er ist unglaublich kuschelig. Mit Leggins und dicken Wollsocken vervollständige ich mein Outfit. Langsam kehrt die Wärme in meine Glieder zurück.

Ich will mir gerade einen Kaffee machen, als es an der Wohnungstür klingelt. Bevor ich öffne, stelle ich die Maschine wenigstens noch an, damit die Flüssigkeit durchgelaufen ist, sobald ich wieder in der Küche bin. Vermutlich ist es David, der sich erneut Milch oder Zucker leihen will. Das kommt in letzter Zeit häufiger vor, wobei ich mittlerweile glaube, dass er diese Lebensmittel absichtlich beim Einkaufen vergisst, um sie bei mir borgen zu können.

Doch es ist nicht David, sondern Sabrina, die mich lächelnd begrüßt. Hinter ihr tauchen zwei kleine Michelinmännchen in dunkelblauen, identischen Schneeanzügen auf, die sich rechts und links an ihre Beine klammern. Verwundert hebe ich die Augenbrauen.

»Sorry, aber ich musste sie mitnehmen«, erklärt meine Kollegin fast ein wenig entschuldigend. »Gerd macht unerwartet Überstunden und ich konnte auf die Schnelle keinen anderen Babysitter organisieren.« Ich schließe die Tür hinter ihr und knie mich zu den beiden Kindern hinunter.

»Hey Paulchen«, sage ich zu einem der beiden Zwerge, in der Hoffnung, den richtigen Jungen anzusprechen. Dieser lacht bloß und streckt mir die Zunge heraus. Okay, dann war das wohl Peter. Sabrinas Kinder gleichen sich wie ein Ei dem anderen. Mir fällt es unglaublich schwer, sie auseinanderzuhalten, gerade weil meine Kollegin sie immer identisch kleidet.

»Peter, das ist unhöflich«, rügt ihn ihre Mutter und sofort verzieht der Junge sein Gesicht, als würde er gleich in Tränen ausbrechen. Ich ziehe ihn kurz in meine Arme und streichle ihm über die dicke Wollmütze auf seinem Kopf, ehe ich sie ihm absetze.

»Die Jungs werden uns gar nicht stören, glaub mir«, meint sie beiläufig und zieht Paul Mütze und Schuhe aus, dann befreit sie ihn aus seinem Schneeanzug. »Setz sie einfach vor den Fernseher und gib ihnen eine Packung Kekse, dann wird dir kaum auffallen, dass sie da sind.« Mit einem Grinsen zieht sie Schokokekse aus ihrer Handtasche, nach der Peter bereits seine Ärmchen ausstreckt.

»Oh nein, junger Mann. Erst wäschst du dir die Hände. Und du auch, Paul. Ab mit euch ins Bad, dann könnt ihr von den Keksen naschen.«

»Okay, Mami«, brummt der Kleine und trottet an mir vorbei zur angelehnten Badezimmertür, auf die Sabrina zeigt. Paul folgt seinem Bruder, danach meine Kollegin selbst, die ihren Kindern beim Händewaschen hilft.

»Du hast sie gut im Griff«, stelle ich schmunzelnd fest, nachdem es sich die Jungs auf dem Sofa in meinem

Wohnzimmer bequem gemacht haben. Paul reißt bereits die Tüte mit den Keksen auf.

»Ja. Sie sind wahre Engel, meine Kleinen«, entgegnet Sabrina mit einem seligen Lächeln. »Vor allem, wenn's Kekse gibt. Man muss nur herausfinden, wie man am besten an die Kids herankommt, aber das kriegt man als Mutter schon hin. Gerd tanzen die beiden immer auf der Nase herum, sobald er allein mit ihnen ist.«

Lachend schalte ich den Fernseher an und wähle eins der Kinderprogramme, mit dem sich die Zwillinge bereitwillig ablenken lassen, dann gehe ich mit Sabrina in die Küche.

»Auch einen Kaffee?«, frage ich und nehme meinen vollen Becher unter der Kaffeemaschine hervor. Auf ihr Nicken hin stelle ich eine weitere Tasse drunter und schalte die Maschine erneut ein.

»Wir sollten mit dem Laptop ins Schlafzimmer gehen«, meint meine Kollegin, als ich ihr den Kaffee reiche. »Dann stören uns die Jungs nicht bei der Mission *Weihnachtsdate*.« Sie zwinkert mir zu und wackelt vielsagend mit ihren Augenbrauen.

»Sicher, dass wir die beiden unbeaufsichtigt lassen können?«, frage ich sie ein bisschen skeptisch. Ich werfe einen Blick durch die geöffnete Küchentür ins angrenzende Wohnzimmer, wo Peter und Paul wie hypnotisiert den Zeichentrickfilm auf dem Bildschirm verfolgen und Kekse in sich reinstopfen. Krümel rieseln durch ihre Finger auf das Sofa. Ich werde nach diesem Besuch vermutlich erst mal staubsaugen.

»Klar. Die beiden sind für ihre drei Jahre sehr selbstständig. Falls sie was möchten, werden sie nach mir rufen«, winkt Sabrina ab und verlässt bereits die Küche.

Ich schnappe mir meinen Laptop aus dem Regal im Wohnzimmer und gehe ihr nach. Sie hat es sich schon auf meinem Bett bequem gemacht.

»So, womit starten wir? Kennst du dich mit Datingportalen aus?«, frage ich Sabrina und fahre den Laptop hoch. Sie nickt und nimmt mir den Computer ab. Ich rutsche etwas näher zu ihr, damit ich ebenfalls auf den Bildschirm schauen kann.

»Was ist das denn für eine Frage?«, entgegnet sie kichernd und gibt bereits einige Schlagworte in die Suchmaske des Internetbrowsers ein. »Heutzutage läuft doch fast gar nichts ohne Internet und Social Media! In unserem Alter können wir nicht mehr darauf hoffen, unserem Traummann an der Uni oder im Job zu begegnen. Das bringt zu viele Tücken mit sich, so wie bei dir und Carsten. Da ist das Internet deutlich anonymer – und wenn dir der Typ nach den Chats doch nicht passt, musst du ihn nicht einmal näher kennenlernen. Total unkompliziert und mit hohen Erfolgschancen. Gerd und ich haben uns so vor fünf Jahren kennengelernt. Und sieh uns jetzt an, wir sind nach wie vor happy zusammen!«

Sie tippt auf der Tastatur herum und öffnet eine Seite. Dann dreht sie den Laptop so, dass ich ebenfalls etwas eingeben kann. Neugierig betrachte ich das Datingportal.

»Diese hier ist seriös. Da läufst du zumindest keine Gefahr, an einen Kerl zu geraten, der nur mit dir ins Bett will. Jetzt musst du nur noch ein Profil anlegen und dann kann es losgehen«, erklärt sie mir und sieht mich auffordernd an.

»Gott, du überforderst mich gerade. Ich habe wirklich keine Ahnung, was ich da schreiben soll«, entgegne ich seufzend, als ich den Anmelde-Button betätige.

»Das ist doch easy. Nickname, deine Wünsche und Vorstellungen, dein bevorzugter Typ Mann ... Das Programm filtert automatisch und spuckt nur Vorschläge aus, die zu deinen Angaben passen. So hast du weniger Arbeit bei der Auswahl.«

Grübelnd lege ich die Stirn in Falten, dann nehme ich ihr den Laptop ab und beginne zu tippen. Sabrina nippt an ihrem Kaffee, während sie meine Eingaben mit Argusaugen überwacht.

Name: Carolin
Alter: 25
Sternzeichen: Jungfrau
Vorlieben: Freunde treffen, Party, Fernsehen
Aussehen: braune Haare, blaue Augen, schlank
Auf der Suche nach: einem Date
Ich stehe auf: einen liebenswerten Mann mit dem Herz am rechten Fleck

»Nein, so geht das nicht. Dieses Profil ist total langweilig. Da wird dich niemand anschreiben, Süße. Lass mich mal sehen, wie wir es noch etwas aufpimpen können«, belehrt mich meine Kollegin und nimmt mir den Laptop wieder ab. Nach einigen Minuten präsentiert sie mir mein neues Onlineprofil. Skeptisch überfliege ich die Zeilen.

»Sinnliche Kurven? Wo bitte siehst du an mir sinnliche Kurven?«, werfe ich mit hochgezogenen Augenbrauen ein. »Und meine Augen sind nicht aquamarinfarben und auch nicht tiefseeblau, sondern stink normal blau. Vielleicht sogar eher blaugrau, aber ganz sicher nicht aquamarin ...« Skeptisch begutachte ich das Bild, was Sabrina von mir entworfen hat. »Außerdem hasse ich romantische Spaziergänge unterm Sternenhimmel. Ich mag es generell nicht, wenn ich im Dunkeln nach draußen muss. Auf der Suche nach der großen Liebe mit einem Bad Boy? Hallo? Hast du zu viele Liebesromane gelesen? Ich mag keine Männer, die sich nehmen, was sie wollen und ihre Männlichkeit offen zur Schau stellen.«

»Ach Caro. Du verstehst nicht, worauf es beim Onlinedating ankommt. Du musst die Männer lediglich auf dich aufmerksam machen, danach kannst du selektieren und die Wahrheit erzählen. Außerdem sollst du den Kerl ja nicht gleich heiraten, wenn ihr ein Date hattet. Es ist alles unverbindlich, vertrau mir. Jetzt brauchen wir nur noch ein hübsches Foto von dir. Hast du eins parat?«

Da ich sie vermutlich eh nicht umstimmen kann, was meine Daten angeht, minimiere ich den Internetbrowser und öffne meine Bildergalerie. Dann suche ich ein Bild von mir heraus, das mich auf einem Betriebsausflug nach Hamburg im Herbst zeigt. Ich trage wie gewohnt eins der Etuikleider, dazu hochhackige Pumps und einen ordentlichen Dutt am Hinterkopf. Das Foto hat Carsten gemacht, als wir noch ein Paar gewesen sind. Ich habe meinen Blick in die Ferne zu den Schiffen am Hafen gerichtet und mein Gesicht liegt im Halbschatten. Eigentlich mag ich das Bild, auch wenn ich dabei immer wieder an Carsten und seine Worte denken muss, mit denen er mich dort um den Finger gewickelt hat.

Sabrina schüttelt den Kopf. »Hier sieht man zwar deine *sinnlichen Kurven*, aber nicht dein hübsches Gesicht. Außerdem wirkt es viel zu gestellt. Lass mich mal sehen, ob ich etwas Brauchbares finde.«

Sie scrollt sich durch meine Bilder. Es dauert eine ganze Weile, bis sie sich eins der Fotos aussucht. Und es ist ausgerechnet das von der Weihnachtsfeier, auf dem ich gemeinsam mit David zu sehen bin. Auf dem Foto trage ich ein rotes Partykleid und habe Lametta wie eine Kette um den Hals hängen. Zudem lache ich fröhlich in die Kamera, meinen Arm um die Taille meines besten Freundes geschlungen, während er mich ebenfalls anlacht. Insgeheim liebe ich dieses Foto von uns beiden, weil es mich so glücklich zeigt.

»Ich werde deinen Kumpel aus dem Bild rausschneiden«, meint Sabrina und lädt es bereits hoch. Dann präsentiert sie mir mein Profil mit dem Namen *carolin_is_waiting*.

»Also dieser Name ... ich weiß ja nicht«, sage ich nachdenklich. »Wirkt das nicht viel zu aufdringlich? So, als wäre ich verzweifelt auf der Suche nach Mr. Right?«

»Aber das bist du doch«, entgegnet meine Kollegin mit einem mitleidigen Blick. Ich schüttele entschieden den Kopf.

»Nein bin ich nicht. Ich will lediglich ein Date, damit ich nicht als einziger Single auf Stefanies Party aufkreuzen muss.«

»Sorry, aber den Namen kann man nicht mehr ändern. Dafür müsstest du dein Profil komplett löschen und–« Sie kann nicht weitersprechen, denn plötzlich hören wir einen lauten Knall, der vermutlich aus der Küche kommt. Sabrina springt vom Bett und eilt aus dem Raum, ich folge ihr auf dem Fuße. In der Küche bleibe ich wie angewurzelt im Türrahmen stehen und betrachte mit weit aufgerissenen Augen das Ausmaß der Katastrophe. Einer der Jungen – ich vermute, dass es Peter gewesen ist – hat den Küchenstuhl an die Küchenzeile herangeschoben, damit sein Bruder Paul auf die Arbeitsplatte klettern konnte. Dort hat er den Hängeschrank über sich geöffnet, um an etwas heranzukommen. Weil er jedoch immer noch nicht groß genug dafür war, hat er mit seiner kleinen Kinderhand die Zuckerdose und eine bereits geöffnete Mehlpackung aus dem Regal gefegt, die ich mir vor Wochen von David zum Keksebacken geliehen habe. Das Gemisch aus Zucker und Mehl verteilt sich nun wie eine weiße Schneemasse auf den Küchenfliesen, während beide Kinder lauthals brüllen.

»Um Himmels willen! Was habt ihr nur angerichtet?«, ruft Sabrina. Als Erste aus ihrer Starre erwacht, eilt sie sofort zu ihrem Sohn, um ihn von der Arbeitsplatte zu heben. Heulend klammert sich der Junge an seine Mutter, die ihm sogleich beruhigend über den Rücken streichelt. Dann kniet sie sich zu dem anderen Zwilling und schließt ihn ebenfalls in ihre Arme.

»Was habt ihr denn in der Küche gesucht?«, fragt sie mit sanfter Stimme, statt die Kleinen für dieses Chaos zu rügen.

»Die Kekse waren leer«, sagt einer der Jungs unter heftigem Schluchzen. »Und Paul hatte noch Hunger. Da habe ich geschaut, ob Tante Caro nicht auch Kekse hat. Bei uns liegen sie doch immer ganz oben im Schrank.«

»Warum habt ihr denn nicht Bescheid gesagt? Ich habe eine zweite Packung in meiner Tasche«, erklärt Sabrina ihren Kindern. »Man darf nicht einfach ohne Aufsicht an die Schränke anderer Leute gehen.«

»Entschuldigung«, sagt Peter mit einem so unschuldigen Hundeblick, dass ich kaum böse auf den Jungen sein kann. Paul dreht sich ebenfalls zu mir um, wischt sie mit einer Hand über die verheulten Augen.

»Entschuldigung, Tante Caro«, murmelt auch er.

»Ach, ist doch gar nicht so schlimm. Es ist ja nichts passiert. Ich räume das schnell weg und dann koche ich euch leckeren Milchreis mit heißen Kirschen, wie klingt das?«, frage ich mit einem Zwinkern. Sogleich hellen sich die Gesichter der Kleinen auf. Begeistert lassen sie ihre Mutter los und rennen auf mich zu, um meine Beine zu umarmen. Den restlichen Abend verbringen wir gemeinsam mit den Kindern in der Küche, verdrücken eine riesige Portion von dem süßen Milchreis und albern herum, sodass die Jungs den kleinen Zwischenfall schnell wieder vergessen.

Kapitel 3

Nachdem Sabrina mit ihren Kindern gegangen war, kann ich meine Neugier wegen der Anmeldung bei diesem Datingportal kaum noch im Zaum halten. Also mache ich es mir auf meinem Bett bequem, nehme den Laptop auf den Schoß und öffne die Seite erneut. Gleich nach dem Einloggen sehe ich mehrere ungelesene Nachrichten aufblinken. Wow, das ging schnell. Dabei bin ich erst wenige Stunden registriert. Aufgeregt lese ich die erste Nachricht.

Mr_Big_E: *Süße, Lust auf eine heiße Nummer? Kontaktiere mich für ein privates Treffen.*

Ähm, nein, ganz sicher nicht! Geschockt starre ich die wenigen Zeilen an, dann öffne ich aus reiner Neugier das Profil dieses Mr_Big_E – und schließe es direkt wieder. Sein Foto ist mehr als eindeutig. Dabei dachte ich, Sabrina hätte mich bei einem seriösen Datingportal angemeldet und nicht bei einer Sexseite! Einige der anderen Nachrichten beinhalten ebenfalls solche zweideutigen Anfragen, sodass sie sofort im virtuellen Papierkorb landen. Enttäuscht will ich die Seite schon schließen, als eine neue Mitteilung eintrudelt.

Malte30: *Hallo, du hast wirklich ein bezauberndes Lächeln.*

Oh, diese Nachricht klingt schon vielversprechender. Jetzt bin ich tatsächlich auf diesen Malte gespannt. Also öffne ich sein Profil und betrachte das Foto. Der Mann auf dem Bild trägt einen grauen Kapuzenpullover, hat dunkelbraune, leicht zerzauste Haare, braune Augen und eine schwarze Hornbrille auf der Nase. Sein etwas schüchternes Lächeln und der nachdenkliche Blick wirken auf mich sofort sympathisch. Also zögere ich nicht lange und antworte ihm in dem offenen Chatfenster.

carolin_is_waiting: *Hallo Malte30. Danke für das Kompliment, das gebe ich nur zu gern zurück. Du hast ebenfalls ein bezauberndes Lächeln.*

Ich versende die Nachricht, bevor ich darüber nachdenken kann, wie dämlich meine Antwort klingt. Bezauberndes Lächeln? Hallo? So etwas sagt man doch nicht zu einem Mann. Das ist höchstens attraktiv oder sexy, aber nicht *bezaubernd.*
Malte scheint sich an meiner Formulierung scheinbar nicht zu stören, denn ich sehe am unteren Rand des Chatfensters, dass er eine Antwort tippt. Es dauert eine ganze Weile, bis ich endlich lesen kann, was er mir geschrieben hat.

Malte30: *Vielen Dank. So etwas hat mir bisher noch keine Frau gesagt*

Natürlich! Solch ein blöder Spruch fällt auch nur mir ein. Ich schlage mir mit der flachen Hand gegen die Stirn und schüttele den Kopf. Der denkt sicher, ich bin eine von diesen Frauen, die sich bei den Männern einschmeicheln will. Zum Glück sieht niemand, wie peinlich mir meine Antwort ist. Unser Gespräch ist online und anonym, weshalb ich mir eigentlich keine Sorgen machen muss.

Malte30: *Dein Profil spricht mich sehr an, liebe carolin_is_waiting, obwohl es noch ziemlich überschaubar ist. Hältst du Informationen zu deiner Person absichtlich versteckt, um geheimnisvoller rüberzukommen? Verrätst du mir, woher du kommst und was deine Hobbys sind?*

Huch? Versucht er gerade zu flirten? Schmunzelnd schaue ich mir seine Seite nochmals genauer an. Tatsächlich hat er deutlich mehr Informationen zu seiner Person hinterlegt. Angeblich ist Malte freiberuflicher Programmierer für einen angesagten Technikkonzern, von dem ich allerdings noch nie gehört habe. Genau wie ich ist er in Köln geboren, hat hier studiert und lebt nun in einem Einfamilienhaus. Nicht schlecht.
Ich scrolle mich weiter durch sein Profil, bemerke, dass er sowohl tierlieb als auch gern mit Kindern zu tun hat, sich für den guten Zweck engagiert und sogar ehrenamtlich in der Kirche tätig ist. Wow, das nenne ich mal einen Glücksgriff! Diese Eigenschaften sprechen für ihn, sodass ich die Scheu verliere, er könnte irgendein Internetbetrüger sein.

carolin_is_waiting: *Ich wohne in der Kölner Altstadt, unweit der PAN Klinik. Kennst du die Ecke? Ist wirklich schön hier und nicht weit von meiner Arbeitsstelle entfernt. Meine Hobbys sind lange Spaziergänge, Fitnesstraining und Partys. Außerdem mag ich Weihnachten unglaublich gern! Vor allem, wenn man durch den frisch gefallenen Schnee laufen kann.*

Okay, das stimmt jetzt nicht wirklich. Ich stehe eher auf Netflix und Chillen. Spazieren gehe ich nur, wenn ich alle paar Monate auf den Hund von Oma Erna aufpassen muss und mit Sport konnte ich mich schon zu meiner Schulzeit nicht anfreunden. Aber irgendwie muss es ja zu den Angaben passen, die Sabrina in meinem Profil hinterlegt hat. Außerdem klingt Maltes Beschreibung so mustergültig, da will ich nicht hinterherhängen.

Malte30: *Klingt vielversprechend. Ich bin zwar kein Partyhengst, aber ab und zu ist es schon witzig, auszugehen. Vor allem in der passenden Gesellschaft. Hättest du Interesse, mit zu meiner Weihnachtsfeier zu kommen? Eigentlich ist es gar nicht meine Art im Internet nach einem Date zu fragen, aber die Feier findet bereits nächsten Freitag statt und ich habe noch keine Begleitung. Du bist mir schon jetzt sehr sympathisch und deshalb glaube ich, dass wir uns dort zusammen prächtig amüsieren würden ...*

Na das nenne ich mal einen Vorstoß. Bisher kam mir dieser Malte nicht so vor, als würde er direkt Nägel mit Köpfen machen. Aber warum nicht? Schließlich suche ich auch nach einem Weihnachtsdate, da kann ich es keinem verübeln, wenn andere Menschen ebenfalls auf der Suche nach einer Begleitung sind. Dennoch will ich nicht gleich mit einem Fremden auf eine Party, auf der ich niemanden kenne.

carolin_is_waiting: *Danke für das Angebot. Ich liebe Weihnachtsfeiern. Jedoch wirst du sicher verstehen, dass ich dich erst ein wenig näher kennenlernen möchte, ehe ich zustimme.*

Malte30: *Selbstverständlich. Ich wollte nicht zu voreilig sein, doch weil du Weihnachten erwähnt hast, wollte ich diesen Vorschlag in den Raum werfen.*

Ich schreibe noch eine ganze Weile mit Malte über alles Mögliche, hauptsächlich unverfängliche Themen wie die Arbeit und weitere Hobbys, dass ich kaum merke, wie es auf Mitternacht zugeht. Aus diesem Grund bin ich auch verdammt müde, als mein Wecker am nächsten Morgen um kurz nach sechs klingelt. Brummend schalte ich ihn ab und drehe mich nochmals um, vergrabe mein Gesicht im Kopfkissen, um noch ein paar kostbare Minuten der Ruhe zu genießen. Doch obwohl ich müde bin, zwinge ich mich aus dem Bett. Es reicht, dass ich gestern zu spät zur Arbeit gekommen bin, weshalb ich mir den Wecker heute extra eher gestellt habe. Noch einmal wird es mir der Chef nicht ohne eine offizielle Abmahnung durchgehen lassen. Zwar genieße ich in meiner Position einige Freiheiten, die andere Kollegen nicht haben, aber Zuspätkommen hat er bisher bei niemandem toleriert.

Meine Morgenroutine fällt heute etwas länger aus, weshalb ich mich am Ende doch wieder beeilen muss, um pünktlich im Büro zu sein.

Hastig verlasse ich meine Wohnung und pralle beinahe mit Isabella zusammen, die gerade die Tür zu Davids Apartment mir gegenüber schließt.

»Oh, sorry, ich habe dich gar nicht gesehen«, entschuldigt sie sich mit einem Lächeln und streicht sich eine Haarsträhne hinters Ohr. Ihr Make-up ist wie immer perfekt und ich frage mich ernsthaft, wann sie heute Morgen aufgestanden ist, um diese kunstvolle Flechtfrisur hinzubekommen. Ich hingegen habe mir die Haare notdürftig zu einem lockeren Knoten am Hinterkopf gebunden. Wenigstens habe ich es noch geschafft, Mascara aufzulegen, um etwas frischer auszusehen.

»Ach, kein Problem. Ich bin nur in Eile«, gebe ich zurück. Dass ihre Anwesenheit am frühen Morgen in Davids Wohnung mich nicht so kalt lässt, wie ich es mir gewünscht hätte, ärgert mich. Dennoch versuche ich ihr nicht zu zeigen, wie sehr mich die Situation aufwühlt. Dabei ist es das Natürlichste der Welt, wenn Isabella bei David übernachtet. Schließlich sind die beiden seit Kurzem ein Paar. Trotzdem sitzt da dieser kleine Teufel Namens Eifersucht in meinem Kopf, der mir immer wieder zuflüstert, ich solle Isabellas Platz einnehmen.

»Also, ich muss dann mal zur Arbeit. Man sieht sich«, sage ich schnell und gehe an ihr vorbei die Treppe hinunter. Sie folgt mir.

»Sicher, dass du in diesen Schuhen nach draußen willst? Es ist verdammt kalt und der Schnee ist über Nacht liegen geblieben«, meint sie mit gerunzelter

Stirn, als sie auf dem ersten Treppenabsatz neben mir stehen bleibt und mein Outfit mustert. Ich trage die High Heels von gestern zu meiner schwarzen Strumpfhose und dem Strickkleid, das ich erst kürzlich gekauft habe, darüber wie immer meinen Mantel. Isabellas Füße stecken in eleganten Winterboots, genau richtig für diesen plötzlichen Wintereinbruch.

»Ach, das ist für mich kein Problem. Ich nehme gleich das Auto und stelle die Fußheizung an«, erwidere ich immer noch lächelnd, aber dieses Mal erreicht es meine Augen nicht.

»Du musst es ja wissen. Ich für meinen Teil kann mir als Jugendamt Mitarbeiterin keine Lungenentzündung leisten, die mich wochenlang lahmlegt. Da setze ich lieber auf gutes Schuhwerk, statt auf modische Optik«, meint Isabella achselzuckend und geht an mir vorbei die Treppe hinab. Ach, sie arbeitet also auch noch beim Jugendamt. Bisher wusste ich nur, dass sie sich für heimatlose Tiere einsetzt. Sie ist einfach zu perfekt! Ich warte absichtlich einen Augenblick, bis ich die Tür hinter ihr ins Schloss fallen höre, ehe ich meine Schritte beschleunige.

Draußen im Hof glitzert der Schnee. Der Anblick ist wirklich schön, und für einen kurzen Moment rückt das Gespräch mit Isabella in weite Ferne. Ich bestaune die noch unberührte Schönheit. Bisher sind es nur Isabellas Fußabdrücke, die im Schnee zu sehen sind.

Vorsichtig setze ich einen Fuß über die Schwelle und sinke mit meinen High Heels leicht ab. Langsam gehe ich zu meinem Auto, das auf dem Parkplatz vor dem Wohnhaus steht. Bereits von Weitem erkenne ich die gefrorenen Scheiben. Na toll, ich habe natürlich nicht daran gedacht, die Schutzplane drüber zu legen. Gestern Abend habe ich wegen des Datingportals nicht einmal bemerkt, dass es fast die ganze Nacht durchgeschneit hat. Nun werde ich wohl kratzen müssen.

Als ich das Auto erreiche, spüre ich bereits die Kälte meine Beine hinaufkriechen. Hastig krame ich den Schlüssel aus meiner Handtasche und stecke ihn ins Schloss. Ich will die Tür öffnen, als ich feststellen muss, dass es nicht funktioniert. Abermals versuche ich es, ziehe fester am Griff und stemme sogar die Hacken in den Schnee, aber es tut sich rein gar nichts. Wunderbar! Gibt es einen ungünstigeren Moment für eine festgefrorene Fahrertür?

Seufzend gehe ich ums Auto herum und versuche mein Glück auf der anderen Seite, muss jedoch nach wenigen Minuten erfolglos aufgeben.

»So ein Mist!«, fluche ich verärgert. Da bin ich heute extra früher aufgestanden und jetzt das! Ein Auto hält neben mir.

»Kommst du klar?«, höre ich Isabellas helle Stimme. Sie hat das Fenster heruntergelassen und lehnt sich zu mir vor. Ihr Auto hat augenscheinlich kaum etwas von dem Frost abbekommen. »Scheint festgefroren zu sein … Du hast wohl die Plane vergessen, was? Ein Glück, dass David mir gestern Abend noch seine Abdeckplane über das Auto gezogen hat. So musste ich eben nicht einmal kratzen. Soll ich dich vielleicht irgendwo absetzen, Caro?«

Die Freundlichkeit in ihrer Stimme ist beinahe zu viel für mich. Sicher meint sie es nicht böse, trotzdem habe ich das Gefühl, sie macht sich insgeheim über mich lustig. Aus irgendeinem Grund kann ich Isabella nicht leiden – vermutlich rührt es daher, dass ich in David verknallt bin und sie als seine Freundin eine Bedrohung für mich darstellt.

»Ach was, ich schaffe das hier allein. Fahr du nur, sonst kommst du zu spät«, gebe ich locker zurück. Meine Finger krampfen sich fester um den Schlüsselbund in meiner Hand und meine Mundwinkel zucken, so viel Überwindung kostet es mich, das falsche Lächeln aufrecht zu erhalten.

»Wie du möchtest.« Sie löst die Bremse und braust an mir vorbei über den Hof. Ich sehe ihr nach, bis sie hinter der nächsten Kreuzung verschwunden ist. Erst als ich sicher bin, dass sie mich auf keinen Fall mehr im Rückspiegel erkennen kann, löst sich die Spannung aus meinem Körper durch einen wütenden Aufschrei. Wie ein verärgertes Kind stampfe ich mit dem Fuß auf den Boden, knicke dabei mit dem Absatz im rutschigen Schnee um und kann mich gerade noch am Türgriff festhalten. So ein verdammter Mist! Nicht, dass mein Auto zugefroren ist, nun denkt Isabella sicher, ich sei ein totaler Sturkopf.

Fieberhaft überlege ich, wie ich die Türen öffnen könnte. Mir fällt noch der Kofferraum ein, durch den ich vielleicht ins Innere meines Wagens gelangen könnte. Meine Schwester hatte mir irgendwann mal erzählt, dass sie es vor Jahren ebenfalls so geschafft hatte.

Also sehe ich mich nach allen Seiten um, dass auch niemand auf dem Hof ist, der mich beobachten könnte, und versuche mein Glück. Tatsächlich bekomme ich den Kofferraum spielendleicht auf. Erleichtert darüber werfe ich meine Handtasche in den Innenraum und steige vorsichtig auf die Ladefläche. Als Kind bin ich öfter auf diese Weise ins Auto geklettert, wenn ich mit meiner großen Schwester gespielt habe. Aber diese Zeit liegt Ewigkeiten zurück und nun bin ich leider nicht mehr so klein, leicht und beweglich, dass ich problemlos über die Rückbank klettern kann. Ich komme mir wie ein Dieb vor, der in sein eigenes Auto einbricht. Es kostet mich viel Mühe und einiges an Körpergeschick, doch nach einer Weile und mehreren Flüchen schaffe ich es tatsächlich, mich durch das Umklappen einer Seite der Rückbank in den Innenraum zu quetschen. Fast schon erfreut schlage ich die Kofferraumklappe zu und steige über die Mittelkonsole auf den Fahrersitz. Dann stecke ich den Schlüssel ins Zündschloss und starte den Motor.

Oder besser – ich versuche den Motor zu starten. Denn nach einem verzweifelten Aufheulen ist plötzlich Totenstille um mich herum. Entgeistert starre ich auf das Lenkrad, dann drehe ich den Schlüssel noch einmal um. Und ein weiteres Mal, aber es passiert nichts. Nicht mal mehr ein leises Brummen ist zu hören.

»Das kann doch wirklich nicht wahr sein!«, entfährt es mir. Wütend trommele ich mit den Fäusten auf das Lenkrad, erwische dabei jedoch nur die Hupe, die mich durch das laute Geräusch vor Schreck zusammenzucken lässt. Verzweifelt lasse ich meinen Kopf sinken. Wie kann man nur so viel Pech an einem Morgen haben?

Ein paar Minuten bleibe ich einfach hinterm Steuer sitzen, lehne den Kopf zurück und atme tief ein und aus. Tja, jetzt habe ich wohl keine Wahl, als wieder mit der Straßenbahn zu fahren. Nachdem ich mich etwas beruhigt habe, will ich aussteigen, doch auch von innen klemmt die Tür. Also bleibt mir nichts anderes übrig, als erneut durch den Kofferraum zu kriechen.

»Carolin? Was machst du denn da?«, höre ich Davids amüsierte Stimme, als ich gerade mit beiden Armen die Kofferraumklappe hochdrücke. Mir rutscht das Herz in die Strumpfhose, weil er mich in dieser peinlichen Situation erwischt hat. Mitten in der Bewegung verharre ich, sehe, wie er ums Auto herumgeht und vor mir stehen bleibt. Sein überraschtes Grinsen lässt mich erröten.

»Wenn ich es nicht besser wüsste, dann würde ich meinen, dass du erneut die Plane vergessen hast, oder?«, stellt David fest. Ich ergreife seine dargebotene Hand, damit er mir aus dem Kofferraum helfen kann.

»Schon möglich ...«, brumme ich kleinlaut. Seine Augen funkeln immer noch amüsiert, doch auch ein besorgter Ausdruck zeigt sich in seinem Gesicht.

»Warum hast du nicht bei mir geklingelt, anstatt in Eigenregie dein Auto zu knacken? Ich hätte dir helfen können. Weißt du, man kann ein vereistes Schloss mit ein bisschen heißem Wasser sehr einfach wieder freibekommen?«

Fassungslos sehe ich meinen besten Freund an. Das habe ich tatsächlich nicht gewusst. Und irgendwie bin ich gar nicht auf die Idee gekommen bei David zu klingeln.

»Es hätte doch sowieso nichts gebracht. Der Motor springt nicht mehr an«, erkläre ich ihm achselzuckend.

»Ach herrje. Das ist sicher der Vergaser«, entgegnet er schmunzelnd, »eventuell solltest du dir so langsam wirklich einmal überlegen, ob du dich nicht mit dem Gedanken anfreundest, dir ein neueres Auto zu kaufen.

Ich bestaune jedes Mal, wenn du damit losfährst, deinen Heldenmut, dich in die alte Blechkiste zu setzen.« Dieses Auto gehörte meinem Vater. Es ist noch älter, als ich es bin, doch ich mag es sehr. Außerdem bringt es mich von A nach B – und das ist die Hauptsache.

»Da kann man wohl nichts machen. Ich sollte mich jetzt beeilen und die Straßenbahn nehmen, bevor ich schon wieder zu spät auf der Arbeit auftauche.«

David schüttelt den Kopf. »Ach was. Komm, ich fahre dich kurz. Ich bin gerade sowieso auf dem Weg zum Bäcker gewesen, um mir Brötchen fürs Frühstück zu besorgen.« Er geht bereits an mir vorbei zu seinem Auto. Es ist an der Frontscheibe kaum gefroren und David kann es ohne viel Mühe entriegeln. Dann hält er mir die Beifahrertür auf. Weil er natürlich wie immer recht hat und ich dadurch deutlich schneller auf der Arbeit bin, steige ich ohne Protest ein. Außerdem ist mir viel zu kalt, um an der Straßenbahnhaltestelle ewig lange auf die nächste Verbindung zu warten.

»Ich habe den Wagen absichtlich nah der Hauswand geparkt, damit der Frost nicht zu sehr die Fahrerseite angreifen kann. Nur so als kleinen Tipp fürs nächste Mal«, klärt er mich auf.

»Danke, das ist lieb von dir«, sage ich zu ihm, als er neben mir einsteigt und den Motor startet.

»Das ist doch kein Problem. Wenn du mir deinen Schlüssel dalässt, werde ich deine Batterie später überbrücken, sodass du morgen wieder fahren kannst.«

Mit einem Lächeln sieht er nach vorne und verlässt den Hof. Warum ist es aktuell nur so unerträglich, in seiner Nähe zu sein? Wir sind Freunde. Nur Freunde. Wie ein Mantra versuche ich mir diese Worte einzuprägen, doch mein Herz will es trotzdem nicht akzeptieren.

***

»Und? Hast du schon eine Rückmeldung bekommen?«, fragt mich Sabrina total aufgeregt, nachdem ich endlich unser Büro betreten habe. Tatsächlich bin ich nur fünf Minuten zu spät gekommen und mein Chef ist heute deutlich besser gelaunt als gestern.

Erschöpft lasse ich mich auf meinen Bürostuhl sinken. Dieser Morgen hat mir bereits einiges an Kraft abverlangt und ich habe eigentlich gar keine Lust, mich mit Sabrina über meinen gestrigen Chat zu unterhalten. Doch weil sie mich so erwartungsvoll wie ein kleines Kind ansieht, das gleich sein Weihnachtsgeschenk auspacken darf, will ich sie nicht noch länger auf die Folter spannen.

»Mich haben tatsächlich einige Anfragen erreicht«, beginne ich mit der Erzählung. Sie klatscht erfreut in die Hände.

»Ich wusste doch, dass meine geniale Profilbeschreibung dir einige potenzielle Kandidaten bescheren wird!«

»Ja – wenn man einen anonymen One-Night-Stand haben will«, entgegne ich murrend. »Ich hatte beinahe ausschließlich Anfragen, ob ich mit denen nicht in die Kiste will. Und das soll ein seriöses Portal sein? Na wenigstens hat sich *ein* Mann bei mir gemeldet, mit dem ich mich gestern eine Weile unterhalten habe. Er schien ganz nett zu sein.«

»Oh wie spannend. Erzähl mir mehr von ihm.«

»So viel gibt es da gar nicht zu erzählen. Er heißt Malte und arbeitet als Programmierer. Wir haben uns den ganzen Abend geschrieben und ich denke, ich werde mich mit ihm treffen «, sage ich nachdenklich. Dieser Malte war mir schon ziemlich sympathisch. Vielleicht sollte ich es wirklich riskieren, und ihn nach ein paar weiteren Unterhaltungen im Datingportal nach einem unverbindlichen Treffen fragen. Und wenn er mir zusagt, spricht nichts dagegen ihn zu seiner Weihnachtsfeier zu begleiten. Zumindest hätte ich dann einen Grund, ihn ebenfalls zu bitten, bei der Weihnachtsparty von Steffi dabei zu sein.

Sabrina lehnt sich in ihrem Stuhl vor und schaut um ihren Bildschirm herum zu mir. »Und? Hat es bereits gefunkt?«

Ich zucke die Achseln. Keine Ahnung, ob es während eines Chats wirklich *funken* kann.

Weil Sabrina immer noch auf eine Antwort wartet, geradezu wie gebannt an meinen Lippen hängt, muss ich plötzlich lachen.

»Sagen wir es mal so: Es ist nicht ausgeschlossen, dass ich mir diesen Malte mal etwas genauer ansehen werde«, beende ich meine knappe Ausführung und wende mich endlich meiner Arbeit zu, um die Geduld meines Chefs nicht länger als nötig zu strapazieren.

Kapitel 4

Nach Feierabend mache ich einen kleinen Abstecher in die Innenstadt. Heute habe ich es nicht eilig nach Hause zu kommen, weshalb ich die weihnachtliche Atmosphäre der Einkaufspassage genieße. Ich liebe die Dekoration mit den Lichtergirlanden an fast jeder Straßenlaterne und in den Schaufenstern. Außerdem ist der Duft der einzelnen Stände, die hier und da zwischen den Geschäften stehen, einfach verlockend. Gerade komme ich an einem Glühweinstand vorbei und kann kaum widerstehen, mir einen zu kaufen.

»Du siehst aus, als würdest du frieren«, merkt der Verkäufer an, nachdem ich ihm das Geld auf den Tresen gelegt und den Becher in beide Hände genommen habe.

»Tatsächlich? Wie kommst du darauf?«, kontere ich. Ein wenig friere ich schon, doch woher soll der Fremde das wissen? Zumindest hilft mir der Glühwein gegen die Kälte. Der Mann beugt sich über den Verkaufstresen und sieht an mir herunter. Dann deutet er mit einer knappen Handbewegung auf meine Schuhe.

»In diesen Dingern würde ich mich bei dem Wetter nicht auf die Straße trauen.«

»Also ich hoffe, dass du dich so generell *gar nicht* auf die Straße traust«, erwidere ich frech und zwinkere. Der Mann lacht über meine Anspielung. Er wirkt auf mich direkt sympathisch, sodass ich ihn mir genauer ansehe. Mit seinem dichten Bart und den blonden Haaren, die unter der Weihnachtsmütze hervorlugen, schätze ich ihn auf Mitte dreißig, obwohl er auch etwas jünger sein könnte. Die kleinen Lachfältchen um die blauen Augen verleihen seinem sonst eher kantigen Gesicht eine angenehme Ausstrahlung. Vielleicht sollte ich das Onlinedating tatsächlich abhaken und mich auf Männer konzentrieren, die mir zufällig auf der Straße begegnen? Da kann ich mir zumindest sicher sein, jemanden Interessantes kennenzulernen, der mich auf Anhieb anspricht wie dieser Glühweinverkäufer zum Beispiel. Zufrieden nippe ich an meinem Getränk, während ich ihn verstohlen beobachte. Er stützt sein Gesicht in die Handfläche und mustert mich ebenfalls grinsend.

»Ich schätze, da hätte meine Frau etwas dagegen«, meint er dann nach einem weiteren Lächeln in meine Richtung und wendet sich einer anderen Kundin zu, die an den bisher leeren Stand getreten ist. Oh, irgendwie habe ich gar nicht in Erwägung gezogen, dass der Kerl verheiratet sein könnte. Er hat wie selbstverständlich mit mir gesprochen, als würde er flirten. Beinahe bin ich enttäuscht darüber, doch Singlemänner wachsen schließlich nicht auf Bäumen.

Ich trinke den Becher aus, bedanke mich noch mal und gehe weiter. Als ich an einem Modehaus vorbeikomme, entdecke ich hübsche Winterstiefel im Schaufenster, die meine Aufmerksamkeit erregen. Sie sind aus dunklem Leder und haben einen Fellsaum am Schaft. Mit der flachen Sohle wären sie genau passend für dieses Wetter, da hatten der Verkäufer eben und auch David heute Morgen nicht ganz unrecht. Elegant genug, um sie im Büro zu tragen, sind sie ebenfalls.

Bevor ich jedoch hineingehen und die Stiefel anprobieren kann, klingelt mein Handy.

»Hey Caro«, grüßt mich Steffi gut gelaunt durch den Hörer, nachdem ich das Gespräch angenommen habe. »Ich wollte mich nur mal erkundigen, ob du in Begleitung zu meiner Weihnachtsparty kommst. Du bist die Einzige, die bisher nicht fest zugesagt hat. Ach, und wusstest du eigentlich, dass David eine neue Freundin hat? Aber natürlich wusstest du das, immerhin wohnt ihr nebeneinander.« Steffi kichert. David und ich kennen Steffi aus der Uni. Wir haben gemeinsam BWL studiert, doch Stefanie hat sich danach umorientiert und arbeitet jetzt in einem Kindergarten. BWL war ihr viel zu trocken und ein Bürojob einfach nicht das Richtige für sie.

»Ich komme ebenfalls in Begleitung«, entgegne ich mit fester Stimme, denke dabei an Malte, den ich nun wohl doch eher treffen muss als geplant. Wenn David mit Isabella kommt, dann werde ich ganz sicher nicht allein auf dieser Party auftauchen!

»Wirklich? Hast du dich wieder mit Carsten versöhnt?«, will meine Freundin neugierig wissen. Natürlich hat es im Freundeskreis bereits die Runde gemacht, dass mit Carsten Schluss ist. Da die Sache aber noch nicht so lange her ist, geht Stefanie wohl davon aus, dass ich ihm seinen Seitensprung verziehen habe. Aber nein, das ist nicht der Fall. Carsten kann mir gestohlen bleiben.

»Nein. Ich habe jemand anderen kennengelernt.«

»Oh, das ging ja verdammt flott. Aber ich habe schon immer gewusst, dass so eine attraktive Frau wie du, nicht lange allein bleibt«, meint sie mit einem Lachen in der Stimme. »Sag mal, Caro, hast du Lust am Freitag mit mir und den anderen Mädels feiern zu gehen? Bei dieser Gelegenheit kannst du uns alles über deinen neuen Freund erzählen.«

Kurz überlege ich, zuzusagen, doch da fällt mir Maltes Weihnachtsfeier ein. Wenn ich ihn tatsächlich zu Steffis Party mitnehmen möchte, sollte ich schon mal den Rahmen abstecken. Anscheinend denkt sie, er wäre bereits mein Freund. Also sollte ich alles daransetzen, dass es genau so ist.

»Am Freitag bin ich leider schon verplant, weiche ich aus.

»Mit deinem Freund?«, hakt Steffi nach und ich kann wieder einmal die Neugier aus ihrer Stimme heraushören. Um ihr nicht weiter irgendwelche Halbwahrheiten aufzutischen, versuche ich das Gespräch in eine andere Richtung zu lenken. Schließlich weiß ich, wie hartnäckig meine Freundin sein kann. Wenn sie einmal die Neugier packt, dann bohrt sie so lange nach, bis sie jedes kleinste Detail aus einem herausgekitzelt hat.

»Ja genau. Aber wir könnten an einem anderen Wochenende ausgehen. Natürlich nur, wenn du das neben der Organisation der Party zeitlich hinbekommst«, lenke ich ein und beeile mich auf das richtige Gleis zu kommen. Während unseres Telefonats gehe ich langsam zur Straßenbahn. Zwar könnte ich auch zu Fuß nach Hause, doch mittlerweile friere ich wirklich und möchte auf keinen Fall kurz vor Weihnachten krank werden.

»Quatsch, es ist ja gar nicht so viel. Salate und Häppchen bringt ja jeder selbst mit. Ich bestelle nur den Hauptgang. Meine Mutter hat sich bereit erklärt, einen Kuchen zu backen. Apropos, was wirst du zur Feier beisteuern?«

Ich bin echt froh, dass mir die Ablenkung geglückt ist. Mittlerweile wird meine Bahn an der Anzeigetafel angeschlagen, sodass ich nicht mehr allzu lange in der Kälte warten muss.

»Ich könnte vielleicht auch etwas backen«, schlage ich ihr vor.

»Oh nein, besser nicht«, wendet Stefanie sofort ein. »Ich kann mich noch zu lebhaft an deine Buttercremetorte vom letzten Jahr erinnern.«

»Ich weiß«, gebe ich beleidigt zurück. Dieses Missgeschick wird mir mein Freundeskreis noch jahrelang unter die Nase reiben. In der Hektik, die Torte rechtzeitig fertig zu bekommen, habe ich nämlich statt einhundert Gramm Butter ein ganzes Kilo für die Creme verarbeitet. Dementsprechend schmeckte die Buttercremetorte original nach Butter pur.

»Das hätte dir doch auffallen müssen«, meint Steffi kichernd. »Aber immerhin konnten Tobi und ich uns die Butter noch Wochen später aufs Brot schmieren.«

»Dann mache ich einen Salat«, entgegne ich kleinlaut. Die Straßenbahn fährt ein und ich dränge mich zwischen die anderen Passagiere. Um diese Uhrzeit und vor allem so kurz vor Weihnachten ist es immer verdammt voll, trotzdem ist mir die Bahn bei diesem Wetter lieber als das Auto.

»Gute Idee. Bring doch diesen leckeren Schichtsalat mit Sellerie mit, den ich auf deinem Geburtstag im

Sommer bereits probiert habe«, meint sie fröhlich, anscheinend erleichtert darüber, dass wir zu einer Einigung gekommen sind. Meine Freundin weiß, dass ich eine echt miserable Köchin bin. Wenn sie wüsste, dass meine Mutter immer den Schichtsalat macht, weil ich das Mischverhältnis von Mayonnaise, Sahne und Käse nicht hinbekomme, würde sie wohl vollends an meine Qualitäten zweifeln.

Ich verabschiede mich von ihr und stecke das Handy weg, als die Bahn an meiner Haltestelle hält. Die letzten Meter bis zum Wohnhaus laufe ich, um die Kälte aus meinen Gliedern zu vertreiben. Ich hätte mir diese Stiefel kaufen sollen, oder sie wenigstens mal anprobieren.

In der Wohnung kicke ich mir die High Heels von den Füßen und begebe mich schnurstracks ins Badezimmer, wo ich Wasser in die Wanne laufen lasse. Dann gebe ich noch etwas von dem Schaumbad hinzu, das ich erst kürzlich besorgt habe, und schon umgibt mich zarter Rosenduft. Zum Glück habe ich die Wohnung mit der Badewanne bekommen, während David bloß eine Dusche hat. Es war auch eher Zufall, dass er ebenfalls in dieses Haus und sogar auf meiner Etage gezogen ist.

Tatsächlich ist die Wohnung mir gegenüber nur zwei Tage nach meinem Einzug freigeworden. Die alte Dame, die dort wohnte, ist zum Pflegefall geworden und wollte zu ihren Kindern ziehen. Ich hatte keine Ahnung, dass David überhaupt unter den etlichen Bewerbern als Nachmieter gewesen ist. Er hatte mir nie erzählt, dass er aus seiner alten Studentenbude, die er sich mit einem Kumpel teilte, ausziehen wollte. Nachdem ich mich in meiner Wohnung eingerichtet hatte, stand er plötzlich mit einer Sektflasche in der Hand vor meiner Tür und lud mich zu sich ein. Wie erstaunt ich gewesen bin, meinen besten Freund nun als Nachbarn zu haben, weiß ich bis heute noch.

Die Wanne ist bereits voll. Ich drehe das Wasser ab und entledige mich meiner Klamotten, die ich achtlos auf den Badezimmerboden fallen lasse. Mit einem wohligen Seufzen steige ich in die Wanne und tauche in den duftenden Schaum ein. Sofort entspannen sich meine Muskeln und ich schließe die Augen. Gerade an kalten Tagen wirkt ein warmes Bad Wunder.

Nach einer Weile der Ruhe drehe ich mich und lange mit dem Arm über den Wannenrand nach meinem Kleid, in dessen Rocktasche ich mein Handy verstaut habe. Ich ziehe das Smartphone heraus und entsperre das Display, um ein wenig auf meinen Social-Media-Kanälen zu stöbern. Bei Instagram habe ich zwei neue Follower, einer davon ist vermutlich Malte, denn sein Profilbild ähnelt dem auf der Dating-Plattform. Sein Account steht jedoch auf privat, sodass ich keinen seiner Beiträge sehen kann, ohne ihm eine Anfrage zu senden.

Gedankenverloren scrolle ich durch Sabrinas Seite. Sie hat ein paar neue Bilder von ihren Zwillingen gepostet, wie diese versuchen, den Weihnachtsbaum zu dekorieren. Dann schaue ich mich noch bei David um, doch da ist schon seit Wochen nichts Neues zu finden. Sein letzter Beitrag war vor eineinhalb Monaten. Gerade überlege ich, ob ich mal wieder etwas hochladen soll, als es plötzlich an der Haustür klingelt. Erschrocken zucke ich zusammen und fahre hoch, sodass ich wie aus Reflex mein Handy loslasse. Mit einem Plopp fällt es ins Badewasser und versinkt. Entgeistert starre ich auf den Schaumberg. Na großartig! Das war's mit meinem Smartphone. Verärgert sinke ich wieder zurück ins Badewasser und taste mit der Hand nach dem Gerät.

Das Klingeln der Tür hört nicht auf. Wer zur Hölle ist denn so hartnäckig? Genervt steige ich aus der Wanne und schlinge mir notdürftig das große Badetuch um den Körper. Dann stampfe ich den Flur entlang und reiße verärgert die Tür auf.

Es ist David, der vor mir steht. Seine Augen weiten sich überrascht bei meinem Anblick.

»Ich wollte dir deinen Schlüssel wiedergeben ... Und sagen, dass ich dein Auto überbrückt habe. Jetzt springt es wieder an. Ähm ... ich hätte wohl zu einem anderen Zeitpunkt kommen sollen«, stammelt er und seine Ohren werden rot. Sein Blick wandert über meinen Körper und ich sofort stielt sich auch bei mir eine verräterische Röte ins Gesicht. Es ist ja nicht so, als dass ich mich für meinen Aufzug schämen müsste. Meine Kurven sind genau da, wo sie sein sollen. Auch wenn ich etwas zu dünn bin, hat sich bisher kein Mann über mein Aussehen beschwert.

Der Blick, den mein bester Freund mir zuwirft, lässt meinen ganzen Körper plötzlich Kribbeln. Siedend heiß fällt mir unsere gemeinsame Nacht wieder ein. Wie er mich berührt und gestreichelt hat, seine Küsse auf meiner Haut. Das Prickeln wird immer stärker, weshalb ich die Arme vor der Brust verschränke und das Badetuch dadurch fester um mich schlinge.

»Danke«, erwidere ich knapp und strecke die Hand aus, damit er mir den Schlüssel zurückgeben kann.

David zögert einen kurzen Moment, dann lässt er den Schlüsselbund in meine Hand gleiten. Unsere Fingerspitzen berühren sich flüchtig und hinterlassen ein angenehmes Kribbeln.

»Also ... Noch einen schönen Abend«, murmelt David verlegen und wendet sich bereits zum Gehen ab. Ich rufe ihm nicht nach, versuche die Situation nicht mit einem Witz aufzulockern, denn eigentlich fühle ich mich genauso unwohl in meiner Haut. Ich dürfte dieses Herzklopfen, das ich gerade verspüre, überhaupt nicht haben. Der plötzliche Wunsch, er möge mich erneut berühren wie damals nach der Weihnachtsfeier, steigt in mir hoch.

Heftiger als beabsichtigt schlage ich die Tür zu und lehne mich mit dem Rücken gegen das kühle Holz. Mir schlägt das Herz bis zum Hals und meine Gedanken fahren Achterbahn. Wieso hat David so eigenartig reagiert? Und warum hat er mich so angesehen, als würde er nicht wissen, was er tun soll? So unsicher und irgendwie ... intensiv. Dieser Blick hat mich ganz nervös gemacht. Er hat doch seine Isabella ...

Langsam spüre ich die Kälte meine nackten Füße hinaufkriechen, deshalb verziehe ich mich schnell zurück ins Bad und steige noch für ein paar Minuten in die Wanne. Das Badewasser ist mittlerweile nur noch lauwarm, also wasche ich mir die Haare und den Rest meines Körpers, ehe ich mich wieder anziehe. Mein nasses Handy lege ich zum Trocknen auf die Heizung. Ob es hilft, weiß ich nicht, aber zumindest ist es einen Versuch wert. Jetzt schuldet mir David ein neues Smartphone, immerhin hat er mich mit seinem Klingeln total überrascht. Der Gedanke an meinen besten Freund begleitet mich in mein Schlafzimmer, wo ich einen flauschigen Pullover und eine Leggins aus dem Schrank hole, um sie überzuziehen. Dann lasse ich mich auf mein Bett plumpsen und trockne meine Haare mit dem Handtuch.

Es kann doch nicht sein, dass dieser Kerl nach nur einem One-Night-Stand so sehr meine Gedanken beherrscht. Der Moment an der Tür hat mir deutlich vor Augen geführt, dass ich ihn einfach nicht mehr als Kumpel betrachte. Wo ist unsere unerschütterliche Freundschaft hin, in der wir jeden Blödsinn zusammen gemacht haben, ohne dass peinliche Stille zwischen uns entstanden ist? Ich kann mich noch gut an den Sommer in Italien erinnern, als wir gemeinsam mit weiteren Freunden nach dem Abitur in Urlaub gefahren sind. Wir waren sogar nackt baden – und es war echt nichts dabei. Jetzt hingegen steigt ein unbändiges Verlangen in mir auf und lässt meinen ganzen Körper kribbeln, wenn er mich nur länger als einen Augenblick ansieht. Dann versinke ich in seinen braunen Augen und begehre nichts sehnlicher, als von ihm gehalten zu werden. Das ist wirklich deprimierend.

Nun muss ich mit den Konsequenzen der dummen Weihnachtsfeier leben! Es ärgert mich zunehmend, ihm von jetzt auf gleich so verfallen zu sein. Zuvor habe ich meinen besten Freund nie aus diesem Blickwinkel betrachtet. Und auch er hat die ganze Zeit über keinerlei Andeutungen gemacht, dass er für mich mehr als bloß Freundschaft empfindet, tut es bis heute nicht. Ich sollte mich endlich damit abfinden, auf verlorenem Posten zu kämpfen und meine Energie stattdessen lieber in andere Projekte stecken. Zum Beispiel in mein Date mit Malte.

Den Gedanken an die Begegnung mit David verscheuche ich aus meinem Kopf und nehme meinen Laptop zur Hand. Gerade weil Weihnachten immer näher rückt und ich Stefanie nun von meiner mysteriösen Begleitung erzählt habe, sollte ich alles daransetzen, mit Malte auf dieser Party aufzutauchen.

Er ist mir sympathisch und eigentlich bin ich mir ziemlich sicher, dass die Sache mit uns wunderbar funktionieren wird. Auch wenn ich im Internet nicht die große Liebe finde wie meine Kollegin Sabrina, so kann ich Malte wenigstens bei meinen Freundinnen als meinen neuen Freund vorstellen. Dann muss mir zumindest nicht den ganzen Abend deprimiert ansehen, wie sich die anderen Paare verliebte Blicke zuwerfen. Vor allem David und Isabella.

Also setzte ich mich im Schneidersitz aufs Bett, nehme den Laptop auf den Schoß und starte ihn. Dann öffne ich die Dating-Plattform, um Malte zu schreiben.

carolin_is_waiting: *Ich habe es mir anders überlegt. Wollen wir uns morgen Abend treffen?*

Seine Antwort folgt prompt. Sitzt der Kerl etwa den ganzen Tag vor dem Rechner und wartet darauf, dass ihn jemand kontaktiert?

Malte30: *Oh, jetzt hast du mich aber überrumpelt. Woher der schnelle Sinneswandel?*

carolin_is_waiting: *Wozu viel Zeit vergeuden? Deine Weihnachtsfeier ist bereits in drei Tagen, oder? Außerdem können wir uns vis-à-vis doch viel besser kennenlernen als in einem Chat :-)*

Ich warte. Mehrere Minuten passiert nichts und ich glaube schon, er hätte es sich anders überlegt, aber endlich erscheint eine weitere Mitteilung.

Malte30: *Okay ... Dann lass uns etwas essen gehen. Was hältst du von Chinesisch?*

carolin_is_waiting: *Lieber Italienisch. Von chinesischem Essen bekomme ich immer Sodbrennen.*

Malte30: *Gern. Schlag einfach was vor und ich werde da sein. Ich freue mich schon, dich persönlich kennenzulernen.*

Kapitel 5

Sabrina ist völlig aus dem Häuschen, als ich ihr kurz vor der Mittagspause von meinem bevorstehenden Date erzähle. Ein Grund, warum ich heute ebenfalls nur bis mittags arbeite. Ich habe genug Überstunden und der Chef ist in einer wichtigen Sitzung, die meine Anwesenheit zum Glück nicht erfordert. Falls es noch etwas zu klären gibt, wird eine andere Kollegin einspringen.

»Ach, das ist ja so spannend! Es erinnert mich an mein erstes Blind-Date mit Gerd«, schwärmt sie und wirkt dabei viel aufgeregter als ich. Tatsächlich habe ich gemischte Gefühle, was das heutige Treffen mit Malte angeht. Einerseits bin ich schon ein bisschen neugierig, wie der Typ so ist, aber andererseits stehe ich einem Blind-Date auch skeptisch gegenüber. Hoffentlich wird es kein absoluter Reinfall.

Ich fahre den Rechner herunter und schultere meine Handtasche.

»Bist du dir sicher, dass du das hinkriegst?«, fragt mich meine Kollegin noch einmal und dreht sich auf ihrem Stuhl zu mir um, als ich bereits die Tür erreicht habe. In der Bewegung halte ich inne.

»Was meinst du?«

»Flirten«, sagt sie mit einem verschwörerischen Grinsen. »Schließlich liegt deine Beziehung mit Carsten schon gut einen Monat zurück.«

Genervt verdrehe ich die Augen. Also wirklich, ein Monat ist doch keine Zeitspanne. Wenn's Jahre her gewesen wäre, dann würde ich mir Sorgen machen.

»Flirten ist wie Fahrradfahren. So schnell verlernt man das nicht«, entgegne ich und verlasse unser Büro.

Zu Hause springe ich unter die Dusche, bevor ich Make-up auflege und mir die Haare glätte. Nach dem Föhnen kräuseln sie sich immer an den Spitzen, was mir gar nicht gefällt. Mit glatten Haaren sehe ich viel eleganter aus. Dann ziehe ich eins meiner Etuikleider an, die ich üblicherweise im Büro trage. Heute wähle ich jedoch eins in bordeauxrot, statt wie gewohnt in schwarz oder grau. Meine Lippen ziehe ich mir mit rotem Lippenstift nach, werfe mir selbst eine Kusshand im Flurspiegel zu, ehe ich meine Handtasche nehme und in schwarze Stiefeletten schlüpfe. Der Absatz ist zwar hoch, jedoch sind die Schuhe geschlossen, sodass ich zumindest keine kalten Füße bekomme. Nachdem ich mir den Mantel um die Schultern gelegt habe, verlasse ich meine Wohnung. Heute muss ich wenigstens nicht erneut die Dienste der öffentlichen Verkehrsmittel beanspruchen.

Auf dem Weg nach unten treffe ich auf meinen besten Freund. Er trägt zwei volle Einkaufstüten mit Lebensmitteln in den Händen.

»Oh, wow, Caro. Wohin verschlägt es dich denn? Hast du noch einen Termin?«, fragt er überrascht und bleibt mitten auf dem Treppenabsatz stehen. Er wirkt wirklich ein wenig überrumpelt. Kein Wunder, denn mein

Make-up für die Arbeit halte ich immer sehr schlicht und bis auf die Weihnachtsfeier waren wir in letzter Zeit nicht zusammen unterwegs. Er kennt mich aktuell also quasi nur in Jogginghosen und Schlabberpulli.

»Ein Date«, korrigiere ich David in triumphierendem Ton. Mein Herzschlag beschleunigt sich in seiner Gegenwart, doch das versuche ich zu überspielen, indem ich mich lässig gebe. Ich will ihm nicht zeigen, dass es mich verzweifelt nach seiner Nähe dürstet wie einen Vampir nach Blut. Immerhin bin ich Single und kann unzählige Dates haben. Nicht nur er ist in der Lage nach unserem One-Night-Stand eine Partnerin zu finden.

Seine Miene verdüstert sich für den Bruchteil einer Sekunde, doch dann lächelt er mich an.

»Dann wünsche ich dir ganz viel Spaß. Der Typ kann echt von Glück reden, wenn du dich mit ihm triffst.« Statt noch länger mit mir zu quatschen, geht er mit seinen Einkäufen an mir vorbei die Treppe hinauf zu seiner Wohnung. Einen Moment sehe ich ihm schweigend nach, dann beeile ich mich ebenfalls, das Wohnhaus zu verlassen. Schließlich wartet Malte auf mich.

***

Für unser Treffen habe ich mir einen Italiener in der Innenstadt ausgesucht. Die Straßenbahnhaltestelle befindet sich genau gegenüber dem Lokal, was äußerst günstig ist. Hier habe ich schon öfter mit Freundinnen gewesen bin. Ich betrete das Restaurant und werde sofort von einem jungen Kellner in Empfang genommen, der mich zu einem Tisch am Fenster führt.

»Darf es für Sie etwas zu trinken sein?«, fragt er mich mit einem charmanten Lächeln. Ich nicke und bestelle ein Glas Rotwein, ohne in die Getränkekarte zu schauen, die vor mir auf dem Tisch liegt.

Es dauert nur wenige Augenblicke, bis der Kellner mit meiner Bestellung zurückkommt. Er verweilt länger als nötig an meinem Platz, bevor er sich anderen Gästen zuwendet. Ich nippe an dem Wein und sehe aus dem Fenster. Je länger ich warte, desto nervöser werde ich. Ob dieser Malte wohl auftaucht? Würde ich ihn nur anhand des Fotos aus dem Internet erkennen? Wir hätten nicht nur Ort und Uhrzeit ausmachen sollen, sondern auch ein Zeichen, mit dem wir uns verständigen. Wie eine rote Rose am Revers des Jacketts oder ein weißes Taschentuch. Keine Ahnung, so etwas, was man immer in den Filmen sieht.

Nachdenklich beobachtete die Passanten auf der Straße. Heute Abend ist nicht viel los, was eigentlich untypisch ist für die Vorweihnachtszeit. Normalerweise laufen die Menschen dicht gedrängt durch die Innenstadt, um noch die letzten Besorgungen zu erledigen. Glücklicherweise habe ich meine Weihnachtsgeschenke bereits online bestellt, die sind vor Wochen angekommen und ich habe sie sogar schon verpackt. Nun liegen sie ordentlich gestapelt in meinem Kleiderschrank und warten darauf, bis ich an Weihnachten zu meiner Familie fahre.

Ich versuche, Malte unter den Menschen auf der Straße auszumachen, doch vergebens. Einige neue Gäste betreten den kleinen Italiener, aber keiner von ihnen ähnelt dem Mann auf dem Profilbild im Dating Portal.

Der junge Kellner kommt erneut zu mir und bringt mir die Speisekarte.

»Kann ich Ihnen schon etwas bringen? Eine kleine Vorspeise vielleicht?«, will er wissen.

»Danke, aber ich warte noch auf meine Begleitung«, antworte ich und glaube Bedauern, auf dem Gesicht des jungen Mannes zu erkennen. Sollte mich dieser Malte tatsächlich versetzen? Wenn er nicht auftaucht, dann esse ich eben allein. Also schaue ich mir vorsorglich die Karte an und überlege, welche Pizza ich dieses Mal bestelle. Vielleicht die Pizza al Capone mit dem Rinderfilet? Die habe ich schon lange nicht mehr gegessen.

Vertieft in das Menü merke ich nicht, wie sich jemand meinem Tisch nähert. Erst als ich ein Räuspern höre, sehe ich auf. Ein Mann mittleren Alters steht vor mir, der Bartschatten sieht verwegen aus. Die dunklen Haare sind zerzaust, eine Brille verdeckt die Augen. Er ist nicht groß, vielleicht nur einen knappen Kopf größer als ich und wirkt ein wenig untersetzt. Zumindest versucht er seinen Körper unter einem weiten Kapuzenpullover und einer abgewetzten Jeans zu verstecken. Wie ein schüchterner Schuljunge steht er vor mir, die Hände tief in den Taschen seines Hoodies vergraben. Irritiert mustere ich ihn. Ist das etwa Malte? Auf dem Foto wirkte er viel ... selbstbewusster und attraktiver.

»Hallo. Bist du Carolin?«, fragt er mich und sogar seine Stimme klingt wie die eines Teenagers im Stimmenbruch. Ich brauche einige Sekunden, um die Situation zu verarbeiten und nicke bloß stumm, weil mich seine Erscheinung ein wenig schockiert. Aber der erste Eindruck kann trügen, oder? Also ringe ich mir ein

Lächeln ab, als er sich mir gegenübersetzt und seine Hände auf der Tischplatte faltet. Dann lehnt er sich auf dem Stuhl zurück und sieht mich an. Seine stoppeligen Wangen röten sich unter dem Bart, den er wohl einige Tage nicht gestutzt hat. Je länger ich ihn ansehe, desto mehr erkenne ich die Ähnlichkeit mit dem Foto. Doch dieser Online-Malte war im Vergleich zu dem Mann, der nun vor mir sitzt, deutlich ansprechender.

»Wow, ich habe mir dich ganz anders vorgestellt«, sagt er schließlich, nachdem wir uns einige Minuten stumm gemustert haben.

Fragend runzele ich die Stirn. »Ach ja? Wie denn?«

Dass diese Feststellung gerade von ihm kommt, muss wirklich Ironie sein. Immerhin ist er es, der bei seiner Beschreibung gemogelt hat. Sicher hat er sein Bild bearbeitet, während meins brandaktuell ist. Seine Augen wandern über mein Gesicht hinab und bleiben an dem weit ausgeschnittenen Dekolleté meines Kleides hängen. Sofort verschränke ich die Arme vor der Brust, als ich seinen aufdringlichen Blick bemerke.

»Du hattest etwas von *üppigen Kurven* geschrieben ...«

Falsch. Das war Sabrina. Ich habe nie behauptet, üppige Kurven zu besitzen. Zwar bin ich alles andere als dürr, ich selbst würde mich als gut proportioniert und schlank bezeichnen, aber meine Oberweite habe ich leider von meiner Mutter geerbt. Nie kam ich auch nur über Körbchengröße A hinaus.

»Nun, ich fürchte, da haben wir beide wohl ein bisschen geflunkert«, entgegne ich mit einem Zwinkern. Vielleicht sollte ich dieses Treffen mit Humor nehmen.

Malte war mir im Chat sympathisch, da möchte ich ihm eine Chance geben. »Wollen wir etwas bestellen?«

Ohne seine Antwort abzuwarten, winke ich den Kellner heran, der mit einer zweiten Karte an unseren Tisch tritt. Lächelnd reicht er sie Malte, dann wirft er mir einen leicht skeptischen Blick zu, bevor er die weitere Getränkebestellung aufnimmt. Mein Date nimmt ein großes Bier vom Fass und ich bestelle ein weiteres Glas Wein. Die harte Realität braucht harte Maßnahmen.

»Und, Malte, wie war dein Tag bisher?«, frage ich ihn, um ein bisschen Konversation zu betreiben, während ich den Wein in dem bauchigen Glas schwenke. Malte streicht sich die wirren Haare aus der Stirn, wodurch einige Pickel zum Vorschein kommen. Sofort nehme ich einen großen Schluck Wein.

»Ach, es ist nichts Ereignisreiches passiert. Ich habe ein neues Level von WoW durchgespielt und ein paar Videos für meinen YouTube-Kanal gedreht«, antwortet er.

»WoW?«, frage ich irritiert. Hatten wir nicht bereits im Chat geklärt, dass ich absolut kein Computerwissen habe?

»Sag bloß, du kennst *World of Warcraft* nicht?«, entfährt es ihm entsetzt. »Das ist das ultimative Onlinegame schlechthin. Du musst unbedingt damit anfangen«

»Ich spiele in meiner Freizeit noch immer keine Online-Games«, erkläre ich ihm so freundlich wie möglich. »Nach der Arbeit chille ich lieber auf der Couch und schaue Netflix.«

Malte sieht mich an, als hätte ich ihm gerade eröffnet ein Alien in Menschengestalt zu sein.

Dieser Typ stellt sich als eine Enttäuschung dar. Genau aus diesem Grund habe ich auch so lange auf Onlinebekanntschaften verzichtet. Damit mir solche Männer wie Malte, die aussehen, als würden sie in einem dunklen Keller wohnen, nicht über den Weg laufen.

Um nicht weiter darüber zu nachzudenken, stecke ich meine Nase tief in die Speisekarte. Alternativ könnte ich mich mit einer Ausrede vom Acker machen, doch mein Magen knurrt mittlerweile so laut, dass mir dieses Geräusch schon langsam peinlich ist. Deshalb winke ich den Kellner erneut zu uns und bestelle die Pizza al Capone. Malte bestellt eine Pizza mit Thunfisch, Hollandaise und extra viel Zwiebeln.

Kurz darauf piept das Handy meines Dates, woraufhin er sich sofort dem Gerät widmet. »Oh verdammt. Jetzt hat sich jupiter_27 ohne mich hochgelevelt! Dabei habe ich ihm gesagt, er soll bis morgen früh warten, bevor er sich dem Endgegner stellt. Ich hatte die Quest doch noch gar nicht begonnen«, brummt er und tippt auf seinem Smartphone herum. Ich werfe ihm einen irritierten Blick zu. Wovon zur Hölle spricht dieser Kerl? Irgendwie kommt er mir nun total suspekt vor. Im Chat habe ich geglaubt, einen cleveren Programmierer für irgendein Wirtschaftsunternehmen kennengelernt zu haben. Jetzt stellt sich Malte als ein gewöhnlicher Computerfreak heraus, der sich nur für Onlinegames zu interessieren scheint.

Unsere Pizzen kommen zum Glück sehr schnell. Dann sollte ich flott essen und von hier verschwinden.

Endlich legt Malte sein Handy wieder weg und nimmt sein Besteck zur Hand. Mit einem Funkeln in den Augen betrachtet er sein Abendessen, als habe er schon den ganzen Tag hungrig darauf gewartet. Gierig macht er sich über die Pizza her, schneidet große Stücke ab und schiebt sie sich dann mit der Hand direkt in den Mund, ohne wirklich davon abzubeißen. Dieser Anblick sorgt nicht gerade für romantische Stimmung. Natürlich esse ich meine Pizza auch mit der Hand, aber dann habe ich einen Pizzakarton auf dem Schoß und sitze allein in meinem Wohnzimmer vor dem Fernseher. Nicht in einem teuren Restaurant. Niemand hier macht das – bis auf mein Date!

»Also, du solltest wirklich mal überlegen, ob WoW nicht doch etwas für dich ist«, meint Malte zwischen zwei Bissen, die er mit einem großen Schluck Bier runterspült. »Bei den ersten Quests könnte ich dir ein bisschen Hilfestellung geben und wenn du dich geschickt genug anstellt, dann kannst du eventuell sogar in meine Gilde. Natürlich müsste ich zuerst jupiter_27 und JoJo-chan fragen, aber wir könnten auf jeden Fall ein weiteres Mitglied gebrauchen. Vorausgesetzt, du übernimmst den Charakter einer Nachtelfe.« Er leckt sich die Soße von den Fingern, was mir den Appetit augenblicklich vergehen lässt. »Die Nachtelfen sind wirklich heiß. Allein schon die Kostüme, die du wählen kannst …«

Okay, langsam wird mir sein Gerede über Games zu viel. Ich suche nach einem Date für Weihnachten – und nicht nach jemandem, mit dem ich eine LAN-Party veranstalten will. So ruhig wie möglich lege ich mein Besteck beiseite und falte meine Hände auf der

Tischplatte vor meinem Teller, dann atme ich tief ein und aus.

»Hör mal, Malte. Es freut mich, dass du so ein aufregendes Hobby hast«, lenke ich ab, in der Hoffnung, doch noch einen netten Abend verbringen zu können. »In deinem Profil stand, dass du als Programmierer tätig bist. du hattest im Chat erwähnt für einen großen Konzern zu arbeiten. Wie kannst du dann nebenbei noch so viele Online-Games spielen?«

Ein Gespräch über den Job ist immer ein unverfängliches Thema, da kann man nichts falsch machen. Grinsend faltet er die Hände vor der Brust und reibt sich dabei kurz über den Bauch, als Zeichen, dass ihm seine Pizza geschmeckt hat. Er hat sie in Windeseile verschlungen, während ich bloß ein winziges Stück probiert habe. Wirklich schade um das teure Rinderfilet, das nun längst kalt ist.

»Richtig. Ich habe in meiner Jugend einige Komponenten und Neuerungen für Crossing *Moon 1* und *2* geschrieben. Damit konnte ich ziemlich viel Kohle scheffeln. *Davon* hast du doch sicher schon was gehört, oder? Das kennt jedes Kind! Ums Geld muss ich mir nun wirklich keine Sorgen mehr machen«, erklärt er mir stolz. Leider klingelt es bei mir überhaupt nicht bei Erwähnung dieses Games, weil ich damit selbst als Kind keine Berührungspunkte hatte.

»Und – was machst du jetzt?«, hake ich vorsichtig nach.

»Jetzt ... ruhe ich mich auf den Früchten meiner Arbeit aus.«

»Also arbeitest du momentan gar nicht?«

»Doch, natürlich. Ich übernehme für große Projekte und Entwickler die Qualitätskontrolle der Spielinhalte und Anwendungen. Dabei prüfe ich zum Beispiel für WoW, ob das Spiel richtig läuft, ob es irgendwo Lücken gibt und ob man jede Quest mit dem nötigen Geschick bestehen kann. Das ist wirklich harte Arbeit. Dabei bleibt es natürlich nicht aus, dass ich das Spiel auf Herz und Nieren prüfen muss, weshalb ich es selbst durchzocken muss.«

Okay, das wird mir langsam echt zu bunt. Ich habe hier einen arbeitslosen Gamer vor mir, der den lieben langen Tag nichts macht als zu zocken. So jemanden werde ich ganz sicher nicht zu Steffis Weihnachtsparty mitnehmen! Da ist mir die Pizza auch nicht mehr zu schade, um einfach zu verschwinden. Bereits mit einer Ausrede auf den Lippen schnappe ich mir meine Handtasche und will schon aufstehen, als eine ältere Frau zu uns an den Tisch tritt und dicht neben Malte stehen bleibt. Sie legt ihm die Hand auf die Schulter. Skeptisch mustere ich sie. Die Frau hat graues, krauses Haar, das sich um ihren Kopf kringelt. Die dicke Brille auf ihrer Nase macht ihre Augen noch kleiner als Maltes. Der bunt gemusterte Pullover und die weite Stoffhose schmeicheln ihr nicht besonders, denn dadurch wirkt sie noch gedrungener.

Sie schiebt sich mit der freien Hand die Brille höher auf den Nasenrücken und sieht mich ihrerseits mit einem beinahe schon missbilligenden Blick an.

»Ich habe mir dieses Theater lange genug angesehen, um zu wissen, dass sie keine gute Partie für dich ist, Junge«, meint sie in herablassendem Ton. Wie bitte? Theater? Wir haben uns hier lediglich unterhalten ...

Geschockt öffne ich den Mund, schließe ihn jedoch wieder, weil mir kaum eine Erwiderung einfällt, die ich an einem öffentlichen Ort und ohne eine Klage am Hals hervorbringen kann.

»Diese Person passt nicht zu dir. Schau sie dir doch an. Allein schon dieser Lippenstift sagt alles. Sie will jemanden wie dich nur um den Finger wickeln, um sich an deinem Wissen und Geld zu bereichern. Ich kenne solche Frauen. Du hast ein viel zu gutmütiges Wesen, um von ihr benutzt zu werden«, spricht sie weiter.

»Aber Mama, du hast doch selbst gesagt, ich dürfte mich mit ihr treffen, nachdem ich dir ihre Nachrichten gezeigt habe.«

Seine Mutter hat unseren Chatverlauf gelesen? Mir bleibt die Spucke weg. Dass er sie überhaupt mit zu seinem Date nimmt, ist schon die Höhe. Wenn diese Situation nicht so absurd wäre, hätte ich vermutlich gelacht. Aber mir ist ganz und gar nicht nach Lachen zu Mute. Ich fühle mich verarscht. Nicht nur, dass dieses Date ein totaler Reinfall ist, bei dem ich meine Zeit verschwendet habe, jetzt muss ich mir auch noch Beleidigungen anhören, ich würde einen Mann wie Malte ausnehmen wollen wie eine Weihnachtsgans? Unerhört!

»Also wirklich, was erlauben Sie sich?«, sage ich in scharfem Ton, versuche dabei jedoch nicht zu laut zu werden, um keine Aufmerksamkeit zu erregen. Trotzdem drehen bereits einige Besucher neugierig die Köpfe nach uns um.

»Da siehst du es!«, fällt mir die Frau harsch ins Wort. »Ich habe gleich gewusst, dass sie nichts für dich ist, als ich sie in ihrem teuren Kleid und diesen schrecklichen Schuhen gesehen habe. Komm, wir werden dir eine andere Frau finden, die dich besser versteht als dieses Modepüppchen.« Ohne mich eines weiteren Blickes zu würdigen, zerrt sie Malte von seinem Stuhl hoch und hinter sich her zum Ausgang. Mich lassen die beiden einfach so stehen. Fassungslos starre ich ihnen nach. Ich kann kaum glauben, dass diese Szene gerade wirklich passiert ist. Dieser Kerl hat sich vollgefuttert und lässt mich nun auf den Kosten sitzen! Um diese Tatsache zu verdauen, kippe ich den restlichen Rotwein in einem Zug herunter und winke dem Kellner zu, damit er mir ein weiteres Glas bringt.

***

»Gott! Dieses Date war die reinste Katastrophe!«, sage ich zu Sabrina, während ich die Wohnungstür aufschließe. Nach dem zweiten Glas Rotwein habe ich mir schließlich ein Taxi gerufen, um nach Hause zu kommen. Jetzt laufe ich zielsicher in die Küche, um mir noch ein weiteres Glas zu gönnen. Mit dem neuen Handy am Ohr berichte ich meiner Kollegin haarklein, was vorgefallen ist. »Stell dir vor, er hat sogar seine Mutter mit zu dem Treffen gebracht.«

»Nicht dein Ernst!«, entfährt es ihr überrascht. Ich höre jedoch auch unterdrücktes Lachen aus ihrer Stimme heraus, was meine Laune nicht sonderlich hebt. Ja, mach dich ruhig über mich lustig, denke ich missmutig und trinke noch einen großen Schluck Wein.

»Oh doch. Das war ein echter Reinfall«, bestätige ich in den Hörer und kicke meine Stiefel von den Füßen. Sabrina kichert am anderen Ende.

»Daran ist nichts witzig! Ich habe mich wie der letzte Idiot gefühlt!«, schimpfe ich.

»Und er war wirklich mit seiner Mutter da?«, hakt Sabrina noch mal ungläubig nach. Mühsam schäle ich mich aus dem Kleid, das Handy immer noch am Ohr.

»Ja. Sie hat mir unmögliche Dinge an den Kopf geworfen. Ich würde ihren armen Jungen ausnutzen. Dieser Kerl hat sich auf meine Kosten den Bauch vollgeschlagen und mich mit Geschichten über Onlinegames zugetextet. Wie kann diese Frau dann glauben, ich würde mich an *ihn* heranmachen wollen?«

Sabrina lacht noch mehr. »Ich kann es mir bildhaft vorstellen. Dass du ausgerechnet an einen Computernerd geraten musstest ... Du ziehst solche Männer wohl an, was? Carsten war ja auch nicht gerade das Musterbeispiel eines Mannes ...«

»Hey, zumindest war Carsten erträglich. Dieser Malte ging einfach gar nicht! Es war nicht mal sein Aussehen, darüber kann ich hinwegsehen, solange der Kerl dahinter sympathisch ist. Doch wie er sich benommen hat, war schlicht unmöglich. Seine Mutter hat ihn abgeführt wie einen kleinen Jungen, der in der Schule eine schlechte Note geschrieben hat. Dabei ist der Kerl dreißig, wenn nicht sogar älter.«

»Klingt echt übel. Vermutlich wohnt er noch bei seinen Eltern im Keller«, meint meine Kollegin nachdenklich. Das kann ich mir nach diesem Treffen zu gut vorstellen. Dieser Abend war wirklich nicht das, was ich mir unter einem romantischen Date vorgestellt habe. Vielleicht sollte ich die Finger vom Onlinedating lassen, wenn ich nur an solche seltsamen Typen gerate. Zwar waren die Männer, mit denen ich bisher zusammen gewesen bin auch keine Traumprinzen, denn sonst hätte es vermutlich länger gehalten. Auf ein Date mit jemandem wie Malte hätte ich mich jedoch auf keinen Fall eingelassen, wären wir uns irgendwo auf der Straße oder in einem Club begegnet.

»Beim nächsten Mal wird es sicher besser laufen«, versucht mich Sabrina aufzuheitern.

»Ich glaube kaum, dass es ein nächstes Mal geben wird«, entgegne ich genervt. Dann stelle ich mein Handy auf Lautsprecher, um mir meinen Schlafanzug anzuziehen. Dieser Abend ist zu nichts anderem mehr zu gebrauchen als für Netflix, ein weiteres Glas Wein und eine Mütze voll Schlaf.

»Willst du wirklich so schnell die Flinte ins Korn werfen?«, fragt meine Kollegin erstaunt. »Das habe ich nicht erwartet. Du bist doch sonst immer so ehrgeizig, wenn du dir etwas in den Kopf gesetzt hast.«

Kurz lasse ich mein Smartphone auf meinem Bett liegen und gehe in die Küche rüber, um die angebrochene Flasche Weißwein aus dem Kühlschrank zu holen. Mit einem vollen Glas bewaffnet kehre ich in mein Schlafzimmer zurück und nehme das Gespräch wieder auf.

»Was bleibt mir anderes übrig? Noch so einen Reinfall ertrage ich nicht ...«

»Dann willst du tatsächlich allein zu Stefanies Party? Und dir den ganzen Abend ansehen, wie David und Isabella flirten? Sicher, dass du dem Onlinedating nicht noch eine Chance geben möchtest?«

Einen Moment lasse ich mir ihre Worte durch den Kopf gehen. Sie hat recht. Das würde mein armes Herz nicht ertragen. Isabella macht mich wahnsinnig, obwohl sie nichts weiter verbrochen hat, als Davids feste

Freundin zu sein. Dabei bin ich es immer gewesen, die in unserer langjährigen Freundschaft von einer Beziehung in die nächste gestolpert ist, während er Single war. Deshalb sollte ich eigentlich nicht so eifersüchtig reagieren ... Es ist ja nicht einmal so, dass er keine Zeit mehr für mich hätte. Ganz im Gegenteil. Erst neulich hat er mich zum Abendessen eingeladen. Ich bin diejenige, die seine Gesellschaft meidet, weil ich nicht ertragen kann, das fünfte Rad am Wagen zu sein.

»Vielleicht hast du recht ...«, murmele ich nachdenklich und ziehe mir meine Bettdecke über die Beine. Der Wein schmeckt süß und fruchtig, viel besser als der trockene Rotwein aus dem Restaurant.

»Natürlich habe ich recht«, wiederholt Sabrina eindringlich. »Ein Rückschlag kann dich doch nicht umhauen. Richte deine Krone und stürz dich erneut ins Getümmel. Der nächste Mann wird sicher ein Volltreffer. Aber jetzt muss ich Schluss machen und die Jungs ins Bett bringen. Wir sehen uns morgen auf der Arbeit.« Mit diesen Worten legt sie auf. Unschlüssig drehe ich mein Weinglas in den Händen.

Sollte ich tatsächlich noch einen Versuch wagen? Schließlich bleibt mir nicht mehr viel Zeit bis zur Party. Und genau wie Sabrina sagte, ich werde es nicht ertragen, dort allein aufzukreuzen. Da könnte ich genauso gut absagen und zu Hause bleiben. Alles nur wegen David! Mann! Wieso zur Hölle konnte ich mich nicht beherrschen? Damit habe ich alles kaputtgemacht, was zwischen uns gewesen ist.

Frustriert stelle ich das Glas auf den Nachttisch und ziehe mir die Bettdecke über den Kopf. Doch andererseits hätte er auch nicht auf meine Annäherungen eingehen müssen, wenn er nicht selbst gewollt hätte. Es ist ja nicht so, dass ich David nach Strich und Faden verführt habe ... Genau das ist es, was mir Kopfzerbrechen bereitet. An meinem Dilemma ist er genauso schuld wie ich. Nur, dass er sich einfach aus der Affäre zieht mit seinem Verhalten, indem er so tut, als sei zwischen uns nichts passiert. Bestimmt hätte ich die Sache als etwas Einmaliges abtun können, hätte David mir nicht kurz darauf wie aus heiterem Himmel Isabella als seine neue Freundin vorgestellt.

Schwer seufzend krieche ich aus meiner schützenden Höhle und greife nach dem Handy. Dann schicke ich Steffi eine Nachricht, dass ich Freitag doch noch spontan mit in den Club komme.

Kapitel 6

Der Club ist schon ziemlich voll, wie ich bereits an der Schlange davor feststellen muss. Zum Glück stehe ich jedoch nicht allein in der Kälte und warte auf Einlass, denn Stefanie hat mich zu Hause abgeholt und ich kam auf die glorreiche Idee schon mal ein bisschen vorzuglühen.

Als wir es endlich nach drinnen geschafft haben, quetschen wir uns durch die Gänge, um an unseren reservierten Tisch zu gelangen. Die anderen Mädels warten bereits auf uns.

Früher sind wir viel öfter ausgegangen, doch nachdem alle meine Freundinnen nach und nach geheiratet oder mit ihrem Partner zusammengezogen sind, wurden diese Treffen immer seltener, weshalb ich mich heute besonders auf diesen Abend freue.

»Mädelsabend!«, kreischt Marie mir ins Ohr, nachdem sie Steffi und mich in der Menge erblickt und auf uns zugerannt ist. »Ich freue mich so dich zu sehen, Caro. Unser letztes Treffen ist einfach viel zu lange her!« Sie drückt mich fest an sich, sodass mir ihr süßes Parfüm in die Nase steigt. Dann umarmt sie auch Steffi und führt uns zu den anderen. Betty und Laura sitzen auf einem der roten Ledersofas in einer dämmrigen Nische und unterhalten sich. Als sie uns bemerken, springen sie ebenfalls auf.

»Caro! Du siehst toll aus!«, sagt Laura und mustert mich anerkennend. Mit meinem Outfit habe ich mir heute besonders viel Mühe gegeben. Es ist so lange her, dass ich mit meinen Freundinnen einen Mädelsabend verbracht habe. Mein dunkelblaues Kleid ist eng und reicht mir nur knapp bis zu den Knien. Dazu trage ich schwarze High Heels und ich habe mir die Haare gelockt. Mein Make-up ist auffälliger als sonst, ähnlich wie beim Date mit Malte.

»Danke. Du siehst auch toll aus. Diese Frisur steht dir ausgezeichnet«, entgegne ich lächelnd und lasse mich von Laura zum Sofa führen, auf dem ich Platz nehme. Meine Freundin streicht sich grinsend durch die kurz geschnittenen blonden Haare. Seit ich denken kann, trug Laura ihre Haare immer schulterlang. Warum sie sich so plötzlich für eine Kurzhaarfrisur entschieden hat, interessiert mich brennend.

»Maik hat mich dazu überredet. Ich war wirklich hin und hergerissen, doch nachdem ich mich überwunden habe, mir die Haare schneiden zu lassen, bereue ich es nicht. Mir gefällt es und Maik findet meine neue Frisur klasse«, erklärt sie mir. Noch einmal streicht sie sich den Pony aus den Augen und lächelt mich an. Würde ich mein Äußeres für meinen Partner verändern, wenn ich mich eigentlich wohlfühle? Keine Ahnung, so etwas kam mir bei meinen ganzen Beziehungen nie in den Sinn, auch wenn es schon die ein oder andere Diskussion gegeben hat. Mein damaliger Ex-Freund Kai fand mich im Studium zu dünn und hat mich jeden Sonntag zu seinen Eltern zum Mittagessen geschleppt, wo ich *eine ordentliche Mahlzeit* bekam, wie es seine Mutter so schön ausgedrückt hatte. Leider wurde ich dadurch nicht kurviger.

Danach war ich mit Chris zusammen, der eher auf Blondinen stand, ich hingegen bin brünett, was für ihn wohl auch der Grund der Trennung war. Und Carsten? Nun, der wollte vermutlich einfach nicht monogam leben, weshalb wäre er mir sonst nach nur wenigen Monaten fremdgegangen?

Stumm betrachte ich Laura, die ziemlich glücklich mit ihrem neuen Freund zu sein scheint.

Erneut denke ich an Davids seltsamen Blick, den er mir zugeworfen hat, als wir uns im Treppenhaus begegnet sind ... Für David würde ich wohl einiges auf mich nehmen, um seine Aufmerksamkeit zu gewinnen. Theoretisch... Praktisch sollte ich die Vorstellung von einer Beziehung mit ihm so schnell wie möglich aus meinem Kopf verbannen. Leider ist das leichter gesagt als getan. Denn immer, wenn er mich so intensiv aus seinen braunen Augen ansieht, als wolle er etwas sagen und doch stumm bleibt, spüre ich dieses Knistern zwischen uns, das ich eigentlich nicht spüren sollte.

Marie schenkt mir ein Glas Prosecco ein und prostet mir zu.

»Auf einen schönen Abend«, ruft sie über die laute Musik hinweg und alle stimmen mit ein. Den ersten Schluck genieße ich, danach leere ich mein Glas so hastig, als wäre ich am Verdursten. Auch die anderen Mädels warten nicht lange auf die nächste Runde, bis die Flasche nach kürzester Zeit leer ist. Eine weitere folgt und dann gehen wir zu Tequila-Shots über.

»Caro, jetzt erzähl doch mal. Wie war dein Date mit dem sexy Unbekannten?«, fragt mich Stefanie kichernd. Ich grinse sie schief an, spüre bereits die Wirkung des Alkohols in meinem Blutkreislauf.

»Oh, wirklich vielversprechend. Vielleicht sehen wir uns bald wieder«, entgegne ich, versuche meine Stimme dabei fest klingen zu lassen. »Er war sehr charmant und witzig.«

Eine glatte Lüge! Doch das muss ich meinen Freundinnen ja nicht auf die Nase binden. Sofort rückt auch Laura näher an mich heran. Betty und Marie beugen sich weit über den schmalen Tisch, um meiner Geschichte zu lauschen.

»Wo hast du ihn kennengelernt? Bringst du ihn mit zur Party?«, fragt Betty und ihre dunklen Augen funkeln im bunten Licht der Discokugel.

»Onlinedating«, erzähle ich mit einem geheimnisvollen Zwinkern.

»Wow, Respekt. Davor hätte ich ja wirklich Bedenken. Es kann einem ja wer weiß wer im Internet begegnen. Dass du sofort auf so einen Traummann gestoßen bist, war sicher Glückssache«, meint Marie nachdenklich und schenkt uns allen eine weitere Runde Tequila ein. Wie recht sie hat! Malte hat sich als Reinfall entpuppt, von meinem Traummann war er so weit weg wie ich vom Mond. Aber es kann nur besser werden. Darum bin ich ja hier. Vielleicht habe ich Glück und treffe heute Abend jemand Interessanten.

»Ach, ich habe einen guten Riecher, was Männer angeht«, sage ich und winke lachend ab. »Sicher bleibe ich nicht mehr lange Single.«

»Ich drücke dir wirklich die Daumen, Caro«, entgegnet Betty und erhebt ihr Glas. »Mein Riecher funktioniert da nicht so einwandfrei. Aber die Geschichte kennt ihr ja.« Sie grinst und trinkt aus. Auch wir anderen leeren die Shots in einem Zug. Natürlich kann ich mich noch sehr gut an das Drama mit Betty und ihrem Ex-Freund erinnern. Sie war einige Jahre ziemlich in Damian verknallt, dass sie nicht einmal merkte, wie der Typ sie nach Strich und Faden ausnutzte und ihr schließlich auch noch fremdging. Sein Bruder Fritz hingegen war alles andere als ein Bad Boy. Er hatte sich in die Freundin seines Bruders verliebt und sie aus der Ferne angehimmelt. Als Bettys Beziehung dann in die Brüche ging, gestand er ihr seine langjährige Liebe und öffnete ihr damit die Augen. Auch wenn er gut drei Jahre jünger ist, sind beide bereits seit einer ganzen Weile zusammen und wirklich glücklich. Im Sommer wollen sie sogar schon heiraten.

Der DJ spielt gerade einen besonders schnellen Song, den ich bereits aus dem Radio kenne. Ich springe von meinem Platz auf, um nicht länger über dieses Thema sprechen zu müssen.

»Wollen wir tanzen?«, rufe ich meinen Freundinnen zu, weil ich das Gespräch über mein Blind-Date abhaken will, bevor ich mich noch weiter in irgendwelche Lügen verstricke. Ein bisschen beneide ich meine Freundinnen um ihre festen Beziehungen. Wie gern hätte ich auch einen Mann an meiner Seite, bei dem ich mich fallen lassen könnte. Der zu mir steht, wenn es mich nicht gut geht und mit dem ich über alles reden kann. Wie ein bester Freund, nur eben für den Rest meines Lebens. David ist so jemand für mich, aber leider wird mein Wunsch, jeden Abend neben ihm einzuschlafen und am Morgen neben ihm aufzuwachen, nie in Erfüllung gehen.

Um nicht weiter nachzudenken, bahne ich mir einen Weg auf die überfüllte Tanzfläche. Meine Freundinnen folgen mir. Der Alkohol lässt meine Schritte unsicher werden, die hohen Schuhe machen sich bemerkbar und drücken am großen Zeh. Trotzdem will ich tanzen und einfach abschalten.

Steffi stellt sich an meine rechte Seite, die anderen bilden einen Halbkreis. Es ist ein bisschen umständlich einen Platz zum Tanzen zu finden, ohne gegen die anderen Feiernden zu stolpern. Zum schnellen Beat schwinge ich meine Hüfte und werfe die Arme in die Luft. Marie bewegt sich schnell und ruckartig, sodass ihr die Haare um den Kopf herumwirbeln und Laura singt lauthals den Text mit. Es macht Spaß, wieder so ausgelassen zu feiern. Und für einen Moment vergesse ich David und Carsten und Malte, all die Männer, die mir Kopfschmerzen bereiten.

Jemand drängt sich von hinten an mich, schiebt mich beinahe Laura in die Arme. Verwirrt und verärgert zugleich drehe ich mich um, blicke dabei einem hochgewachsenen, schlanken Mann in die dunklen Augen. Ein entschuldigendes Lächeln liegt auf seinem kantigen Gesicht, sodass meine Verärgerung sogleich verpufft.

»Sorry«, formen seine Lippen, zumindest vermute ich das. Er will sich wieder von mir abwenden, doch ich mach einen Schritt auf ihn zu. Der Alkohol in meinem Blut macht mich mutig. Meinerseits schiebe ich mich näher an seine Seite, was er sogleich bemerkt. Sein Grinsen wird breiter, er legt seine Hand an meine Taille und zieht mich dicht an sich heran.

»Ich hatte gehofft, du würdest mit mir tanzen«, raunt er mir ins Ohr. Sein Dreitagebart streift meine Wange, kitzelt mich und schickt einen warmen Schauder über meinen Rücken.

»Da hättest du doch nur fragen brauchen«, entgegne ich, so laut ich kann, damit er mich versteht. Er zuckt die Achseln, ohne mich dabei loszulassen. Dann deutet er mit einem Kopfnicken in Richtung meiner Freundinnen, die uns nun ebenfalls neugierig mustern.

»Dachte, sie würden dich vielleicht nicht gehen lassen.«

»Ach was. Ich kann gut für mich selbst entscheiden.« Ich verziehe meine rot geschminkten Lippen zu einem charmanten Lächeln, das seine Bedenken zerstreuen soll. Dann sehe ich kurz über meine Schulter, nicke Steffi zu und signalisiere ihr dadurch, dass ich für eine Weile mit diesem Typen verschwinden werde. Sie versteht mein Zeichen und tanzt weiter.

Der Fremde führt mich ein Stück zur Seite und ich lege meine Arme um seinen Hals, um ihm noch näher zu kommen. Seine Hände wandern über meinen Rücken, schicken leichte Stromstöße meine Wirbelsäule hinauf. Der schnelle Takt der Musik durchdringt mich und lässt meinen Körper wie von selbst reagieren. Ich lasse meine Hüfte kreisen, bewege meinen Oberkörper leicht vor und zurück. Der Unbekannte kommt mir mit jeder Bewegung entgegen, schiebt sein Knie zwischen meine Beine und dreht mich. Immer schneller bewegen wir uns zu der Musik, kommen uns näher und verschmelzen beinahe miteinander. Mir wird heiß – und das liegt eindeutig nicht an der überfüllten Tanzfläche oder der berauschenden Musik, die laut aus den Boxen dröhnt. Dieser Typ schürt das Verlangen in mir, sorgt dafür, dass mein Blut in Wallung gerät.

Nachdem das Lied endet und ein neues beginnt, ergreift er meine Hand und zieht mich hinter sich her zur nächstgelegenen Bar, an der sich die Clubbesucher drängen. Der Mann bahnt uns einen Weg frei, sodass ich mich sogar auf einen Hocker setzen kann. Er lehnt sich mit einem Arm über die Theke.

»Hey, bring uns doch zwei Shots«, ruft er dem Barkeeper zu, der sich uns in diesem Moment zuwendet. Nickend holt dieser eine Flasche Wodka hervor und füllt zwei Gläser, die er an uns weiterreicht. Der Fremde hebt sein Glas an.

»Ich bin Kevin«, stellt er sich vor und kippt den Alkohol hinunter.

»Carolin«, entgegne ich und trinke ebenfalls aus. Der Wodka brennt in meiner Kehle, sorgt jedoch dafür, dass ich immer mehr Hemmungen verliere.

Kevin bestellt uns noch weitere Drinks, was mir nur recht ist. Mein Körper wird ganz leicht und in meinem Kopf breitet sich Nebel aus. Ich betrachte mein Gegenüber, bewundere seine hochgewachsene Gestalt und die muskulösen Oberarme, die sich unter seinem Shirt abzeichnen. Kevin kommt immer näher an mich heran, was mir gar nicht so unangenehm ist. Mein Körper beginnt ganz angenehm zu kribbeln.

»Bist du oft hier?«, frage ich ihn und versuche eine Konversation zu starten, um ihn nicht nur stumm anzustarren. Kevin verlagert sein Gewicht und legt seinen Arm um meine Schultern.

»Ja, schon. Dich habe ich hier aber noch nie gesehen. Glaub mir, eine Frau wie du wäre mir sonst aufgefallen«, meint er schmeichelhaft. Es ist einer der billigsten Anmachsprüche, die ich kenne, doch irgendwie macht es mir heute nichts aus. Ich fühle mich gut in Kevins Nähe. Und ich bin nicht abgeneigt, seine Gesellschaft noch ein wenig länger zu genießen.

»Wollen wir noch etwas tanzen?«, fragt er mich schließlich, lässt dabei seine Hand über meinen Rücken wandern, bis sie fast an meinem Hintern liegen bleibt. Die Wärme seiner Finger geht mir unter die Haut und erneut kribbelt es in meiner Magengegend. Ich nicke zustimmend und gleite vom Barhocker, als sich plötzlich eine andere Hand auf meine Schulter legt. Überrascht drehe ich mich um und sehe in Isabellas Gesicht. Sie ist nicht minder erstaunt mich zu treffen.

»Carolin. Was für ein Zufall«, ruft sie mir zu und lächelt charmant. Ihre schwarzen Haare glänzen regelrecht in dem bunten Licht und mit den roten Lippen sieht sie Schneewittchen verblüffend ähnlich. In diesem Augenblick beneide ich sie um ihre helle Porzellanhaut. Es scheint, als bräuchte diese Frau nicht einmal Make-up, um wunderschön auszusehen.

»Tatsächlich habe ich auch nicht erwartet, dich hier zu treffen«, entgegne ich und grinse breit. Isabella ist in Begleitung von zwei weiteren Frauen.

»Ich hätte dich um ein Haar gar nicht erkannt. Du siehst irgendwie anders aus«, meint sie und mustert mich.

»Quatsch«, winke ich ab, doch meine Stimme klingt seltsam verzerrt, was auch Isabella auffällt. Sie hebt irritiert eine Augenbraue. Den Umstand, dass ich bereits ganz schön angetrunken bin, kann ich kaum verbergen, was mich ziemlich ärgert.

»Sag, wo ist denn David? Ist er auch hier?«, will ich neugierig wissen. Mein Kumpel ist kein Partytyp, weshalb es mich wundern würde, wenn er tatsächlich hier wäre. Selbst mit mir ist er in all den Jahren nur wenige Male tanzen gegangen, und dabei musste ich all meine Überredungskünste anwenden.

Sie schüttelt den Kopf. »Nein. Wir sind zwar zusammen, aber das heißt ja noch lang nicht, dass wir ständig aneinanderkleben müssen. Er hatte keine Lust, feiern zu gehen, also machen wir heute einen Mädelsabend.« Sie deutet mit der Hand auf die zwei Blondinen neben sich, in deren Mitte sie tatsächlich wie Schneewittchen aussieht. Ihre Freundinnen bilden einen starken Kontrast zu Isabella, ihrer zierlichen Figur und dem dunklen Haar.

»Und du bist mit wem hier?« Ihr Blick wandert zu Kevin, der hinter mir steht und die Szene neugierig beobachtet. Sofort schnappe ich seine Hand und schmiege mich an seine Seite.

»Darf ich vorstellen? Das ist Kevin, meine Begleitung. Und das ist Isabella«, stelle ich die beiden einander vor.

»Noch eine Freundin von dir?«

»Kann man so sagen«, entgegne ich beiläufig und ziehe ihn zur Seite, als er Bella die Hand reichen will. »Wir wollten doch tanzen gehen, oder? Dann los, gerade läuft *mein* Lied!«

Ohne mich von Isabella zu verabschieden, zerre ich Kevin auf die Tanzfläche zurück. Ihn scheint unser schneller Abgang nicht zu stören, denn sofort legt er seine Hände an meine Hüften und zieht mich eng an sich. Ich versuche mich fallen zu lassen und den Kopf abzuschalten, doch irgendwie wühlt mich das kurze Gespräch mit Isabella total auf. Abermals schiebt sich der Gedanke an meinen besten Freund in den Vordergrund. Wie er allein in seinem dämmrigen Wohnzimmer auf der Couch sitzt, Fernsehen schaut und dabei immer häufiger auf die Uhr blickt, in der Hoffnung, Isabella würde bald zurückkommen. Ob sie heute Nacht überhaupt bei ihm übernachtet? Es ist Freitagabend! Ich hätte mir in dieser Situation gewünscht etwas mit meinem Partner zu unternehmen. Als Carsten und ich noch ein Paar gewesen sind, haben wir fast jedes Wochenende zusammen verbracht.

Zum Rhythmus der Musik lasse ich die Hüften kreisen und versuche mich voll und ganz auf meinen Tanzpartner zu konzentrieren. Was mir auch fast gelungen wäre, hätte ich nicht Isabella im Augenwinkel erspäht. Sie tanzt ganz in meiner Nähe, als würde sie mich beobachten wollen. Bestimmt bildet sich mein benebeltes Hirn das nur ein, dennoch fühle ich mich auf einmal unwohl.

Ich schmiege mich noch enger an Kevin und bewege mich schneller, immer wilder. Ich will seine Nähe spüren und dadurch Isabella zeigen, dass ich bei den Männern durchaus begehrt bin. Zwar habe ich keine makellose Porzellanhaut und auch kein seidiges Haar, ganz zu schweigen von solchen perfekten Kurven, aber ich bin ebenfalls attraktiv. Das haben alle meine Ex-Freunde bestätigt und auch David hatte mir in der Vergangenheit immer wieder das ein oder andere Kompliment gemacht. Gott, warum habe ich auf einmal solche Komplexe, wenn es um diese Frau geht? Liegt es daran, dass sie mit meinem besten Freund zusammen ist, in den ich plötzlich über beide Ohren verknallt bin?

Heftig schüttele ich den Kopf, sodass meine Locken umherwirbeln. Ich will verdammt noch mal nicht ständig an David und Isabella denken, sondern einfach Spaß haben!

Also tue ich das, was mir gerade am sinnvollsten erscheint: Ich küsse Kevin! Drücke mich an ihn, lecke mit der Zunge über seine Lippen und schiebe sie in seinen Mund, als er bereitwillig den Kuss vertieft. Er umfängt mich seinerseits fester mit einer Hand, die andere legt er in meinen Nacken und dirigiert mich. Es wird bereits nach nur wenigen Sekunden immer leidenschaftlicher. Mir schwirrt der Kopf, mein Inneres wird auf einmal ganz leicht und ich genieße seine Nähe in vollen Zügen. Kevin übernimmt die Führung, worüber ich recht froh bin, denn sein Kuss raubt mir den Atem. Mir wird heiß und meine Beine beginnen zu zittern, so sehr überkommt mich das Verlangen.

Ich merke kaum, wie er mich von der Tanzfläche drängt. Knutschend taumeln wir durch die schmalen Gänge des Clubs, werden dabei von feiernden Partygästen angerempelt. Das alles bekomme ich wie durch einen Nebel mit. Auf einmal wird es heller, die Musik dumpfer. Kurz löse ich mich von Kevin und merke, dass wir in der Nähe der Toiletten sind. Mein Tanzpartner presst mich hart gegen die Wand, was mich nun noch mehr erregt. Ein Mann, der weiß, was er will. Genau das brauche ich jetzt, um meinen Kopf freizubekommen. In Gedanken gehe ich bereits meine Möglichkeiten durch. Sex auf der Clubtoilette wäre nicht meine erste Wahl, wenn wir es jedoch nicht bis in meine

Wohnung schaffen, muss ich wohl oder übel nehmen, was ich kriegen kann. In meinem betrunkenen Zustand verliere ich die Hemmungen, zerre an Kevins Shirt und schiebe meine Hände darunter. Streichle mit den Fingerspitzen über seinen Rücken, die Wirbelsäule so weit hinauf, wie es das enge Kleidungsstück zulässt.

Kevin küsst mich erneut, dieses Mal deutlich wilder. Knabbert an meiner Unterlippe und küsst meinen Kiefer, bevor er seine Lippen über meinen Hals wandern lässt. Seufzend lege ich den Kopf in den Nacken, vergrabe meine Hände in seinem dunklen Haar und versuche ihn dadurch noch näher an mich heranzuziehen.

Seine Hände liegen an meiner Taille, er drückt sein Knie zwischen meine Beine, um mich an der Wand zu fixieren, während er mit Zunge und Zähnen meinen Hals immer wieder liebkost. Hitze durchströmt mich und läuft in sanften Wellen durch meinen Körper. Zitternd kralle ich mich an ihm fest, vergrabe meine Fingernägel in seiner Haut, als er mit den Zähnen den schmalen Träger meines Kleides zur Seite schiebt und meine Schulter küsst. In meinem Bauch kribbelt und rumort es unaufhörlich, meine Nervenenden sind wie elektrisiert und nur auf diesen Mann ausgerichtet, der mich verdammt heiß macht.

Kevin streicht mit einer Hand über meine Seite und legt sie dann besitzergreifend auf meine rechte Brust. Wie ein Blitz durchzuckt es mich und plötzlich muss ich an David und seine Berührungen denken. Wie sanft er gewesen ist, wie zärtlich, als wäre ich etwas Zerbrechliches, das er um keinen Preis zerstören wollte. Auf einmal kommt mir diese ganze Situation falsch und absurd vor. Was zur Hölle mache ich hier? Ich lasse mich von einem wildfremden Typen bei den Clubtoiletten begrapschen, mit dem ich kaum zwei Worte gewechselt habe.

Wie erstarrt verharre ich, spüre Kevins Hände und Lippen an meinem Körper und schlagartig wird mir übel. Mein Magen dreht sich, der Alkohol macht sich erneut bemerkbar. Keuchend wende ich meinen Kopf ab und kann mich gerade noch zur Seite beugen, bevor ein Schwall Magenflüssigkeit auf dem Fußboden landet. Erschrocken springt Kevin einen Schritt zurück. Ich würge, krümme mich zusammen und gehe in die Knie. Mir ist so schlecht und alles dreht sich, dass ich meiner Begleitung kaum Beachtung schenke. Erst nachdem der Brechreiz verklungen ist, wische ich mir mit dem Handrücken fahrig über den Mund und sehe zu ihm auf. Er steht in einer abwehrenden Haltung vor mir, starrt mich entsetzt an und weiß anscheinend nicht, was er sagen oder wohin er schauen soll. Mühsam rappele ich mich wieder auf und will mich mit der Hand an seiner Schulter abstützen, doch er weicht vor mir zurück, als hätte ich die Pest am Leib.

»Sorry, aber ich stehe nicht so auf Frauen, die mir auf die Schuhe kotzen«, sagt er angeekelt und wendet sich im gleichen Moment zum Gehen. Völlig fassungslos über die vergangenen fünf Minuten bleibe ich wie angewurzelt zurück und kann ihm nur stumm hinterherstarren.

Kapitel 7

Am nächsten Morgen erwache ich mit einem furchtbaren Kater. Sobald ich die Augen öffne, dreht sich alles in meinem Kopf, sodass ich Mühe habe, aus dem Bett zu kommen. Also bleibe ich noch eine ganze Weile liegen, atme tief ein und aus und versuche die Bilder, die sich mir aufdrängen, zu ignorieren.

Ich weiß selbst nicht, was in mich gefahren ist, mit einem mir wildfremden Typen rumzumachen. So etwas ist mir noch nie passiert! Meinen Aussetzer schiebe ich auf den ganzen Alkohol, den ich getrunken habe. Wein, Prosecco, Tequila und Wodka sind wirklich keine gute Kombination.

Stöhnend fasse ich mir an die Schläfen und richte mich nun doch im Bett auf. Der pochende Schmerz hinter meiner Stirn ist kaum zu ertragen, aber um ihn zu lindern, muss ich mich ins Badezimmer quälen. Langsam schlage ich die Decke zurück und schwinge die Beine über die Bettkante. Nur mühsam erhebe ich mich, setzte vorsichtig einen Fuß vor den anderen, weil sich alles unaufhörlich dreht. Nach einer Ewigkeit erreiche ich mein Badezimmer und muss mich erst mal am Waschbecken festhalten, da mir erneut übel wird.

Kein Wunder, dass ich mich gestern Nacht auf einmal übergeben musste. Mir ist noch immer speiübel. Keuchend öffne ich den Spiegelschrank und greife nach der Packung Aspirin, von denen ich mir eine Tablette hastig in den Mund stecke und mit etwas Wasser runterspüle. Dann lasse ich mich auf geschlossenen Klodeckel sinken, vergrabe meinen schmerzenden Kopf in den Handflächen.

Die Sache mit Kevin war nun schon der zweite Reinfall innerhalb einer Woche. Dabei war er mir wirklich sympathisch. Mein Verhalten ist mir im Nachhinein total peinlich und ich bin mehr als froh, dass ich diesen Typen nie wiedersehen werde. Auch wenn er ziemlich schnell zur Sache gegangen ist und ich ihn vermutlich dazu ermutig habe, hat er trotzdem nicht verdient, dass ich ihm vor die Füße kotze.

Seufzend reibe ich mir mit Daumen und Zeigefinger über die Nasenwurzel, um den pochenden Schmerz ein wenig zu vertreiben. Nachdem Kevin verschwunden ist, bin ich eine halbe Ewigkeit einfach vor den Toiletten stehen geblieben, bis mich Marie irgendwann aufgelesen hat. Sie hat mich wieder zurück zu den anderen gebracht, wo ich auf einem der Ledersofas auf meine Mädels gewartet habe. Ich hatte wirklich keine Lust mehr zu tanzen. Mir war übel, ich fühlte mich elend und hatte zudem noch Panik, in diesem Zustand erneut auf Isabella zu treffen. Glücklicherweise hatte mich Betty kurz darauf mit dem Taxi bei meiner Wohnung abgesetzt. Sie hat sogar angeboten, bei mir zu übernachten, doch ich habe sie nach Hause geschickt. Nach diesem absolut beschissenen Abend wollte ich nur noch in mein Bett fallen und schlafen. Genau das ist anscheinend auch passiert. Zwar habe ich es noch irgendwie geschafft meine Partyklamotten auszuziehen, aber zum Abschminken hat es dann doch nicht mehr gereicht. Nun sehe ich aus wie ein Panda.

Immer noch wackelig auf den Beinen erhebe ich mich und drehe den Hahn der Badewanne auf, lasse Wasser hineinlaufen. Ein Bad habe ich jetzt bitternötig, um meinen Kreislauf wenigstens etwas in Schwung zu bekommen. Also warte ich noch einen Moment, bis die Wanne vollgelaufen ist, ziehe mich aus und steige ins warme Wasser. Mit dem Kopf tauche ich in den Schaum und zähle bis fünf, bevor ich wieder an die Oberfläche komme und mir mit den Händen übers Gesicht fahre. Make-up und Mascara färben das Badewasser.

***

Nach dem Bad fühle ich mich deutlich besser. Zwar ist mir immer noch flau im Magen, doch glücklicherweise sind die Kopfschmerzen zurückgegangen. Ich schlüpfe in einen flauschigen Pullover und meine Lieblingsjogginghose, bevor ich mir einen Kaffee mache und ein Brot schmiere.

Gähnend nehme ich einen Schluck von meinem Lebenselixier. Der heutige Tag ist gelaufen, denn es ist bereits später Nachmittag. Ich werde mich zu nichts Großartigem aufraffen können, als auf dem Sofa zu lümmeln und Netflix zu schauen. Deshalb mache ich mir keine Illusionen, was den Rest meines Wochenendes betrifft. Zwar könnte ich mich jetzt ans Handy hängen und meine Freundinnen durchtelefonieren, wer Lust auf einen entspannten Abend bei mir hat, aber vermutlich würden eh alle absagen. Wochenende ist Partnerzeit. Und eigentlich habe ich mich immer gut damit arrangiert, weil auch ich meistens einen Freund hatte. In der Zeit, in der ich Single gewesen bin, gehörten meine Wochenenden David. Nun ist mein bester Freund ebenfalls in einer festen Beziehung, und ohne dass ich es beeinflussen kann, schweifen meine Gedanken wieder zu Isabella. Sie ist schön, gebildet und arbeitet auch noch in einer sozialen Einrichtung. Besser konnte es David wirklich nicht treffen! Kein Wunder, dass ich so eifersüchtig auf diese Frau bin. Es ärgert mich, weil mir dadurch vor Augen geführt wird, was ich nicht haben kann. Wieso ist mir nicht viel früher aufgefallen, was ich für meinen besten Freund empfinde? Hätten wir vielleicht eine Chance gehabt, wenn ich früher etwas gemerkt hätte?

Seufzend verziehe ich mich mit meinem Kaffee ins Wohnzimmer und schalte den Fernseher ein. Dann zappe ich gelangweilt durchs Programm, bleibe bei einer Fashionshow hängen und mache es mir auf der Couch gemütlich. Gähnend nehme ich mein Handy zur Hand und beantworte einige Nachrichten von Steffi und Marie, die sich nach meinem Wohlbefinden erkundigen. Danach schaue ich ein bisschen auf Instagram und Facebook, doch es ist nichts Interessantes dabei. Erst überlege ich, ob ich auf meinem Profil beim Datingportal vorbeischauen sollte, entscheide mich jedoch dagegen und lege das Handy auf den Couchtisch. Heute will ich nicht an andere Männer denken, zu bildhaft ist noch die Erinnerung an den gestrigen Abend. Also versuche ich mich auf die Show im Fernsehen zu konzentrieren, und ein wenig abzuschalten.

***

Ich muss eingeschlafen sein, denn als ich die Augen öffne, ist es stockfinster in meinem Wohnzimmer. Verwirrt richte ich mich auf und sehe zum Fernseher, der ebenfalls aus ist. Seltsam, bisher hatte er sich nie von allein abgeschaltet. Weil es mir komisch vorkommt, taste ich auf dem Tisch nach der Fernbedienung, um ihn wieder einzuschalten, doch der Bildschirm bleibt schwarz. Noch einige Male drücke ich auf beliebige Tasten, aber nichts passiert. Also nehme ich mein Handy in die Hand und öffne die Taschenlampen-App, um mir den Weg durchs dunkle Wohnzimmer zu leuchten.

Am Lichtschalter angekommen, betätige ich ihn, doch zu meiner Verwunderung bleibt es immer noch dunkel im Raum. Ist etwa eine Sicherung durchgebrannt? So ein Mist! Ich hasse Dunkelheit. Es ist total gruselig, wenn man nichts sehen kann und nicht weiß, was hinter der nächsten Ecke lauert. Hier in der Wohnung ist es noch erträglich, trotzdem zucken ich beim kleinsten unbekannten Geräusch zusammen.

Vorsichtig taste ich mich an der Wand entlang zum Flur, die Handylampe auf den Fußboden gerichtet. Der Sicherungskasten befindet sich gleich neben der Wohnungstür. Ich öffne die Klappe und leuchte mit dem Handy ins Innere. Bisher hatte ich nur einmal einen Stromausfall. Da habe ich mich an einem Kuchen versucht, der ziemlich in die Hose gegangen ist. Es gab einen Kurzschluss im Backofen und das Licht in der ganzen Wohnung ging aus. Doch nach einigem Hin und Her hatte mir David gezeigt, welche Schalter ich im Sicherungskasten umlegen muss, damit das Licht wieder funktionierte.

Ziemlich wahllos drücke ich einige Sicherungen runter und betätige mehrmals den Lichtschalter im Flur. Aber die Wohnung bleibt dunkel. Grübelnd versuche mich daran zu erinnern, was mir mein bester Freund beim letzten Stromausfall gesagt hat, als jemand laut gegen die Tür hämmert. Ein spitzer Schrei entweicht mir und ich fahre erschrocken herum. Wer ist da? Zögerlich nähere ich mich, mein Handy fest umklammert. Wenn das jetzt ein Einbrecher ist, der die Gunst der Stunde nutzt, habe ich nicht einmal etwas, um mich zu verteidigen. Mein Smartphone kann ich ihm wohl kaum über den Kopf ziehen, es würde ihn nicht einmal k.o. hauen.

Erneut klopft es, dieses Mal deutlich lauter und drohender. Ich stelle mich auf die Zehenspitzen und schaue durch den Spion, doch der Hausflur ist genauso stockfinster wie meine Wohnung, weshalb ich nur eine hochgewachsene Gestalt erkenne, die mir Angst macht.

Wieder klopft es, sehr ungeduldig sogar.

»Geh weg! Oder ich rufe die Polizei«, schreie ich mit zitternder Stimme durch die geschlossene Tür. Dann lausche ich mit wild pochendem Herzen in die Stille hinein. Auf der anderen Seite höre ich ein leises Lachen, was mir durch Mark und Bein geht. Sofort wähle ich 112 und presse mir das Handy fest ans Ohr.

»Hallo, ich möchte einen Einbruch melden in der–«

»Caro, jetzt mach endlich die Tür auf. Ich bin's!«

Sofort lasse ich mein Smartphone sinken, achte nicht mehr drauf, was mir der Beamte am anderen Ende der Leitung sagen will. Langsam schiebe ich die Tür auf und stecke den Kopf heraus. Als ich David erkenne, atme ich erleichtert aus.

»Gott, hast du mich erschreckt! Ich wäre beinahe an einem Herzinfarkt gestorben«, fahre ich ihn an, jedoch unendlich froh darüber, dass er da ist. Jetzt komme ich mir ziemlich blöd und paranoid vor. Welcher Einbrecher würde durch die Haustür schlendern und sein Auftauchen sogar noch ankündigen? Ich schiebe die Tür komplett auf und lasse David eintreten.

Er hat eine große Kiste unterm Arm, die er mir entgegenhält.

»Ich habe vermutet, dass bei dir ebenfalls der Strom ausgefallen ist, deshalb wollte ich nach dir sehen. Ich weiß doch, wie sehr du die Dunkelheit fürchtest«, sagt er zu mir und lächelt, zumindest erahne ich es. Um sicherzugehen, richte ich den Strahl der Handytaschenlampe auf sein Gesicht. Seine braunen Augen blicken freundlich auf mich herab und sorgen für dieses angenehme Kribbeln, das ich neuerdings stets in seiner Gegenwart verspüre. Durch den Lautsprecher meines Handys höre ich immer noch die Stimme des Polizeibeamten, den ich schnell wegdrücke.

David legt fragend die Stirn in Falten, doch ich winke ab und nehme den Karton entgegen. Leider kann ich in der Dunkelheit nur wenig erkennen. Grinsend nimmt er ihn mir wieder aus den Händen und geht zielsicher durch den Flur in mein Wohnzimmer, als würde er sich hier blind auskennen. Ich hingegen tapse ihm unsicher hinterher.

Mein bester Freund stellt die Kiste auf dem Couchtisch ab, dann nimmt er einen Gegenstand heraus und holt etwas aus seiner Hosentasche. Durch das Licht an meinem Handy erkenne ich, wie er eine dicke Stumpenkerze mit einem Feuerzeug anzündet und diese auf dem Tisch platziert. Viele weitere folgen, bis mein Wohnzimmer in einem wunderschönen Lichtermeer erstrahlt.

»Wow«, murmele ich ehrfürchtig. Die Lichter flackern im dunklen Raum und verbreiten eine romantische Atmosphäre. Und inmitten all der Kerzen sitzt David auf dem Sofa und lächelt mich an. Sogleich beginnt mein Herz wie wild zu hüpfen. Meine Handflächen schwitzen und ich werde unglaublich nervös. Wieso ist er hier bei mir und nicht mit seiner Freundin zusammen? Das ergibt für mich keinen Sinn.

David klopft mit einer Hand neben sich auf die Sitzfläche, signalisiert mir dadurch zu ihm zu kommen. Doch mein Körper reagiert nicht, wie angewurzelt bleibe ich mitten im Raum stehen und sehe ihn an. Das Licht der Kerzen lässt Schatten auf seinem Gesicht tanzen. Ich bin zu überwältigt von der Geste, davon, was er gerade für mich macht. Nur ein wahrer Freund kommt in so einer Situation vorbei und hilft, weil er weiß, wie unheimlich mir die Dunkelheit ist.

»Caro? Was ist denn los?«, will er wissen und reißt mich damit aus meiner Starre.

»Ähm ... ich ...« Keine Ahnung, was ich sagen soll, doch das, was gerade in mir vorgeht, muss ich vor David auf jeden Fall geheim halten. Er darf nicht merken, wie verliebt ich in ihn bin und wie sehr mich seine Geste rührt.

»Soll ich uns Wein holen?«, frage ich ihn stattdessen und eile bereits in die angrenzende Küche, ohne seine Antwort abzuwarten. Meine übereilte Flucht stellt sich als Fehler heraus, denn ich stoße mit dem Schienbein gegen den Küchentisch. Leise fluchend humple ich durch die Dunkelheit zum Kühlschrank, den ich nur erahnen kann. Erst schalte ich die Taschenlampen-App an meinem Handy wieder an, dann öffne ich die Tür und hole eine Weißweinflasche heraus. Sie ist zwar bereits angebrochen, doch für uns beide wird es reichen. Schließlich will ich mich heute nicht betrinken, nur ein wenig zur Ruhe kommen. Denn mein blödes Herz will sich einfach nicht beruhigen. Auch meine Hände zittern leicht, sodass ich den Flaschenhals fester umfassen muss, damit sie mir nicht aus der Hand rutscht. Dann stelle ich die Weinflasche auf die Arbeitsplatte mir gegenüber und stütze die Hände einen Augenblick lang ab, lehne die Stirn gegen den Schrank über mir und schließe die Augen. Atme einige Male ein und aus, bis sich mein Herzschlag einigermaßen normalisiert. Erst als ich mich ruhiger fühle, öffne ich den Schrank und fasse mit einer Hand hinein, um zwei Weingläser herauszuholen, während ich mit dem Handy hineinleuchte.

»Ich habe einen Knall gehört. Ist alles in Ordnung?«, ertönt Davids Stimme hinter mir. Erschrocken fahre ich herum und lasse dabei eins der Weingläser fallen. Scheppernd landet das Glas auf den Küchenfliesen. Auch mein Handy fällt auf die Arbeitsplatte. Oh Mist, hoffentlich ist das Display jetzt nicht zersprungen. Zwei Handys innerhalb einer Woche zu zerstören, wäre neuer Rekord.

»Warte, nicht bewegen«, mahnt mich David, doch es ist zu spät. Ich mache einen Schritt nach vorne und trete in die Glasscherben zu meinen Füßen.

»Autsch!« Ein stechender Schmerz zuckt von meinem Fußballen bis hinauf in meinen Nacken. Ich kneife die Augen fest zusammen und hebe den Fuß an. Sofort ist

David an meiner Seite und legt mir den Arm um die Schulter, um mich zu stützen.

»Ich sagte doch, nicht bewegen«, tadelt er mich, aber seine Stimme klingt viel zu sanft, als dass er wirklich böse auf mich sein könnte. Sofort zieht er sein eigenes Handy aus der Hosentasche und schaltet die Taschenlampe ein.

Durch den Lichtstrahl sehe ich nun die Scherben auf dem Fußboden. Mein bester Freund schiebt mich vorsichtig durch die Küche zurück ins Wohnzimmer, damit ich mich auf das Sofa fallen lassen kann. Dann setzt er sich neben mich und bettet meinen verletzten Fuß auf seinen Schoß. Eigentlich tut es kaum noch weh, denn Davids sanfte Berührungen sorgen dafür, dass mir ganz warm wird. Ich beobachte ihn dabei, wie er meinen Fuß anhebt und das Missgeschick begutachtet.

»Du hast Glück, dass du Socken anhattest, und auf den ersten Blick hast du auch bloß eine der größeren Scheiben erwischt. Aber genau kann ich dir das bei dem diffusen Licht leider nicht sagen. Geh am besten morgen früh zum Arzt und lass die Wunde noch einmal untersuchen.«

»Worauf fundiert deine fachkundige Kenntnis über Schnittverletzungen?«, witzle ich, um meine Nervosität zu überspielen. Wie seine Finger meinen Knöchel berühren, wie er vorsichtig mit dem Daumen über meine Fußsohle streicht – Himmel, das ist noch erotischer als Kevins wilde Küsse in der vergangenen Nacht!

David grinst breit. »Grey's Anatomy«, sagt er, als würden diese Worte alles erklären. Dann erhebt er sich. »Hast du den Verbandskasten immer noch im Bad?«

Ich nicke stumm. Gleichzeitig erinnere ich mich an das eine Mal, als ich ihn verarzten musste. Es war kurz nach seinem Einzug, als er die Möbel aufgebaut und sich dabei einen Holzsplitter im Daumen zugezogen hatte. Danach klingelte er bei mir und fragte nach meiner Hilfe, weil er sich den Splitter nicht selbst entfernen konnte.

»Dass du nicht einmal eine Taschenlampe im Haus hast«, sagt er lachend und schüttelt ungläubig den Kopf, nachdem er bereits zur Tür herausgegangen ist.

»Die Batterien sind leer und ich bin irgendwie nie dazu gekommen neue zu besorgen«, entgegne ich etwas lauter, damit er mich noch im Badezimmer hören kann. Kurz darauf kehrt er mit dem Verbandskasten zurück, nimmt erneut meinen Fuß in die Hand und zieht mit einer Pinzette vorsichtig an der kleinen Glasscherbe, die sich im Stoff meiner Socke verheddert hat. Kurz beiße ich mir auf die Unterlippe, aber der Schmerz währt nur wenige Sekunden. Als David meine Jogginghose ein Stück hinaufschiebt, um mir besser die Socke ausziehen zu können, zucke ich erneut. Dieses Mal jedoch nicht vor Schmerzen, sondern weil seine Finger viel sanfter als gedacht über meinen Knöchel hinab über meinen Spann streichen. Eine Gänsehaut breitet sich auf meinem Körper aus, wandert vom Fuß hinauf bis in meinen Nacken. Schweigend beobachte ich ihn im Licht der Kerzen, wie er die kleine Wunde mit einem Tupfer desinfiziert und anschließend einen Verband drumlegt. Als er fertig ist, legt er den Verbandskasten auf den Couchtisch und bleibt in genau dieser Position sitzen. Mein Fuß ruht immer noch auf seinem Schoß, seine Hände liegen locker um meinen

Spann und sein Daumen streichelt immer wieder kaum merklich darüber.

Mir wird heiß und kalt zugleich, das Kribbeln in meinem Bauch verstärkt sich mit jeder Minute, in der wir schweigend nebeneinandersitzen.

»Woher hast du eigentlich so viele Kerzen?«, frage ich in die Stille hinein, um irgendwas zu sagen und damit eine lockere Unterhaltung zu beginnen.

»Von Isabella. Sie hat erst kürzlich meine Wohnung weihnachtlich dekoriert, aber mir war es ein bisschen zu viel. Deshalb habe ich die Hälfte der Deko wieder eingepackt, dazu gehörten auch die Kerzen«, erklärt er sachlich. Seine Augen ruhen auf meinem Gesicht, doch in dem dämmrigen Licht kann ich nicht genau erkennen, was er denkt. Sowieso fällt es mir in letzter Zeit sehr schwer in David zu lesen.

»Das ist ja nett von ihr, dass sie für dich dekoriert«, meine ich leichthin, auch wenn mir dieser Gedanke nicht wirklich gefällt. Aber was kann ich schon dagegen sagen? Es ist sein Leben und seine Freundin. Wenn er mit ihr glücklich ist, sollte ich es akzeptieren. Theoretisch.

»Ich könnte dir ein paar der Kerzen hierlassen. Etwas weihnachtliche Stimmung könnte deine Wohnung auch vertragen«, entgegnet er. Ich zucke bloß die Achseln. In all den Jahren, in denen ich bereits hier wohne, habe ich die Feiertage immer bei meiner Familie und mit meinen Freunden verbracht, sodass ich nur selten zu Hause gewesen bin.

Ich habe auf dem Esstisch einen kleinen Adventskranz stehen, den ich beim Supermarkt gegenüber im Angebot gekauft habe, und eine Lichterkette über dem

Fenster. Das hatte bisher immer gereicht, aber nun bin ich mir nicht mehr so sicher. Wenn ich die Weihnachtstage nun doch allein in meiner Wohnung verbringen würde, sollte ich es mir eventuell ein bisschen gemütlicher machen.

»Ach, lass mal. Sicher möchte Isabella sie wieder zurück. Apropos –« Ich richtige mich ein wenig auf und nehme meinen bandagierten Fuß von seinem Schoß, um den Körperkontakt zu unterbrechen. Dann ziehe ich die Knie fest an meinen Körper und umschlinge sie mit den Armen. »Wieso verbringst du das Wochenende nicht mit ihr? Immerhin seid ihr doch frisch verliebt ... Da würde ich an deiner Stelle jede Minute mit meinem Partner zusammen sein wollen.«

David wendet sich kurz von mir ab und sieht auf seine Hände, die er im Schoß gefaltet hat.

»Sie ist dieses Wochenende bei ihren Eltern und kommt erst Sonntagabend wieder«, erklärt er mir. Aus seiner Stimme kann ich nicht heraushören, ob er darüber enttäuscht ist oder nicht.

»Und dann war sie gestern noch feiern?«, meine ich nachdenklich. Ich verstehe diese Frau wirklich nicht. Wenn man schon mit so einem tollen Typen wie David zusammen ist, sollte man ihm wenigstens etwas mehr Aufmerksamkeit schenken. Ich an ihrer Stelle würde es zumindest machen.

Sein Kopf ruckt zu mir herum. »Tatsächlich?«

Mist, hätte ich das nicht sagen dürfen? Wusste er überhaupt von ihren Plänen? So stark meine Eifersucht ihr gegenüber auch ist, möchte ich trotzdem nicht diejenige sein, die die erste Beziehungskrise hervorruft.

Davids Überraschung legt sich jedoch schnell. »Wir haben für dieses Wochenende nichts Festes ausgemacht, also kann sie rein theoretisch machen, was sie möchte. Ich mache es ja auch.« Ein Lächeln huscht über sein Gesicht und beschert mir erneut wildes Herzklopfen. Heißt das, er hat sich bewusst dafür entschieden rüberzukommen, weil er den Abend mit mir verbringen will? Klar, was auch sonst! Und ich bin so blöd und grübele über Isabella, statt die Zeit mit meinem besten Freund zu genießen.

»Wollen wir einen Film schauen? Mein Laptop müsste noch aufgeladen genug sein, um das zu packen«, schlage ich vor und will schon aufstehen, doch er hält mich am Arm zurück und zieht mich wieder runter aufs Sofa.

»Bleib lieber sitzen. Du solltest deinen Fuß nicht unnötig belasten, bevor du nicht beim Arzt gewesen bist. Ich hole ihn.«

»Im Schlafzimmer auf meinem Bett«, erkläre ich ihm und mache es mir erneut auf der Couch bequem. Eigentlich tut mir mein Fuß kaum noch weh und ich bin mir ziemlich sicher, dass dieser Schnitt nicht der Rede wert ist, dennoch freue ich mich über seine Fürsorge. David kehrt mit dem Laptop unterm Arm zurück, den er auf den Couchtisch stellt und aufklappt. Dann schaltet er ihn ein. Da ich kein Passwort eingestellt habe, öffnet sich direkt mein Bildschirm – und die letzte Seite im Internetbrowser, die ich nicht geschlossen habe, als ich den Laptop vor wenigen Tagen in Standby versetzt habe!

Mein bester Freund zieht die Augenbrauen zusammen. Als mir klar wird, was er dort sieht, beuge ich mich hastig vor und reiße den Laptop an mich, als würde mein Leben davon abhängen.

»Was war das?«, fragt er mich mit Verwirrung in der Stimme.

»Ach. Nichts. Ich habe bloß recherchiert«, rede ich mich heraus. Vermutlich glaubt er mir nicht, doch etwas anderes fiel mir so schnell nicht ein. Zumindest bohrt er nicht weiter nach, was mich erleichtert seufzen lässt. Hastig rufe ich Netflix auf, um die Peinlichkeit zu überspielen.

»Was wollen wir schauen?«, frage ich ihn und stelle den Laptop wieder zwischen uns auf den Tisch.

»Mir ganz egal«, entgegnet er. Da ich weiß, dass David nicht so sehr auf Liebesfilme steht wie ich, wähle ich eine Komödie, denn mir ist gerade nach etwas Lustigem. Damit hoffe ich, meine trüben Gedanken und die Eifersucht auf Isabella vertreiben zu können. Wie schön wäre es, wenn David und ich uns wieder so nah sein könnten wie früher.

Schweigend sitzen wir nebeneinander und konzentrieren uns auf die Handlung. Der Film, die Dunkelheit und das flackernde Licht der Kerzen machen mich nach einer Weile müde. Vermutlich hängt es auch damit zusammen, dass ich heute Nacht wenig und schlecht geschlafen habe. Einige Male versuche ich mein Gähnen zu unterdrücken, lasse es jedoch irgendwann und sinke immer tiefer ins Sofapolster. David schiebt mir eins der Kissen rüber, die er im Rücken hat, damit ich mich bequem hinlegen kann. Nach einer Weile spüre ich, wie er näher an mich heranrückt. Gern mache ich ihm Platz, sodass er sich hinter mir auf dem Sofa ausstrecken kann. Bereits als Jugendliche haben wir oft so rumgelegen, er hinter mir und den Arm um mich gelegt. Damals war nichts dabei, seine Nähe hatte mir nicht das Geringste ausgemacht, aber nun sieht es anders aus.

Mir wird erneut warm und mein Puls beschleunigt sich, als er einen Arm locker um meine Körpermitte legt. Für ihn ist es vermutlich die normalste Sache der Welt seine beste Freundin zu umarmen, doch in mir verursacht diese Geste ein einziges Gefühlschaos. Es wäre besser, wenn ich ihn jetzt zurückweisen, mich von ihm abwenden würde, aber ich kann einfach nicht. Zu gut fühlt sich seine Nähe und sein warmer Körper an, gegen den ich mich unbewusst schmiege. Warum kann es nicht immer so sein? Ich spüre, wie seine Lippen sacht meinen Nacken streifen, ehe meine Augen schwer werden und ich erneut einschlafe.

***

Als ich aufwache, hat der Akku meines Laptops den Geist aufgegeben und David ist verschwunden. Die Kerzen brennen nicht mehr, dagegen leuchtet mir die Deckenlampe grell entgegen. Der Stromausfall scheint behoben zu sein.

Gähnend setze ich mich auf und schiebe mir die Haare zur Seite, fasse dann in meinen Nacken. Habe ich mir den Kuss nur eingebildet? Die Haut unter meinen Fingerspitzen kribbelt, doch ich versuche die aufkeimende Hoffnung zu unterdrücken. Es war nur ein Traum. Alles andere wäre absolut unlogisch.

Im Licht begutachte ich meinen verletzten Fuß. Auf dem Verband zeigt sich ein kleiner Fleck getrockneten Bluts und als ich auftrete, tut es kaum weh. Da hat sich

David wohl umsonst Sorgen gemacht. Vorsichtig verlasse ich das Wohnzimmer und gehe in die Küche, um mein Handy zu holen, das ich dort auf der Arbeitsplatte liegen gelassen habe. Erleichtert atme ich auf, als ich es von allen Seiten betrachte. Es ist glücklicherweise noch intakt. Das Display zeigt mir an, dass es kurz nach Mitternacht ist. Kein Wunder, dass David nicht mehr bei mir ist.

Seufzend stecke ich das Smartphone in meine Gesäßtasche und hole aus dem Schrank unter der Spüle Kehrichtschaufel und Handfeger, um die Glasscherben auf dem Fußboden zusammenzukehren. Nachdem ich sicher bin, nichts übersehen zu haben, verziehe ich mich ins Schlafzimmer und sofort wieder in mein Bett. Dieser Abend war noch nervenaufreibender als mein gestriger Clubbesuch. Dafür aber umso schöner.

Mit dem Gedanken an David gleite ich erneut in einen tiefen Schlaf.

Kapitel 8

Langsam sollte ich Nägel mit Köpfen machen. Motiviert genug bin ich, um mir endlich ein Weihnachtsdate zu suchen. Das mit dem Finden stellt sich nur als etwas schwieriger heraus als ursprünglich gedacht. Sabrina hat gut reden. Im Internet ist alles noch viel komplizierter als im echten Leben. Im Real Life trifft man zwar auch Männer wie Kevin, aber wenigstens weiß man bei denen sofort, woran man ist, statt seine Zeit mit den Maltes der Welt zu vergeuden. Dennoch starte ich einen neuen Versuch. Doch dieses Mal suche ich mir den Mann aus, nicht umgekehrt. Zwar habe ich bereits mehrere Anfragen erhalten, aber die meisten davon, waren mir eher suspekt. Und die, die einigermaßen seriös rüberkamen, gefielen mir nicht oder hatten ein viel zu undurchsichtiges Profil.

Je schneller ich mich auf jemand Neuen einlassen kann, desto eher werde ich meine Gefühle für David vergessen können. Das habe ich mir fest vorgenommen, denn solch ein Gefühlschaos wie vergangenes Wochenende will ich nicht jedes Mal durchleben müssen, wenn wir mal für ein paar Stunden allein sind. Deshalb setzte ich mich nach Feierabend wieder an meinen Laptop und öffne die Homepage des Datingportals. Die eingegangenen Nachrichten ignorierend, gebe ich einige Schlagworte in die Suchmaske ein, genau wie Sabrina es mir in der Mittagspause erklärt hat.

Sofort tauchen unzählige Vorschläge auf. Unschlüssig scrolle ich mich durch die Bildergalerie der angezeigten Kandidaten, begutachte ihre Fotos und Profilangaben. Dabei sticht mir ein Mann ins Auge, dessen Profil ich genauer unter die Lupe nehme. Sein unglaublich attraktives Lächeln nimmt mich sofort ein. Er ist braun gebrannt, hat blonde, etwas längere Haare, die ihm in die Stirn fallen und seine blauen Augen ein wenig verdecken. Auf dem Bild trägt er ein ärmelloses Shirt, wodurch mir sofort seine muskulösen Oberarme auffallen. Mh, wirklich ein sexy Anblick. Da passt sein Nickname wie die Faust aufs Auge.

Dieser Mr.Sexy.Fit heißt eigentlich Marcel und ist siebenundzwanzig Jahre alt, gebürtig aus Stuttgart, lebt jedoch seit einiger Zeit in Köln. Er ist selbstständiger Fitnesscoach und arbeitet auch als Personaltrainer. Zudem ist er Vegetarier und setzt sich für diverse Tierschutzvereine ein. Kurzerhand öffne ich das Chatfenster und schreibe ihm eine Nachricht.

carolin_is_waiting: *Hallo Mr.Sexy.Fit. Dein Profil ist wirklich ansprechend. Ich interessiere mich sehr für Sport und wollte mal fragen, wie du so zu personal training stehst. Vielleicht könntest du mir ein paar Übungen zeigen, wodurch ich meinen Körper ein wenig definieren könnte?*

Es dauert nicht lange, da bekomme ich bereits eine Antwort. Neugierig klicke ich auf das blinkende Symbol auf meinem Bildschirm.

Mr.Sexy.Fit: *Deinem Profilbild nach zu urteilen, gibt es da nicht viel, das du straffen müsstest ;-)*

carolin_is_waiting: *Ich glaube eher, das Bild hat mich sehr vorteilhaft getroffen.*

Mr.Sexy.Fit: *Davon muss ich mich erst selbst überzeugen. Ich kann keinen Trainingsplan per Ferndiagnose erstellen. Wir müssten uns schon treffen, damit ich mir deine Problemzonen genauer ansehen kann ;-)*

Grinsend sehe ich an mir herunter. Eigentlich fühle ich mich wohl in meinem Körper. Meine Taille ist schmal genug und mein Hintern auch im Normalbereich. Rein theoretisch benötige ich also kein Training, vor allem bin ich ein absoluter Sportmuffel. Sein Profilbild spricht mich jedoch sehr an, weshalb ich dieses Mal nicht lange darüber nachdenke, mich mit ihm zu treffen. Außerdem rennt mir die Zeit davon, denn Steffis Party steht vor der Tür. Wenn ich noch länger suche, dann werde ich tatsächlich alleine zur Party gehen müssen. Dieses Mal bin ich mir sicher einen Treffer zu landen, denn sein Profil ist eindeutig vielversprechender als das von Malte.

carolin_is_waiting: *Soll das eine Einladung sein?*

Mr.Sexy.Fit: *Wenn du es so sehen willst, dann natürlich. Ich könnte dir ein gemeinsames Abendessen vorschlagen. Kommenden Samstag bei mir? Wir starten erst mit einem protein – und ballaststoffreichen Menü, danach geht's an die Trainingseinheit für den ganzen Körper. Du wirst gehörig ins Schwitzen kommen, das verspreche ich dir.*

Oh Gott. Das klingt verdammt zweideutig. Dennoch macht er mich neugierig und ich will auf jeden Fall herausfinden, ob er nicht zu viel verspricht. Aber Samstag ist mir zu spät, denn Weihnachten ist bereits nächste Woche. Da kann ich nicht noch eine Pleite riskieren und mit jemandem, der mir überhaupt nicht sympathisch ist, auf Steffis Party auftauchen und behaupten, er wäre mein neuer Freund. Das Risiko aufzufliegen ist einfach zu hoch.

carolin_is_waiting: *Am Wochenende habe ich schon etwas vor. Aber morgen Abend hätte ich spontan Zeit.*

Mr.Sexy.Fit: *Du kannst es wohl kaum erwarten, mit deinem Training anzufangen, was? Aber sehr gern. Ich schicke dir gleich meine Adresse. Und denk bitte an passende Kleidung.*

Seine Adresse folgt und er klingt sich aus dem Chat aus. Nun bin ich wirklich gespannt, was mich morgen Abend erwarten wird. Doch was meint er mit passender Kleidung? Geht er jetzt tatsächlich davon aus, dass ich zum Trainieren komme? Sicherheitshalber sollte ich meine Sportsachen einpacken. Hoffentlich passen sie überhaupt noch.

***

Am nächsten Abend stehe ich pünktlich um neunzehn Uhr vor Marcels Haustür. Er lebt in einer Reihenhaussiedlung am Stadtrand von Köln, einer Gegend, in der ich mich so gut wie nie aufhalte. Ich bevorzuge die Innenstadt, meine Freundinnen ebenso. Zwar sind dort die Mietpreise deutlich höher, aber für eine alleinstehende Frau oder ein Paar bietet die Stadt einfach viel mehr Möglichkeiten, ohne einen weiten Fahrweg zu haben. In so eine Wohnsiedlung wie bei Marcel würde ich vermutlich erst ziehen, sollte ich irgendwann mal Kinder haben.

Kurz streiche ich mir die offenen Haare zurück, die mir der kalte Wind ins Gesicht bläst, dann drücke ich auf den Klingelknopf. Ich bin verdammt mutig, mich mit Marcel zu treffen, ohne mehr als ein paar Minuten mit ihm gechattet zu haben. Anders als bei Malte habe ich mir bei Marcel nicht viel Zeit gelassen. Aber ich bin mir sicher, mich auf meinen guten Männergeschmack verlassen zu können. Immerhin habe ich ihn mir selbst ausgesucht und sein Profil gut genug studiert, um behaupten zu können, dass es dieses Mal auf jeden Fall deutlich besser klappt als bei dem verpatzten Date mit Malte.

Es dauert nicht lange, da öffnet sich auch schon die Tür. Marcel taucht in voller Größe vor mir auf. Überrascht sehe ich zu ihm auf. Oh Mann, er ist tatsächlich viel größer, als ich dachte. Vermutlich über einen Meter neunzig, dazu noch verdammt muskulös. Auf dem Foto kam er gar nicht wie ein Muskelberg rüber.

»Carolin. Pünktlich auf die Minute. Das liebe ich an meinen Schülerinnen. Komm rein, komm rein. Die Gemüselasagne ist bereits im Ofen«, sagt er mit einem charmanten Lächeln und macht Platz, damit ich eintreten kann. Zögernd betrete ich den Flur. Seine massige Gestalt verunsichert mich ein wenig, doch das einnehmende Lächeln wirkt echt, wodurch ich meine Scheu schnell ablege. Marcel hilft mir aus meinem Mantel.

»Hübsch siehst du aus. Aber ich hoffe, dass du die Sportklamotten nicht vergessen hast? Ansonsten gestalten sich die Übungen etwas schwierig. In diesem Kleid kannst du unmöglich Sport machen«, meint er und zwinkert verschwörerisch, nachdem er mich kurz gemustert hat. Heute habe ich eigentlich absichtlich das dunkelgrüne Kleid gewählt, das ich bisher nicht im Büro getragen habe. Es sitzt eng an der Taille, der Rock ist jedoch weit ausgestellt. Zwar ist draußen nicht das passende Wetter für so einen Aufzug, aber da ich mit dem Auto hier bin, konnte ich die Kälte verschmerzen. Außerdem habe ich mir die Haare gelockt und sogar die Fingernägel lackiert.

Marcel hingegen trägt eine tief sitzende Jogginghose und ein weißes, eng anliegendes Tangtop, was seine muskulöse Brust und die Oberarme noch mehr betont als auf dem Foto im Internet. Ich dachte, das hier wäre ein Date ... Doch er geht wohl tatsächlich davon aus mit mir trainieren zu wollen.

»Natürlich habe ich noch Sportsachen dabei.« Ich deute auf meine große Handtasche, in die ich eine Leggins und ein Sport-Bustier gesteckt habe. Die Sachen habe ich das letzte Mal während meines Studiums getragen, als ich mich für einen Zumbakurs eingeschrieben hatte. Sie passen zwar noch, sitzen jedoch so eng, dass meine schlanke Figur dadurch noch deutlicher zur Geltung kommt. Selbst meine Brüste sehen in dem

Bustier aus, als wären sie pralle Pfirsiche statt unreife Pflaumen.

Marcel lotst mich durch den Flur in ein großzügig geschnittenes Wohnzimmer. Eine große, schwarze Ledercouch und ein gigantischer Flachbildfernseher dominieren den Raum. Einige Regale mit Sportlektüre und diversen Auszeichnungen stehen an der Wand gegenüber dem Esstisch, der bereits für zwei Personen gedeckt ist. Das Haus ist zwar schon älter, wie mir die Fassade und der Eingangsbereich verraten, doch die Inneneinrichtung hat wirklich Stil und scheint sehr teuer zu sein.

Schweigend sehe ich mich weiter um und betrachte die vielen schwarz-weiß Fotografien an den Wänden, auf denen muskulöse Körper in lasziven Posen dargestellt sind, während Marcel in der Küche herumwerkelt. Für meinen Geschmack sind diese Bilder ein wenig zu erotisch, als dass ich sie mir ins Wohnzimmer hängen würde, aber vermutlich denkt da mein Date ganz anders.

»Mach es dir gemütlich und fühl dich wie zu Hause«, ruft er mir durch die geöffnete Küchentür zu. Also setze ich mich auf die Couch, die viel bequemer ist, als ich dachte. Marcel kommt zu mir und reicht mir ein Glas mit einer hellroten Flüssigkeit. Ich nehme an, es wäre Roséwein, doch nachdem ich mit ihm angestoßen und einen Schluck probiert habe, verziehe ich das Gesicht. Mein Gastgeber lacht auf.

»Das ist verdünnter Rote Beete Saft. Sehr gesund und als Aperitif ausgesprochen bekömmlich«, erklärt er mir und verlässt mich wieder. Ich stelle das Glas auf dem

Couchtisch ab. Wein wäre mir statt eines Gemüsedrinks deutlich lieber gewesen.

Es dauert nicht lange, dann betritt Marcel erneut das Wohnzimmer. In den Händen balanciert er eine große Auflaufform und eine Schüssel mit Salat, die er auf den Tisch stellt. Ein köstlicher Duft weht zu mir herüber und sorgt dafür, dass mein Magen augenblicklich knurrt. Zum Mittagessen hatte ich auf der Arbeit bloß ein belegtes Brötchen, weil ich ja wusste, dass ich heute Abend zum Essen eingeladen bin. Umso hungriger bin ich nun und gespannt darauf Marcels Kochkünste zu testen.

Er schiebt einen Stuhl zurück und ich erhebe mich vom Sofa, um mich an den Tisch zu setzten. Das Glas mit dem Gemüsesaft lasse ich absichtlich auf dem Couchtisch stehen. Doch zu meinem Leidwesen hat Marcel noch mehr von dem Zeug, das er mir sogleich aus einer großen Karaffe einschenkt.

»Hast du auch Wasser?«, frage ich mit einem entschuldigenden Lächeln und schiebe den Gemüsedrink zur Seite. »Ich trinke zum Essen immer Wasser. Ist besser für meine Verdauung.« Eine glatte Lüge, ich bevorzuge Softdrinks, jedoch ist Wasser allemal besser als dieser Rote Beete Saft.

»Aber natürlich«, nickt er gleich begeistert und holt eine Flasche und ein sauberes Glas aus der Küche. Dann schenkt er mir ein und setzt sich mir gegenüber. »Los, greif zu. Ich habe extra eine große Portion gekocht, weil ich nicht wusste, wie viel Hunger du mitgebracht hast.«

Mit einer einladenden Handbewegung deutet er auf den Löffel in der Auflaufform.

»Tatsächlich habe ich einen Bärenhunger«, gestehe ich ihm und lade mir eine ordentliche Portion der Gemüselasagne auf den Teller, die wirklich lecker aussieht. Dann nehme ich mir noch ein wenig von dem gemischten Salat. Auch Marcel bedient sich.

»Das ist veganes Hack oder besser gesagt Sojagranulat. Du wirst kaum einen Unterschied merken, das verspreche ich dir«, erklärt er mir seine Kreation und steckt sich bereits eine Portion in den Mund. Wieso isst man als Vegetarier überhaupt Fleischersatz? Dann kann man sich doch auch gleich ein ordentliches Schnitzel braten. Dennoch gebe ich dem veganen Hack eine Chance und probiere. Es schmeckt gewöhnungsbedürftig. Ein bisschen pappig und irgendwie nach nichts. Wenigstens das Gemüse ist lecker, auch wenn es eine sehr matschige Konsistenz hat. Also beschränke ich mich auf den Salat, der zumindest ist wirklich köstlich.

»Und, wie lange bist du schon Fitnesstrainer?«, frage ich Marcel, nachdem wir eine Weile schweigend gegessen haben. Dieser lehnt sich in seinem Stuhl zurück. Sein Teller ist beinahe leer, während ich immer noch ein Stück Brokkoli von einer Seite zur anderen schiebe.

»Sport hat mich schon immer begeistert, musst du wissen. Ein gutes Körpergefühl ist schließlich das A und O, wenn man mit einem Leben im Einklang sein will. Deshalb habe ich etwas in diese Richtung studiert und nebenbei eine ganze Zeit Bodybuilding gemacht.« Er hebt seinen Arm und spannt den Bizeps an. Gut definiert ist ein bisschen untertrieben. Marcel ist wirklich ein Muskelpaket, worüber ich nur staunen kann. Und das Wort Bescheidenheit scheint er auch noch nie gehört zu haben. Oder er hat einfach ein verdammt großes Ego.

»Vor ein paar Jahren habe ich mich auf Ganzkörpertraining spezialisiert und habe mich als Personaltrainer selbstständig gemacht. Die Bilder, die du an meinen Wänden siehst, zeigen einige meiner Schüler, die ihr Training erfolgreich bei mir absolviert haben. Auch auf meinem Instagramprofil kannst du ihre Leistungen bestaunen, natürlich neben einer Reihe meiner eigenen Fotos. Ich dokumentiere gern meine körperlichen Erfolge, um andere Menschen zu motivieren, mehr Sport zu treiben.«

Er grinst selbstsicher. »Wenn ich mit dir fertig bin, dann wirst du dich kaum wiedererkennen. Ich sehe bereits das Potenzial deiner Muskeln deutlich vor mir«, schließt er seine Ausführung. Oh Mann, so wie er will ich ganz sicher nicht aussehen. Dieses Date verläuft nicht gerade so, wie ich es mir vorgestellt habe. Zwar ist Marcel echt nett, aber der Funke will einfach nicht auf mich überspringen. Da ist mir sogar Kevin lieber gewesen, der mir im Club an die Wäsche gegangen ist. Dieser Marcel redet viel zu viel über sich und seinen Sport.

»Ich habe mal Zumba gemacht«, sage ich mehr zu mir selbst als zu Marcel, der in seine eigenen Ausführungen über den *richtigen* Sport vertieft ist. So erfahre ich zum Beispiel viel über Bodybuilding und die richtige Atemtechnik, sollte ich jemals bei einem Marathon mitmachen.

Nachdem er seinen Teller geleert hat, erhebt er sich.

»Nun, wollen wir zur Tat schreiten?«, fordert er mich auf. Ich habe gar keine Lust auf Sport und überlege fieberhaft, welche Ausrede ich ihm auftischen könnte, um von hier zu verschwinden. Doch seinem hoffnungsvollen Blick aus den blauen Augen kann ich kaum etwas entgegensetzen, sodass ich bloß zustimmend nicke und ebenfalls aufstehe. Ein paar Dehnübungen werden mir sicher nicht schaden. Und wer weiß, vielleicht wendet sich dieses Date danach ja in eine positive Richtung. Noch sollte ich die Hoffnung nicht aufgeben.

Marcel führt mich in ein angrenzendes Zimmer, worin sich sein privates Fitnessstudio befindet. Ich erkenne eine Hantelbank, einige Yogamatten, ein Laufband und sogar ein Fitnessbike.

»Du kannst dich gern hier umziehen«, meint er zu mir und zeigt mit der Hand auf die geschlossene Tür, hinter der sich vermutlich ein Bad versteckt.

Mit meiner Handtasche verschwinde ich im Badezimmer. Seufzend stelle ich mich vor den Spiegel und schäle mich aus dem Kleid. Dann ziehe ich mir Leggins und Sport-Bustier an, stecke das Kleid zurück in die Tasche und binde mir die Haare zu einem Pferdeschwanz. Prüfend mustere ich mich im Spiegel. Dieser Sportdress steht mir, das hätte ich nicht gedacht. Vielleicht ändert Marcel seine Meinung, was unser Date angeht, wenn er mich in diesem Outfit sieht. Dann hat er bestimmt keine Lust mehr auf das Probetraining, und wir wechseln eventuell sogar zu einer ganz anderen Sportart ...

Motiviert öffne ich die Tür und trete in den provisorisch eingerichteten Fitnessraum. Mein Date steht mit dem Rücken zu mir und stemmt bereits eine schwere Langhantel. Fasziniert betrachte ich das Muskelspiel auf seinem Armen. Ein leichter Schweißfilm überzieht die gebräunte Haut und lässt sie in dem hellen Licht der

Deckenleuchte glänzen. Von diesen Armen gehalten zu werden fühlt sich bestimmt gut an. Ich beschließe, Marcel noch eine Chance zu geben. Zwar glaube ich kaum, mich für Sport begeistern zu können, aber sollte er wiedererwarten doch mein Freund werden, müsste ich zumindest seine Leidenschaft akzeptieren. Alles andere wird sich dann von selbst regeln, denke ich.

»Ich wäre so weit«, mache ich ihn auf mich aufmerksam. Er legt die Hantel auf den Boden zu seinen Füßen, ehe er sich zu mir umdreht. Seine Augen weiten sich und er öffnet den Mund. Erstaunen spiegelt sich in seinem Gesicht wider. Als ich in meinem hübschen Kleid vor ihm stand, hat er mich nicht so angesehen. Jetzt scheint er mich erst richtig als Frau wahrzunehmen.

Meine Wangen röten sich unter seinem intensiven Blick, und als er näher zu mir herankommt und seine Hände an meine Hüften legt, bekomme ich sogar ein bisschen Herzklopfen.

»Oh Mann, Carolin, mir war bis eben gar nicht bewusst, was für eine attraktive Frau ich als Schülerin haben würde. Ich kann es kaum erwarten mit dem Training zu starten!«, murmelt er mit tiefer, fast schon erotischer Stimme, sodass mir plötzlich ganz anders wird. Anscheinend steht Marcel auf Sportkleidung.

Seine Hände streichen leicht und doch bestimmend über meine Hüfte und die Seiten hinauf. »Also dann, wollen wir gleich loslegen?«

Als ich zustimmend nicke, dreht er mich um, ohne mich loszulassen.

»Gut, zuerst musst du deinen Körper ausgiebig dehnen, bevor wir mit dem Krafttraining beginnen. Ich werde dich Schritt für Schritt anleiten.« Marcel rückt näher an mich heran, sodass ich die Hitze, die von ihm ausgeht, deutlich im Rücken spüren kann. Dann legt er eine Hand zwischen meine Schulterblätter, die andere ruht weiterhin locker an meiner Taille.

»Hebe deine Arme an«, sagt er zu mir. Ich folge seiner Anweisung. Marcel führt seine Hand von meiner Taille zu meinem Bauch, legt sie knapp unterhalb meines Busens und drückt leicht auf die Stelle. Automatisch halte ich den Atem an, weil er durch diese Geste noch ein Stück näherkommt. Lediglich seine Hand in meinem Rücken dient als Barriere zwischen uns.

»Und jetzt bitte tief ein- und ausatmen.«

Ich hole Luft, atme tief in den Bauch ein und stoße die Luft wieder aus. Meine Brüste heben sich ein Stück, sofort folgt seine Hand, um die Position nicht zu verändern. Okay, dieses Training ist wirklich ziemlich intim. Hoffentlich ist es Teil des Dates, womit er mir zeigen will, dass ich ihm gefalle. Wenn er bei all seinen Schülern so auf Tuchfühlung geht, dann würde ich mir ernsthafte Gedanken machen ...

»Und nun beuge dich nach vorne. Achte dabei auf einen geraden Rücken. Den Bauch und die Arme anspannen und die Beine spreizen.«

Es ist ungewohnt für mich seine strikten Anweisungen auszuführen, denn seine Nähe führt nicht gerade dazu, dass ich mich frei bewegen kann. Dennoch versuche ich, alles richtig zu machen. Ich stelle die Beine ein wenig auseinander und beuge meinen Oberkörper so weit wie möglich vor.

»Ist das okay so?«

»Das ist wunderbar.« Marcel schiebt sich noch näher. Seine Atmung geht plötzlich schneller und ich vernehme ein leises Schnaufen. Sofort will ich mich aufrichten, doch er drückt mich noch ein Stück tiefer hinab. Mein Körper verspannt sich augenblicklich. Nicht nur, dass mir die Haltung absolut unangenehm ist, sondern ich weiß gerade auch nicht so ganz, was mit Marcel los ist. Sein Keuchen dringt immer deutlich zu mir durch, und als er die Hand in meinem Rücken weiter nach oben schiebt und mir fest in den Nacken legt, spüre ich ein Zucken, das durch seinen Körper geht.

Verwirrt drehe ich meinen Kopf, so gut es in dieser Position geht und sehe ihn über die Schulter hinweg an.

»Marcel? Ist alles okay bei dir? Du wirkst so ...?«

Sein Gesicht ist rot und schweißbedeckt, was total seltsam ist, da ich hier die Trainingseinheit absolviere, während er bloß reglos dasteht.

»Ja. Gib mir eine Minute zum Verschnaufen, dann können wir mit der nächsten Übung weitermachen«, gibt er keuchend zurück. Sein Griff lockert sich und endlich löse ich meine unbequeme Haltung. Meine Arme sind schwer wie Blei und der Bauch zieht bereits unangenehm, weil ich meine Atmung vernachlässigt habe. Mit hochgezogenen Brauen mustere ich Marcel. Dieser grinst mich nur schief an und streicht sich einige wirre Strähnen aus dem Gesicht.

»Von mir aus kann's weitergehen«, sagt er motiviert und kommt einen Schritt auf mich zu. Ich weiche ihm jedoch aus und halte ihn mit ausgestrecktem Arm auf Abstand.

»Ich habe es mir anders überlegt. Der Abend war sehr nett und ... ähm ... informativ, aber irgendwie liegt mir Sport doch nicht«, rede ich mich heraus, weil mir seine

Gegenwart wirklich unangenehm wird. Dieses Date verläuft überhaupt nicht wie geplant, obwohl ich mir so sicher gewesen bin, mit Marcel einen geeigneten Kandidaten für die Weihnachtsparty gefunden zu haben.

»Du hast es doch kaum versucht. Ich kann dir gern noch ein paar andere Übungen zeigen, die dir vielleicht besser liegen. Wir könnten auf den Boden gehen und an deinen Beinmuskeln arbeiten«, schlägt er vor und sieht tatsächlich traurig aus, weil ich nicht weitermachen will. Oh nein, noch mal lasse ich mich nicht mehr von ihm anfassen.

»Sorry, aber ich muss los. Ich habe ganz vergessen, dass ich noch einen wichtigen Vortrag für mein Meeting morgen vorbereiten muss. Danke fürs Abendessen«, sage ich hastig und schnappe mir meine Handtasche. Es ist eine Lüge, ab morgen habe ich für zwei Wochen Urlaub, aber das muss Marcel ja nicht wissen. Ich haste zur Haustür, greife meinen Mantel und schlüpfe in meine Schuhe.

»Carolin, jetzt warte kurz. Wir sind mit dem Aufwärmen noch gar nicht richtig fertig. Das ist unglaublich schlecht für die Muskultur, wenn du jetzt aufhörst. Außerdem habe ich noch einen leckeren Nachtisch im Kühlschrank. Völlig zuckerfrei, versteht sich«, ruft er mir nach, aber da ich ziehe bereits die Tür hinter mir zu.

Kapitel 9

Meinen ersten Urlaubstag beginne ich mit einem ausgiebigen Frühstück in einem kleinen, gemütlichen Café in der Innenstadt. Nach dem gestrigen Debakel mit Marcel habe ich direkt bei Stefanie angerufen und mich mit ihr verabredet. Zwar kann ich ihr nicht von dem verpatzten Date erzählen, ohne Gefahr zu laufen, dass es zu einem peinlichen Geständnis meinerseits führen wird. Schließlich habe ich bereits in großen Tönen davon gesprochen, auf jeden Fall in Begleitung zur Party zu erscheinen. Dennoch kann man mit Steffi immer ganz wundervoll quatschen. Sie hat schon seit Anfang der Woche Urlaub und möchte mit mir ein paar Details für die Weihnachtsfeier durchgehen.

Ich bin kein Organisationstalent, doch irgendwie haben wir es uns zur Gewohnheit gemacht, immer vorher noch mal alles gemeinsam durchzugehen. Es nimmt ihr den Druck, um ja kein Detail zu vergessen. Diese Weihnachtspartys bei Steffi sind schon eine Tradition, mit der wir während des Studiums angefangen haben. Damals waren wir alle Single – nun feiern wir mit unseren Partnern zusammen.

Gut gelaunt öffne ich die Tür des Cafés und sehe mich nach meiner Freundin um. Diese erblickt mich als Erste und winkt bereits euphorisch.

»Caro, ich bin hier«, ruft sie mir zu. Sie hat einen Tisch weiter hinten, direkt neben dem Frühstücksbuffet, ergattern können, denn das Café ist unerwartet voll.

Ich dränge mich durch die eng stehenden Stühle zu Steffi durch. Verwirrt sehe ich auf die drei Gedecke auf dem Tisch, was meine Freundin nur mit einem Lächeln quittiert.

»Tobi ist spontan mitgekommen. Du hast doch nichts dagegen, oder?«, fragt sie und deutet auf die Kaffeetasse zu ihrer Rechten, die bereits benutzt wurde. Und tatsächlich kommt Tobias in diesem Moment zu uns, in den Händen zwei gefüllte Teller mit allerlei Köstlichkeiten.

»Natürlich nicht. Ich habe bloß nicht damit gerechnet, dass du ihn zu unserem Treffen mitbringst«, entgegne ich und setze mich auf den freien Platz Stefanie gegenüber. »Hey Tobias.«

»Guten Morgen Caro. Dich habe ich ja ewig nicht mehr gesehen«, sagt Steffis Freund und setzt sich. Dann stellt er einen der Teller vor Steffi ab. Ich beneide meine Freundin für diesen Mann, der ihr seit Jahren jeden Wunsch von den Augen abliest. »Wann war das letzte Mal? Auf Maries Geburtstagsfeier glaube ich. Warst du nicht mit diesem Typen da? So ein großer, blonder ...«

»Carsten«, helfe ich seinem Gedächtnis auf die Sprünge. Es ist mir unangenehm, an diesen Abend zu denken, denn kurz darauf habe ich meinen damaligen Freund mit unserer neuen Sekretärin knutschend im Parkhaus des Büros erwischt.

»Richtig. Carsten«, nimmt Tobias das Gespräch wieder auf. »Bringst du ihn mit zur Party?«

»Nein, Schatz«, fällt ihm Stefanie ins Wort. »Die beiden haben sich erst kürzlich getrennt.«

»Oh, das tut mir leid.«

»Ist halb so wild«, winke ich ab. »Ich habe ihm den Laufpass gegeben, nachdem er mich betrogen hat.«

»Das ist auch richtig so, Süße. Du hast jemand Besseren verdient«, meint Steffi mit einem Zwinkern. Sie schneidet eins der Brötchen aus dem Brotkorb auf und beschmiert eine Seite mit Frischkäse, die andere mit Marmelade. »Umso gespannter bin ich auf den Mann, den du zur Party mitbringst.«

»Ach, du hast bereits einen neuen Freund?«, hakt Tobias erstaunt nach, trinkt einen Schluck Kaffee und bedient sich an den Brötchen. Zögernd nicke ich. Glücklicherweise tritt eine junge Kellnerin an unseren Tisch, sodass ich den beiden eine konkrete Antwort schuldig bleibe. Ich bestelle einen großen Milchkaffee, dann stehe ich auf, um mir ebenfalls etwas vom Buffet zu holen. Mein Magen knurrt bereits lautstark, denn nach dem spärlichen Abendessen, das ich gestern bei Marcel gegessen habe, bekam ich zu Hause nichts mehr runter. Dementsprechend hungrig bin ich jetzt.

Am Buffet bediene ich mich großzügig am Aufschnitt, Aufstrich und den Brötchen. Zudem nehme ich noch ein Schälchen Obst und ein großes Croissant mit, bevor ich zurück an den Tisch komme, auf dem bereits mein Milchkaffee auf mich wartet.

Ich habe gehofft, in Ruhe essen zu können, aber Steffi greift das Gespräch von eben wieder auf.

»Erzähl doch mal ein bisschen von deinem neuen Freund, Caro. Wie heißt er, was macht er, wo habt ihr euch kennengelernt? Ist es dieser Typ aus dem Club, mit dem du neulich verschwunden bist?«

Oh nein, sie glaubt nicht allen Ernstes, dass ich mit diesem Kevin zusammen bin, oder? Zum Glück wissen nur Betty und Marie von meinem Aussetzer an diesem Abend. Beiden habe ich das Versprechen abgenommen, es nicht weiterzuerzählen.

»Es wird eine Überraschung«, sage ich schließlich, versuche dabei einen geheimnisvollen Ton anzuschlagen. Steffi schiebt beleidigt die Unterlippe vor.

»Ach komm schon. Wenigstens seinen Namen kannst du mir doch verraten«, brummt sie, aber ich schüttele den Kopf. Selbst ich kenne seinen Namen noch nicht, wie könnte ich ihn dann meiner Freundin nennen? Ich beschließe, dieses Thema abzuhaken, und widme mich endlich meinem Frühstück.

***

Nach dem Treffen mit Stefanie und Tobias schlendere ich noch ein bisschen durch die Innenstadt, bevor ich mich auf den Heimweg machen. Der Vormittag ist schnell verflogen und das leckere Frühstück hat meine Laune deutlich gehoben, sodass ich mein verpatztes Date mit Marcel beinahe schon vergessen habe. Vorsorglich habe ich diesen Typen im Datingportal gesperrt, damit er mir nicht noch mal schreiben kann. An diese unschöne Erfahrung will ich wirklich nicht mehr erinnert werden.

Bereits jetzt ist die Stadt gut gefüllt, viele Menschen drängen sich an mir vorbei von einem Geschäft zum nächsten. Lächelnd schlinge ich mir den Schal etwas enger um den Hals, um die kalte Winterluft abzuwehren. Heute bin ich lässig gekleidet, trage Jeans und Pullover anstelle der sonst üblichen Kleider. Sogar auf hohe Schuhe habe ich verzichtet, denn meine Stiefeletten haben ausnahmsweise keinen Pfennigabsatz. Ich komme an dem Geschäft vorbei, in dem ich vor einiger Zeit diese hübschen Stiefel gesehen habe, doch zu meiner Enttäuschung stehen diese nicht mehr im Schaufenster.

»Tut mir leid, aber wir haben nur noch ein Paar in Größe vierzig auf Lager«, erklärt mir die Verkäuferin, als ich wegen der Stiefel an der Kasse nachfrage. Enttäuscht verlasse ich wieder das Geschäft. Größe vierzig könnte ich nicht einmal mit einem Paar selbst gestrickter Socken von meiner Oma tragen, ohne herauszurutschen.

Als ich zurück in meiner Wohnung bin, ist es bereits später Nachmittag. Ich erklimme die Stufen ins Obergeschoss und krame schon nach meinem Schlüssel, als unglaublich köstlicher Duft nach Gebäck zu mir herüberweht. Schnuppernd drehe ich mich um. Der Geruch kommt eindeutig aus Davids Wohnung. Kurzerhand beschließe ich, meinem besten Freund einen Besuch abzustatten.

»Hey Caro«, grüßt er mich mit einem strahlenden Lächeln auf den Lippen. Sofort heben sich auch meine Mundwinkel. Wenn ich David sehe, wird mir gleich warm ums Herz und eine Leichtigkeit erfasst mich, die mir bisher nie aufgefallen ist. Kann es sein, dass ich bereits früher in meinen besten Freund verliebt gewesen bin, es nur nie bemerkt habe?

»Hier riecht es so gut«, sage ich anstelle einer Begrüßung und schaue an ihm vorbei durch den Flur. »Was machst du?«

»Ich backe Kekse für meine Familie. Über Weihnachten wollen Isabella und ich für ein paar Tage zu meinen Eltern fahren. Du weißt ja, sie kommt ebenfalls aus der Gegend. Und da habe ich mir gedacht, ich backe noch mal, damit ich auch etwas zum Weihnachtsmenü beisteuern kann«, erklärt er mir und lässt mich in seine Wohnung eintreten. Er nimmt mir den Mantel ab und hängt ihn an die Garderobe.

»Ist sie auch hier?«, frage ich ganz beiläufig und hoffe inständig, dass er verneint, »ich will euch ungern beim Backen stören.« Mir hat schon gereicht, beim Frühstück mit Steffi das fünfte Rad am Wagen zu sein. Als Single ist es echt unangenehm, bei einem Pärchendate dabei zu sein. Zumindest geht es mir so.

»Nein. Sie erledigt heute ihre Weihnachtseinkäufe«, meint er knapp und geht voraus in die Küche, aus der dieser leckere Duft kommt. Ich sehe bereits ein Blech fertiger Kekse auf der Arbeitsplatte stehen. Daneben einen ausgerollten Teig und einige Förmchen, Schokoglasur und bunte Streusel. Sofort kann ich nicht widerstehen einen der Kekse zu probieren. Ich liebe Vanillekipferl! Die backt David jedes Jahr und immer bekomme ich eine kleine Dose davon geschenkt. Ob er dieses Mal wohl ebenfalls daran denkt? Kauend drehe ich mich wieder zu ihm um.

»Bin ich froh, dass ich meine Weihnachtsgeschenke alle schon zusammen habe. Wir Erwachsenen schenken und nichts mehr. Und die Kinder freuen sich wahnsinnig, im Mittelpunkt zu stehen«, entgegne ich grinsend. Diese Vereinbarung haben wir vor einiger Zeit getroffen und jeder ist zufrieden damit. Denn eigentlich geht es an Weihnachten nicht darum, möglichst viel Geld für Geschenke auszugeben. Es ist das Fest der Liebe und der Besinnlichkeit. Wir schenken uns gegenseitig Zeit und Aufmerksamkeit. Schließlich ist es viel schöner gemütlich zusammen zu sitzen, statt sich wegen materieller Dinge Gedanken zu machen. Die Kinder bekommen eine Kleinigkeit, das reicht schon.

»Du hast Glück. Meine jüngere Schwester besteht jedes Mal darauf, dass wir uns etwas schenken. Und für Isabella musste ich natürlich auch ein Geschenk besorgen ...«, murmelt mein Kumpel und streicht sich einige Haare aus der Stirn, die ihn eigentlich gar nicht stören müssten. Er wirkt verlegen. Was er wohl für seine Freundin gekauft hat? Das würde mich wirklich brennend interessieren, aber ich traue mich nicht danach zu fragen. Irgendwie ist das Thema *Isabella* zwischen uns eine Art stillschweigendes Tabu. Jeder versucht es zu umgehen. Ich, weil ich meine Eifersucht nicht im Griff habe, und David, weil es für ihn vermutlich komisch ist, nicht mehr Single zu sein.

Er stellt sich wieder neben mich an die Arbeitsplatte und rollt nochmals mit dem Nudelholz über den Teig. Einen Moment sehe ich ihm schweigend dabei zu.

»Ähm ... David? Reicht das nicht schon? Gleich klebt der Teig an der Platte fest, so dünn wie er ist«, merke ich skeptisch an.

»Oh!« Sofort stoppt er seine Bewegung und sieht verwirrt auf den Teig unter seinen Händen, der bereits durchsichtig schimmert. »Mist, den kann ich jetzt wohl vergessen. Sorry, war irgendwie total in Gedanken.«

»Soll ich vielleicht gehen, um dich nicht weiter zu stören? Eigentlich wurde ich bloß vom Duft angelockt. Wenn du mir ein paar Kekse mitgibst, verschwinde ich sofort«, schlage ich mit einem unschuldigen Lächeln vor und schiebe mir einen weiteren Keks in den Mund. Mein bester Freund schüttelt augenblicklich den Kopf.

»Ach Quatsch! Ich freue mich, dass du mich so spontan besuchst. Überhaupt verbringen wir viel zu wenig Zeit miteinander, seitdem wir –« Er bricht abrupt ab und beginnt damit akribisch den Teig von der bemehlten Arbeitsfläche zu kratzen. Röte kriecht in meine Wangen und ich starre auf einen Fleck auf den Bodenfliesen, der bereits getrocknet ist. Kommt es mir nur so vor, oder wird es auf einmal um einiges wärmer in der kleinen Küche? Denkt David gerade ebenfalls an unseren One-Night-Stand? Ich zumindest tue es … irgendwie andauernd!

»Sag mal … diese eine Sache zwischen uns …«, beginne ich zögernd, weil ich das Bedürfnis habe, ihn endlich darauf anzusprechen. Wie lange wollen wir diese Nacht noch totschweigen? Kein Wunder, dass ich mich auf keinen anderen Mann einlassen kann, wenn meine unerwiderten Gefühle für David einer neuen Beziehung im Weg stehen. Sollte ich ihm einfach gestehen, dass ich mich in ihn verliebt habe, und damit riskieren, unsere Freundschaft zu zerstören? Kurz berühre ich Davids Unterarm und sehe zu ihm auf. Er dreht sich zu mir um, wirkt dabei jedoch wie erstarrt. Stille herrscht zwischen uns, keiner sagt etwas oder rührt sich auch nur einen Zentimeter. Selbst das Atmen fällt mir auf einmal unsagbar schwer, so angespannt bin ich.

»Ich muss diesen Teig entsorgen«, presst er hervor und zieht hörbar Luft in seine Lunge. Dann macht er sich von mir los, kratzt die letzten Reste in eine Schüssel und schmeißt den Inhalt in den Mülleimer unter der Spüle. Ausgiebig wäscht er sich die Hände, lässt sich dabei ungewohnt viel Zeit, was mich noch nervöser macht. Nun ist es mir peinlich, das Thema angeschnitten zu haben. Die Stimmung zwischen uns kippt merklich und ich fühle mich unwohl. Vielleicht sollte ich besser gehen ...

»Möchtest du mir mit dem Teig helfen, während ich das Chaos hier beseitige?«, fragt er mich dann und erneut ist da ein kleines Lächeln auf seinem Gesicht. Zwar merke ich, dass er immer noch sehr angespannt ist, doch David bemüht sich um einen lockeren Ton. Erleichtert atme ich aus.

»Klar. Gern. Was muss ich tun?«, stimme ich sofort zu, froh darüber, noch ein wenig Zeit mit ihm verbringen zu dürfen. Erneut kommt er zu mir und stellt die leere Schüssel vor mich.

»Das Grundrezept ist total simple. Mehl, Zucker, ein Ei, etwas Vanillezucker und weiche Butter. Zum Schluss können wir die Kekse mit Schokoglasur dekorieren«, erklärt David und zeigt auf die Zutaten, die bereits auf der Arbeitsfläche stehen. Daneben liegt ein aufgeschlagenes Backbuch, in dem ich die Mengenangaben noch mal nachlesen kann. Voller Motivation krempele ich die Ärmel meines Pullovers hoch und beginne mit der Arbeit. Konzentriert wiege ich die Zutaten ab und rühre sie nach und nach in der Schüssel zu einer cremigen Masse zusammen, während David neben mir die fertigen Vanillekipferl in eine Keksdose packt. Die Butter ist viel zu hart, um sie mit den anderen Zutaten zu vermengen. Also nehme ich das Stück wieder aus der Schüssel heraus.

»Soll ich sie in der Mikrowelle warm machen?«, frage ich an David gewandt. Er kommt zu mir rüber und reicht mir ein kleines Schälchen.

»Kannst du. Aber lass sie nicht zu heiß werden, sonst wird sie flockig und mischt sich nicht so gut unter das Mehl.«

Nickend lege ich das Stück Butter in die kleine Schüssel und stelle es in die Mikrowelle, schalte sie ein und warte geduldig. David bemehlt währenddessen die Arbeitsfläche noch mal neu, damit wir den Teig gleich ausrollen können. Verträumt beobachte ich ihn dabei. Sein konzentrierter Gesichtsausdruck lenkt mich von meiner Aufgabe ab. Ich könnte ihm stundenlang zusehen …

»Caro! Die Butter!« Seine Stimme dringt zu mir durch und reißt mich aus meinen Gedanken. Die Mikrowelle hat noch nicht gepiept, aber die Butter blubbert bereits. Oh verdammt! Hastig reiße ich die Mikrowellentür auf und greife nach der Schale.

»Pass auf! Das Schälchen ist heiß!«, warnt mich David zwar, doch es ist schon zu spät. Mit beiden Händen hole ich die kleine Schüssel aus der Mikrowelle und merke sofort, wie meine Finger brennen. Vor Schreck lasse ich los. Die Schale fällt klirrend zu Boden, die heiße Butter spritzt zu allen Seiten. Wie verrückt wedele ich mit den Armen, um meine Hände irgendwie abzukühlen. So eine Scheiße! Sofort ist David bei mir und umfasst meine Hände. Meine Fingerkuppen brennen. Dieser Schmerz ist wirklich unangenehm, und es hilft auch nicht, dass Davids Finger sanft über meine Haut streichen.

»Carolin, geht's dir gut? Tut es sehr weh?«, fragt er mich mit besorgtem Blick auf meine Handflächen. Zaghaft nicke ich. »Okay. Du musst deine Finger kühlen.«

Er führt mich zum Waschbecken und öffnet den Wasserhahn, damit ich meine Hände unter das kühle Nass halten kann. Tatsächlich bringt es ein bisschen Linderung. Erleichtert atme ich aus. Als der Schmerz nachlässt, wird mir Davids Präsenz umso bewusster. Er steht dicht hinter mir, seine Hand liegt auf meiner Schulter. Der Körperkontakt lässt mich erschaudern. Hastig wirbele ich zu ihm herum.

»Ich ...«

»Caro ...«

Der Blickkontakt währt einen Moment zu lange, als dass ich mir sicher sein kann, es würde nichts bedeuten. Verlegen macht David einen Schritt zurück und gib mir wieder etwas mehr Freiraum.

»Wir sollten das wegräumen ...«, murmle ich und beuge mich bereits runter, um die Scherben der kaputten Schale einzusammeln.

»Nein, lass ruhig ...«, erwidert David und beugt sich ebenfalls zu Boden. Wir sind beide viel zu schnell, sodass wir mit den Köpfen gegeneinanderstoßen. Verdutzt reibe ich mir über die Stirn, der Schmerz in meinen Fingern ist bereits vergessen. Dann sehe ich in Davids braune Augen, die ziemlich irritiert zu mir schauen. Plötzlich muss ich lachen.

»Oh Mann ...«

»Du bist immer noch total tollpatschig. So wie früher«, stellt er lachend fest, ohne den Blick von meinem Gesicht zu lösen.

»Ich weiß, es tut mir leid«, entgegne ich verlegen.

»Muss es nicht. Diese Eigenschaft macht dich umso liebenswerter«, gesteht er. David erhebt sich wieder und wiegt neue Butter für die Kekse ab. Währenddessen sammele ich die Scherben ein und werfe sie in den Mülleimer. Dann nehme ich einen Lappen, um die Sauerei vom Küchenfußboden zu wischen.

Mein bester Freund knetet den Teig, rollt ihn aus und beginnt damit einige Kekse auszustechen. Ich helfe ihm dabei, wir blödeln ein bisschen herum und streiten uns, welche Förmchen am häufigsten genutzt werden sollten. Es freut mich, dass wir die Leichtigkeit unseres Gesprächs wiedergefunden haben, obwohl die Stimmung vorhin zu kippen drohte. Ich liebe es, eine unbeschwerte Zeit mit David zu verbringen. Das ist mir mehr wert als eine mögliche Beziehung, die sowieso nie passieren würde. Dafür kennen wir uns schon viel zu lange.

Ich gewinne die Diskussion und darf die Rentiere ausstechen. Meiner Meinung nach gehören sie einfach zu Weihnachten dazu.

»So, jetzt müssen die Kekse nur noch zehn Minuten in den Ofen, dann sind wir fast fertig«, erklärt mir mein bester Freund fachmännisch und schiebt das Blech in den vorgeheizten Ofen. Während wir warten, macht er Kaffee. Zufriedene nippe ich an dem heißen Getränk und stibitzen noch einige der Vanillekipferl.

David verlässt die Küche, weil sein Handy klingelt. Ich selbst nehme mein eigenes Smartphone zur Hand und checke meine Social-Media-Konten. Da sich dort nichts Neues getan hat, schaue ich auf Davids Profil vorbei. Ich entdecke ein neues Foto, das erst vor wenigen Tagen hochgeladen wurde. Es zeigt ihn gemeinsam mit Isabella, wie sie auf dem Weihnachtsmarkt Glühwein trinken. Beide stehen eng zusammen und seine Freundin lacht strahlend in die Kamera.

Sofort wird meine Brust eng und ich bekomme kaum noch Luft. Diese wenigen, schönen Momente mit David, in denen es mir vorkommt, als wäre alles zwischen uns wie früher, sind eine Illusion. Ein Abklatsch unserer Freundschaft, die nie mehr so sein wird wie vorher. Ich weiß es. Und er weiß es. Dennoch klammern wir uns beide an etwas, das zu zerbrechen droht. Es liegt nicht an seiner Freundin, ich freue mich sehr, dass David verliebt ist. Meine unerwiderten Gefühle sind der Grund, den ich einfach nicht ignorieren kann. Wenn ich es ihm nicht sage, werde ich irgendwann daran zerbrechen. Auch auf das Risiko hin, dass unsere Freundschaft dann endgültig zerstört wird.

»Caro, sorry, es war meine Mutter. Sie wollte fragen, wann ich an Heiligabend ankomme. Oh, verdammt, die Kekse!«, entfährt es David und er stürzt zum Backofen. Irritiert schaue ich vom Handy auf und merke erst jetzt, dass die Backofentür von innen bereits beschlagen ist. Mein bester Freund reißt die Tür auf und Qualm stößt ihm entgegen. Leise fluchend zieht er das Backblech mit den Keksen heraus.

Ich sehe mir das Desaster an. Einige Kekse sind am Rand ziemlich schwarz, doch es hat zum Glück nicht alle erwischt.

»Ach, die schmecken bestimmt noch gut. Wir können sie ja mit der Schokoglasur und den Streuseln retten. Dann wird man die verbrannten Stellen kaum bemerken«, schlage ich vor und deute auf die bunten Streusel in dem Schälchen vor mir. David holt einen Topf für das Wasserbad, damit die Schokolade schmelzen kann.

Während die Plätzchen abkühlen, macht David mir einen großen Kaffee.

»Kannst du die Kekse bemalen?«, meint er und reicht mir nach einer Weile die fertige Glasur. Nickend stelle ich den halbleeren Kaffeebecher auf die Arbeitsplatte und nehme einen der Kekse vom Blech. Dieser ist besonders verkohlt und benötigt meiner Meinung nach extra viel Schokolade. Also tunke ich den Keks ins Schälchen hinein. Unterdessen schichtet David alle Kekse vom Blech in einen Teller und stellt mir einen weiteren hin, damit ich die fertigen Schokokekse darauflegen kann. Dabei streift sein Arm meine Schulter und ich lasse den Keks in die flüssige Schokolade fallen.

»Oh nein«, entfährt es mir. Sofort greife ich mit den Fingern hinein, um den Keks herauszufischen. Die Schokolade tropft vom Keks auf die Arbeitsfläche, auf meine Finger und den Pullover, sodass ich ihn hastig in den Mund stecke, bevor es erneut eine Sauerei gibt.

Mein bester Freund fängt plötzlich an zu lachen. Fragend hebe ich eine Augenbraue und kaue auf dem Keks herum. Er schmeckt verdammt süß und so schokoladig, dass ich Zahnschmerzen bekomme.

»Du bist voller Schokosoße«, stellt David schmunzelnd fest und deutet auf mein Gesicht. Sofort fasse ich mir mit den Fingern ans Kinn, was den Effekt natürlich verstärkt. Vermutlich sehe ich aus wie ein Kleinkind, das sich zu viele Schokokekse auf einmal in den Mund gesteckt hat, bevor seine Mutter sie wegnehmen konnte. Jetzt erinnere ich mich an die kleinen schokoladenverschmierten Gesichter von Peter und Paul, Sabrinas Zwillingen, und muss ebenfalls lachen.

Mein Kumpel nähert sich mir, stützt eine seiner Hände an der Arbeitsplatte hinter mir ab, sodass ich zwischen ihm und der Küchenzeile gefangen bin.

»Warte mal«, murmelt er und fährt mit dem Daumen über meinen Mundwinkel, an dem Schokolade klebt. Augenblicklich erstarre ich. Meine Atmung beschleunigt sich. David ist mir viel zu nah, als dass ich cool reagieren könnte. Kommt es mir nur so vor oder beginnt die Luft in der Küche plötzlich zu vibrieren? Das Knistern zwischen uns ist deutlich spürbar, weshalb ich es kaum leugnen kann. Ich blinzle, sehe in seine braunen Augen, die mich intensiv mustern.

»Caro, ich ...«, presst er kaum hörbar hervor.

»Ja?«, frage ich atemlos. David ist so nah, so vertraut ... Himmel, mir wird ganz schwindelig von seinem After Shave und dem Plätzchenduft, der an ihm haftet. Diese Situation ist unwirklich. Wie wir eng beieinander in seiner kleinen Küche stehen, die Stille um uns herum, nur unser leises Atmen ist zu hören. Mir schlägt das Herz bis zum Hals, als Davids Finger sacht wie eine Feder erneut über meine Lippen streichen und mir das Gefühl geben, als würde die Zeit in diesem Augenblick stehen bleiben.

»Ich wollte ...« Er kommt noch näher, umfasst mein Handgelenk, weil ich gerade nicht weiß, wohin mit meinen Händen. David legt seine Stirn gegen meine und automatisch schließe ich die Augen, zähle die

Sekunden und warte aufgeregt auf den Kuss, der gleich folgen wird. Doch bevor sich seine Lippen auf meine legen können, nehme ich ein Geräusch irgendwo in der Ferne wahr.

»David, ich bin zurück. Hat leider etwas länger gedauert in der Stadt. Oh … Carolin!« Isabellas hohe Stimme bringt mich augenblicklich auf den Boden der Tatsachen zurück. David und ich fahren erschrocken auseinander.

»Isabella …«, murmelt er und macht sofort einen Schritt auf seine Freundin zu. Sie gibt ihm lächelnd einen Kuss auf die Wange, dann schaut sie zu mir und auf das Chaos aus Mehl und Schokolade auf der Arbeitsplatte. Glücklicherweise ist ihr nicht aufgefallen, was noch vor wenigen Sekunden zwischen David und mir hätte passieren können …

»Oh, ihr habt ohne mich Kekse gebacken? Ich habe dir doch gesagt, dass du auf mich warten sollst. Immerhin wollte ich auch etwas zu dem Weihnachtsessen deiner Eltern beitragen«, tadelt sie David mit einem Lächeln, das selbst Eis zum Schmelzen gebracht hätte. In meinem Inneren verknotet sich alles, das Gefühl der Leichtigkeit und mein heftiges Herzklopfen sind im Nu verschwunden.

»Oh schon so spät? Ich sollte besser gehen. Bin gleich noch verabredet«, sage ich schnell, drehe mich zum Waschbecken und putze mir notdürftig die Schokolade von Gesicht und Händen. Dann eile ich aus der Küche.

»Warte, du hast die Kekse vergessen«, ruft David mir hinterher, als ich bereits in meinen Mantel schlüpfe. Mit einer kleinen Tupperdose taucht er im Flur auf, die er mir stumm in die Hand drückt. Der Kontakt unserer

Finger ist zu kurz, als dass ich das angenehme Kribbeln genießen könnte. Außerdem bin ich viel zu verwirrt und zu aufgewühlt, weshalb ich ihn weder ansehen noch irgendwas erwidern kann. Also drehe ich mich wortlos um und verlasse seine Wohnung.

Keuchend lehne ich mich gegen die geschlossene Tür, versuche mich zu beruhigen. Verdammt, wäre Isabella nicht gerade in diesem Moment aufgetaucht ... hätte er mich dann geküsst? Die Stimmung zwischen uns war eindeutig, ich bin mir sicher, dass er mich küssen wollte. Zumindest ich habe mich danach gesehnt, seine Lippen endlich wieder auf meinen zu spüren. Gedankenverloren streiche ich mir mit dem Zeigefinger über den Mund, wie es David noch vor wenigen Minuten getan hat. Leider bleibt das angenehme Kribbeln, das ich bei ihm gespürt habe, aus.

Seufzend schüttele ich den Kopf. Ich darf nicht ständig daran denken, wie sehr ich ihn brauche. David ist vergeben, wieso geht diese Tatsache nicht in meinen Kopf? Verärgert löse ich mich von der Tür, umklammere die Tupperdose fester und eile die Treppe hinunter aus dem Wohnhaus. Jetzt will ich auf keinen Fall allein in meiner Wohnung sein.

***

»Gott, Caro, wie siehst du denn aus?«, ruft Sabrina und muss danach so heftig lachen, dass sie sich verschluckt.

»Das ist nicht witzig«, entgegne ich missmutig und streiche mir eine der nassen Strähnen aus dem Gesicht. »Dass ich so aussehe, ist deine Schuld. Wieso musst du mitten in der Stadt wohnen, wo es keine Parkmöglichkeiten gibt? Auf dem Weg vom Parkhaus bis hierher ist ein Auto an mir vorbeigefahren und hat mich voll erwischt. Ich hasse Schnee, wenn er abtaut und matschig wird.«

Tatsächlich ist mir nach meinem schnellen Abgang nichts Besseres eingefallen, als meiner Kollegin einen spontanen Besuch abzustatten. Hätte ich mich nicht so beeilt, dann wäre mir dieser Autofahrer sicher aufgefallen, der zu dicht am Bügersteig vorbeigerast ist. Mein Mantel sieht aus, als hätte ich mich im Schneematsch gewälzt, meine Haare kleben mir im Gesicht, das ich mir notdürftig mit einem Papiertaschentuch gesäubert habe.

»Mit deinem Besuch habe ich nicht gerechnet«, meint Sabrina schmunzelnd und lässt mich hinein, damit ich nicht weiter wie ein begossener Pudel im Wohnhausflur herumstehe.

»Ich brauche jemanden, bei dem ich mich auskotzen kann. Und ich habe Kekse für deine Kinder gebacken«, entgegne ich missmutig und halte die Keksdose hoch, die ich von David bekommen habe. »Sie sind zwar ein bisschen angebrannt, aber eigentlich genießbar.«

Sabrina nimmt mir die Dose ab und schaut hinein. Ihr skeptischer Blick verrät sofort, was sie über meine Backkünste denkt, doch dann lächelt sie und geht mit den Keksen voraus ins Wohnzimmer.

»Schaut mal, was Tante Carolin mitgebracht hat«, sagt sie zu den Zwillingen, die gerade mit ihrem Ehemann Gerd einen Trickfilm schauen. Paul und Peter springen sofort auf und laufen zu ihrer Mutter, um voller Freude die Keksdose entgegenzunehmen.

»Gerd, passt du noch eine Weile auf? Ich hab hier einen Notfall. Sobald Caro weg ist, bringe ich die beiden ins Bett.« Sie wackelt vielsagend mit ihren Augenbrauen und ihr Mann grinst. Beide verstehen sich ohne Worte, worum ich sie ehrlich beneide.

»Natürlich Schatz. Wir haben den Zeichentrickfilm auch gerade erst angefangen, er läuft noch eine gute halbe Stunde.«

»Das reicht, so lange wollte ich euch sowieso nicht stören«, werfe ich direkt ein, weil ich mich nun doch unwohl fühle, ohne Ankündigung aufgetaucht zu sein.

Sabrina führt mich in die Küche. Dort öffnet sie den Kühlschrank und holt eine Flasche Wein heraus. Schön, dass sie genau weiß, was ich jetzt brauche. Meine Kollegin schenkt jedem ein Glas Wein ein, dann reicht sie mir meins, aus dem ich sofort einen großen Schluck nehme. Daraufhin setze ich mich an den Küchentisch ihr gegenüber.

»Jetzt erzähl mal, was passiert ist«, fordert sie mich auf. Seufzend nippe ich an dem Wein.

»Ach, es ist wie verhext! Eben war ich noch bei David. Die Kekse haben wir zusammen gebacken, es war eine blöde Idee, ihn danach zu fragen ... Eigentlich wollte ich nicht einmal backen, nur ein wenig Zeit mit ihm verbringen. Und dann ...« Ich lehne mich ein bisschen über den Tisch vor und sehe ihr fest in die Augen. »Wir hätten uns beinah geküsst! Ich habe keine Ahnung, wie das passieren konnte, aber plötzlich war er mir so nah, ich konnte bereits seinen Atem an meiner Wange spüren. Und dann platzte Isabella rein! Stell dir vor, sie hat sogar seinen Wohnungsschlüssel!« Verzweifelt lasse ich den Kopf auf die Tischplatte sinken. »Ich werde nie eine

Chance bei ihm haben, weil ich seine beste Freundin bin. Er sieht mich vermutlich nicht mal als Frau ...«

»Ach Caro, sieh es nicht so schwarz. Vielleicht irrst du dich und er mag dich mehr als du glaubst?«, versucht sie mich zu trösten. Ich hebe den Kopf und lächle traurig. Natürlich will sie mich aufheitern, doch ihre Worte verfehlen ihr Ziel. Dadurch fühle ich mich nur noch schlechter. Schließlich weiß ich ganz genau, dass David mich nur als Freundin mag. Und das bald vielleicht auch nicht mehr, denn durch mein Verhalten distanzieren wir uns immer weiter voneinander.

»Das glaube ich nicht. Also, klar, er mag mich. Aber eben so wie man seine kleine Schwester mag. Das hat er mir schon vor Jahren mal erzählt. Ich bin doch nicht blöd, ich merke, wenn ein Mann kein Interesse an mir hat. Dafür habe ich genug Erfahrungen mit Männern ...«

»Okay, wenn du dir so sicher bist, warum gibst du nicht einfach auf, statt dich so lange zu quälen und ihn heimlich anzuschmachten? Akzeptiere, dass David mit Isabella zusammen ist, zieh endlich einen Schlussstrich unter die Sache. Irgendwann werden deine Gefühle auch verschwinden. Du brauchst nur ein bisschen Ablenkung. Und wenn du wieder einen Partner hast, dann kannst du David erhobenen Hauptes in die Augen sehen und ihm zeigen, *was* er verpasst hat!«

Ich schnaube verächtlich. »Natürlich! An der Ablenkung mangelt es zwar nicht ... Aber es ist eine Katastrophe! Alle Männer, die ich bisher kennengelernt habe, waren furchtbar. Selbst mein letztes Date mit diesem Fitnesstrainer war ein Desaster. Er wollte wirklich mit mir Sport machen – und damit meine ich keinen Bettensport.«

Meine Kollegin beginnt zu lachen. »Tatsächlich? Ihr habt zusammen Sport gemacht? Ziemlich seltsam für ein Date.«

Ich nicke missmutig. Dieses Date war wieder mal die reinste Zeitverschwendung. Ich hätte mich nicht auf diesen ganzen Onlinequatsch einlassen sollen und akzeptieren, dass ich auf Steffis Weihnachtsparty als Single auftauchen werde.

»Online-Dating ist nichts für mich. Da treffe ich nur auf Idioten«, beende ich meine Ausführungen zu diesem Thema und trinke mein Glas leer, das Sabrina sogleich wieder auffüllt.

»Du hast anscheinend kein Händchen dafür, dir den passenden Mann auszusuchen. Aber zum Glück hast du ja mich. Und wie das Schicksal es so will, habe ich den perfekten Kandidaten, um dir aus deinem Dilemma zu helfen« Sie klatscht vergnügt in die Hände und zwinkert mir zu.

Skeptisch runzele ich die Stirn. »Ach ja? Noch so einen Computernerd oder Fitnessfanatiker? Nein danke. Ich halte mich lieber an die echten Männer.«

»Oh, glaub mir. *Er* ist ein echter Mann! Willst du noch mehr Kevins dieser Stadt treffen, um zu erkennen, dass du eigentlich David willst? Nein, meine Liebe. Lass mich dir helfen. Ich bin mir ziemlich sicher, dass Fabian dir gefallen wird.« Sie leert ihr Weinglas in einem Zug, dann springt sie vom Stuhl auf und verschwindet aus der Küche. Langsam folge ich ihr ins angrenzende Büro, in dem Gerd ab und zu Homeoffice macht. Dort startet sie den Computer und setzt sich auf den Bürostuhl. Ich ziehe mir einen der anderen Stühle heran, um sehen zu können, was Sabrina vorhat. Kurzerhand lockt sie sich in mein Profil auf der Dating-Plattform ein.

»Hey, hast du dir etwa das Passwort gemerkt?«, frage ich irritiert. Sie grinst mich schief an.

»Klar ... du hast es ja nach der Anmeldung nicht geändert.« Dann tippt sie einen Namen in die Suchleiste. Neugierig warte ich, welches Ergebnis die Seite ausspuckt. Als ich das Profilbild des Mannes sehe, das Sabrina vergrößert, bleibt mir die Spucke weg.

Dieser Kerl ist heiß. Wirklich heiß. Kein Vergleich zu dem Muskelberg Marcel oder auch Kevin aus dem Club. Dieser Mann hat seine dunkelbraunen Haare ordentlich zur Seite gekämmt. Der dunkle Bart ist auf eine perfekte Länge gestutzt und die braunen Augen blicken amüsiert in die Kamera. Auf dem Bild trägt er einen grauen Anzug, was ihm ein sehr elegantes Aussehen verleiht.

»Und das ist ...?«, beginne ich und ziehe die Augenbrauen zusammen, weil ich nicht zuordnen kann, woher meine Kollegin so jemanden kennt.

»Das ist Fabian. Juniorchef von Gerds neuer Arbeitsstelle. 35 Jahre alt und gerade Single«, erklärt Sabrina mit einem Anflug von Stolz in der Stimme.

»Woher kennst du so einen Typen?«, will ich von ihr wissen. Sie zwinkert mir verschwörerisch zu.

»Von einem Firmenevent, auf das mich Gerd mitgenommen hat.«

»Mensch, Sabrina! Warum hast du mir nicht früher von diesem Typen erzählt? Er ist der absolute Wahnsinn! Da hätte ich mir doch die Mühe mit Malte und

Marcel sparen können.« Ich kann meine Begeisterung nicht in Worte fassen. Jedoch bleibt ein Funke Unsicherheit, dass so ein Typ sich auf keinen Fall auf jemanden wie mich einlassen wird. Er sieht einfach verboten gut aus. Neben ihm komme ich mir vor wie Anastasia Steele, während er mein Mr. Grey ist.

»Nun, er ist erst seit kurzem Single. Das hat mir Gerd kürzlich erzählt. Deshalb ist mir auch gerade eingefallen, dass ich dich mit ihm verkuppeln könnten. Du bist ganz sicher genau sein Typ.«

Das bezweifle ich zwar, aber einen Versuch ist es allemal wert. Auf jeden Fall wäre ein Date mit ihm nicht so katastrophal wie mit Malte oder Marcel. Sabrina öffnet das Chatfenster und tippt bereits eine Nachricht.

»Warte mal, sollte ich nicht lieber Kontakt mit ihm aufnehmen?«

Meine Kollegin schüttelt den Kopf. »Besser nicht. Wir haben ja beide gesehen, welche Qualitäten du in deiner Kommunikation aufweist. Ich kenne Fabian flüchtig. Lass mich nur machen, dann kann gar nichts mehr schiefgehen. Wenn du mit einem Mann wie ihm auf Steffis Weihnachtsparty auftauchst, werden alle deine Freundinnen große Augen bekommen. Selbst David wird sich die Frage stellen, warum er so blöd gewesen ist, dich nach eurem One-Night-Stand einfach abzuschießen.«

»Na ja, er hat mich nicht direkt abgeschossen ... Wir haben nur ...«, entgegne leise. Okay, das stimmt nicht ganz. *Ich* habe beschlossen, die Sache zu vergessen. Wie David dazu steht, weiß ich nicht, da wir nicht mehr darüber gesprochen haben. Aber seinem Verhalten nach zu urteilen, gehe ich stark davon aus, dass ihn die Sache wohl einfach kalt lässt.

Meine Kollegin schließt das Chatfenster wieder und loggt sich aus. Dann wendet sie sich mir zu.

»Jetzt musst du dich in Geduld üben. Ich bin mir aber sicher, dass Fabian schon bald zurückschreibt. Sobald ich nähere Informationen habe, werde ich dir sofort Bescheid geben, wann euer Treffen stattfindet. Halt bis dahin die Füße still, okay? Und vertrau mir.«

Ich nicke. Etwas anderes bleibt mir ja nicht übrig.

Kapitel 10

Dieses Mal bin ich noch nervöser als bei meinen beiden anderen Dates, denn ich habe wirklich keine Ahnung, was mich gleich erwartet. Sabrina hat mir vorgestern die Eckdaten meines Treffens geschickt. Ich sollte mir ein Taxi nehmen, lautete ihre Anweisung, und das schwarze Kleid anziehen, das ich bei der Weihnachtsfeier getragen habe. Warum es gerade dieses sein soll, hat mir Sabrina nicht verraten. Aber ich mag es, weshalb ich sicher bin, Fabian darin zu gefallen.

Noch ein letztes Mal drehe ich mich vor dem großen Spiegel in meinem Schlafzimmer. Der ausgestellte Rock, der mir nur knapp bis zu den Knien reicht, umweht meine Hüfte, gibt jedoch nichts frei. Außerdem mag ich, wie mein Dekolleté hier zur Geltung kommt. Es ist schlicht und doch elegant genug, um es zu verschiedenen Anlässen zu tragen.

Mit dem roten Lippenstift ziehe ich meine Lippen nach und mache vor dem Spiegel einen Kussmund. Heute bin ich motiviert dieses Date nicht zu vermasseln. Sabrina hat mir versichert, dass Fabian perfekt zu mir passen wird. Warum sollte ich daran zweifeln?

Der Taxifahrer klingelt an der Tür, sodass ich schnell Handtasche und Mantel schnappe und die Treppe hinabeile. Dieses Mal treffe ich weder David noch Isabella. Die beiden sind heute Vormittag nach Hamburg zu den

Eltern meines besten Freundes aufgebrochen. David wird also bis zur Weihnachtsparty am sechsundzwanzigsten Dezember fort sein. Einerseits vermisse ich ihn jetzt schon, doch nach der peinlichen Aktion beim Keksebacken ist es vielleicht besser, wenn wir uns ein paar Tage nicht über den Weg laufen.

Mit dem Taxi fahre ich zu der angegebenen Adresse. Das Restaurant ist von außen hell erleuchtet und weihnachtlich dekoriert. Heiligabend ist bereits in zwei Tagen, also darf dieses Date auf keinen Fall schiefgehen. Als ich das schicke Lokal betrete, staune ich nicht schlecht. Die Inneneinrichtung ist verdammt nobel. Eine junge Frau in einem schwarzen Kostüm wartet an der Rezeption vor dem großen Speisesaal.

»Sie müssen Carolin sein«, mutmaßt sie, ehe ich ihr meinen Namen nennen kann. Ich nicke ihr verwundert zu.

»Herr von Klausfeld erwartet Sie bereits. Bitte folge Sie mir«, sagt sie mit einem Lächeln. Zu meiner Überraschung führt sie mich nicht in den Saal, in dem einige Gäste an den elegant hergerichteten Tischen sitzen, sondern öffnet eine Tür, von der eine Treppe hinaufführt. Neugierig folge ich ihr nach oben. Die Frau bringt mich in einen separaten Raum, der in romantisch gedimmtes Licht getaucht ist. Beeindruckt sehe ich mich um. Das Zimmer ist klein, nur ein einzelner gedeckter Tisch steht in der Mitte. Die große Fensterfront zeigt einen faszinierenden Blick auf das nächtliche Köln, das in bunten Lichtern erstrahlt. Dieser Fabian muss wirklich ein hohes Tier sein, wenn er eine ihm völlig unbekannte Frau in so ein schickes

Restaurant einlädt und auch noch einen privaten Bereich reserviert.

Nachdem die Empfangsdame gegangen ist, mache ich einen Schritt auf den Tisch zu und räuspere mich.

Mein Blind-Date steht mit dem Rücken zu mir am Fenster und sieht hinaus in die Ferne. Er trägt einen Anzug in Dunkelblau, das beinahe schwarz wirkt, sodass er fast mit dem Nachthimmel verschmilzt. Seine breiten Schultern werden von dem Jackett perfekt umschmeichelt und die Hose sitzt ebenfalls wie angegossen. Vermutlich ist alles maßgeschneidert.

Auf mein Räuspern hin dreht der Mann sich langsam um. Ich versuche mich zusammenzureißen, um ihn nicht mit offenem Mund anzustarren. Oh verdammt, er ist noch attraktiver als auf dem Foto im Internet! Das Date muss einfach ein Erfolg werden, davon bin ich überzeugt, denn mein Herz hüpft jetzt schon aufgeregt in meiner Brust.

Fabian lächelt mich freundlich an, in seinen dunkelbraunen Augen liegt ein Glanz, der mich sogleich schwach werden lässt. Der Mann trägt seine beinahe schwarzen Haare elegant nach hinten gegelt, das Kinn und die hohen Wangenknochen sind glattrasiert. Den förmlichen Geschäftsmann kann ich hinter seinem charmanten Lächeln nur erahnen. Er wirkt zu perfekt, als dass er real sein könnte.

»Carolin. Ich freue mich sehr, dich zu sehen.« Selbst seine Stimme klingt warm und melodisch. Ein bisschen wie bei David.

»Hallo«, presse ich nervös hervor. Seine ganze Präsenz schüchtert mich ein und irgendwie komme ich mir tatsächlich wie Anastasia vor, die das erste Mal auf

Christian Grey trifft. Fabian kommt auf mich zu und nimmt wie selbstverständlich meine Hand in seine, dann führt er mich zum Tisch. Wie ein Gentleman schiebt er meinen Stuhl zurück, damit ich mich setzen kann.

»Ich habe mir die Freiheit genommen, bereits für uns beide zu bestellen. Ich hoffe, das ist okay für dich?«, fragt er und setzt sich mir gegenüber.

»Ja. Natürlich«, entgegne ich sofort. In so einem Restaurant würde ich vermutlich kaum ein Gericht auf der Speisekarte finden, das mir nur annähernd bekannt vorkommt. Deshalb bin ich ganz froh, dass er mir diese Entscheidung abgenommen hat. Fabian nimmt die geöffnete Flasche Rotwein und gießt die Flüssigkeit in mein Glas.

»Ich hoffe, Rotwein ist dir recht? Er passt hervorragend zu dem Wild, das ich uns als Hauptgang ausgesucht habe. Aber wenn nicht, kann ich auch etwas anderes zu Trinken kommen lassen«, sagt er und füllt sein eigenes Glas ebenfalls.

»Ich liebe Rotwein«, bestätige ich seine Wahl. Den brauche ich jetzt dringend, um mein wildklopfendes Herz wenigstens ein bisschen zu beruhigen. Sofort nehme ich einen großen Schluck, besinne mich dann, dass ich mich in feiner Gesellschaft befinde und stelle das Glas hastig zurück an seinen Platz. Fabian lächelt, was mich augenblicklich zum Schmelzen bringt. So einem attraktiven und anziehenden Mann bin ich bisher noch nie begegnet. Es wundert mich, dass jemand wie er Single ist und seine Partnerin gerade im Internet sucht. Sicherlich könnte er jede haben. Dass seine Wahl für ein Date tatsächlich auf mich gefallen ist, macht mich wirklich nervös.

Er nippt an seinem Wein, dann lehnt er sich im Stuhl zurück und schwenkt die rote Flüssigkeit in dem Glas.

»Ich bin sehr gespannt von deinen vielen Reisen zu erfahren«, sagt er und sieht mich erwartungsvoll an. Oh Mist, was genau hat Sabrina ihm eigentlich über mich oder besser gesagt an meiner Stelle geschrieben? Jetzt bereue ich es, vor dem Date nicht in den Chat geschaut zu haben, aber irgendwie war mein Kopf mit anderen Dingen gefüllt.

»Ähm ...« fieberhaft überlege ich, was ich ihm erzählen könnte. Weiter als Berlin bin ich in den letzten Jahren nie gekommen. Und das auch nur, weil ich mit Betty auf einem Konzert gewesen bin. Die kurzen Trips während des Studiums kann ich kaum mitzählen, denn sie wären alles andere als aufregend für einen Mann wie Fabian. Ein paar Mal Mallorca und Barcelona, mehr nicht. Und jedes Mal bin ich ziemlich betrunken gewesen, sodass meine Freundinnen und ich außer dem Hotel und einigen Clubs nichts weiter vom Ort gesehen haben.

Sein erwartungsvoller Blick macht mich zunehmend nervös. »Also ... ich war vor ein paar Jahren in Thailand«, sage ich schließlich, weil mir einfällt, dass meine ältere Schwester ihre Flitterwochen dort verbracht hat.

»Oh, Thailand. Wunderschönes Land. Zwar bin ich auch oft in Seoul oder Hongkong, aber Thailand übt eine ganz besondere Faszination auf mich aus. Asien im Allgemeinen interessiert mich«, beginnt Fabian sofort für das Land zu schwärmen.

Fasziniert hänge ich an seinen vollen Lippen, an die er sein Weinglas führt und einen Schluck trinkt. Dann sieht er mir erneut in die Augen, was mein Herz augenblicklich höherschlagen lässt. Sabrina hat wirklich nicht zu viel versprochen. Dieser Mann ist bisher alles – aber keine Enttäuschung! Mein Inneres kribbelt unaufhörlich, seitdem ich ihn das erste Mal gesehen habe.

»Auf welcher Insel warst du denn?«, fragt er mich weiter aus.

»Ähm … ich …« Keine Ahnung! Vermutlich hätte ich den Erzählungen meiner Schwester deutlich mehr Beachtung schenken sollen, dann wüsste ich jetzt noch, wo sie mit ihrem Mann Michael gewesen war und was sie gemacht haben.

»Lass mich raten: Du warst ganz sicher auf Koh Samui. Dort fliegen die meisten Touristen hin. Habe ich recht?«

»Ja! Tatsächlich, genau dort hat meine Reise begonnen«, stimme ich sofort zu, erleichtert darüber, dass mir die Antwort erspart bleibt.

»Dann warst du doch sicher auch in Plai Laem Tempel und im Magic Garden, oder? Dort hat es mir zum Beispiel sehr gut gefallen. Es zeigt einfach viel von der buddhistischen Kultur.«

Eifrig nicke ich und trinke hastig von meinem Wein. Natürlich habe ich keine Ahnung, wovon Fabian gerade spricht, doch es scheint ihm kaum aufzufallen. Glücklicherweise kommt in diesem Moment der Kellner an unseren Tisch und bringt die Vorspeise. Skeptisch betrachte ich den großen Teller mit Fischspezialitäten, den Fabian für uns bestellt hat. Von Flusskrebsen, über Austern bis zu Garnelen ist alles dabei. Bisher habe ich solche exotischen Meeresfrüchte noch nie gegessen, weshalb ich echt Angst habe, mich blöd anzustellen.

Fabian nimmt sich ein paar der Muscheln vom Teller und holt das Fleisch mithilfe der Austerngabel vorsichtig heraus, um es zu essen. Genießerisch schließt er seine Augen und kaut.

Das sieht recht einfach aus, also versuche auch ich mein Glück. Zwar klappt es bei mir nicht so problemlos wie bei Fabian, doch ich schaffe es ebenfalls einen Bissen zu probieren. Das Innere der Auster schmeckt interessant; seidig, leicht nach Seetang und Meer. Bei der Zweiten habe ich bereits den Dreh raus. Nach und nach leert sich der Teller, wobei ich mich von den Flusskrebsen fernhalte, da mir diese nicht ganz geheuer sind.

Zufrieden streiche ich mir über den Bauch. Nach so einer üppigen Vorspeise brauche ich eigentlich keinen Hauptgang mehr, doch da kommt erneut ein Kellner mit einem großen Tablett zu uns herein. Er stellt die gut gefüllten Teller mit Wildfleisch in Form eines saftig aussehenden Steaks, mit Kartoffeln und frischem Salat vor uns ab.

»Ich wünsche einen guten Appetit«, sagte er und nickt uns freundlich zu, dann verlässt er den Raum so schnell, wie er gekommen ist. Fabian gießt mir noch etwas Wein nach.

»Lass es dir schmecken«, meint er, nimmt sein Besteck zur Hand und schneidet sich ein kleines Stück von dem Fleisch ab. Wie er es zu seinem Mund führt und es genüsslich zerkaut ... Gott, das sieht verdammt erotisch aus! Mein Gegenüber grinst mich verschmitzt an, vermutlich weiß er ganz genau um seine Wirkung auf Frauen. Da bin ich keine Ausnahme. Hastig reiße ich meinen Blick von seinen sinnlichen Lippen los und widme mich ebenfalls meinem Essen. Das Fleisch schmeckt vorzüglich.

»Mh! Wirklich lecker. Was ist das?«, will ich neugierig wissen.

»Hirsch. Es war noch ein ganz junger Bock, den ein guter Bekannter von mir geschossen hat. Manchmal gehe ich auch selbst zur Jagd, vor allem im Osten. Doch ich verkaufe das Fleisch nicht an die hiesigen Restaurants, sondern friere es lieber für den Eigenbedarf ein. Kochen ist meine große Leidenschaft, musst du wissen.«

»Ist das nicht gefährlich?«

»Jagen? Ach Quatsch.« Er winkt ab, spießt eine Cherrytomate aus seinem Salat auf die Gabel und lässt sie in seinem Mund verschwinden. »Es macht Spaß.«

»Aber ... die armen Tiere ...«, murmele ich und muss an den Disneyfilm Bambi denken, den ich als kleines Kind so sehr geliebt habe. Die Szene, in der Bambis Mutter von einem Jäger erschossen wird, bringt mich noch heute zum Weinen.

»Ich jage, um das natürliche Gleichgewicht wiederherzustellen«, erklärt er mit ernster Miene. »Jagd hilft dabei, Wildschäden zu vermeiden, schützt vor Krankheit und Seuchen wie zum Beispiel Fuchsbandwurm oder Schweinepest. Weniger Füchse bedeutet beispielsweise, dass die Krankheit seltener übertragen wird.«

Ich nicke stumm. Vermutlich hat er recht, doch irgendwie habe ich trotzdem Mitleid, sodass mir dieses Steak plötzlich schwer im Magen liegt. Also schiebe ich den noch halbvollen Teller beiseite und widme mich lieber dem Salat.

»Oh, schmeckt es dir nicht mehr?«

»Doch, doch, aber ich bin bereits ziemlich satt von der Vorspeise«, entgegne ich, was auch der Wahrheit entspricht. Sollte ich noch mehr in mich hineinstopfen, dann müsste Fabian mich die Treppe hinunterrollen, damit ich dieses Restaurant verlassen kann.

»Keine Sorge, es gibt auch ein Dessert«, verkündet er und seine dunklen Augen funkeln verschwörerisch, sodass sich in meinem Kopf sogleich die wildesten Szenarien abspielen. So, wie er mich gerade ansieht, fällt es mir sehr schwer, bei dem Dessert an etwas Essbares zu denken. Irgendwie stellt sich mein Hirn im Moment Fabian mit einer Sprühflasche Schlagsahne vor ... Sofort beginnen meine Wangen zu glühen. Halt, daran sollte ich jetzt wirklich nicht denken! Aber seine Gegenwart, seine ganze Präsenz und Ausstrahlung ist so verdammt männlich und dominant, dass ich ihm kaum widerstehen kann. Sollte es zu einem intimeren Kontakt, oder gar zu einem One-Night-Stand kommen, ich könnte niemals Nein sagen. Wenn ich schon bei jemandem wie Kevin schwach geworden bin, was soll ich da bloß gegen Fabian ausrichten? Dieser Mann ist ganz sicher der perfekte Liebhaber. Außerdem scheint er sich ehrlich für mich zu interessieren. Mit meinen beiden anderen Dates habe ich keine solch lange Unterhaltung geführt.

»Also, Carolin, jetzt bin ich aber neugierig, warum du gerade mich aus all den zahlreichen Männern im Datingportal ausgesucht hast«, will er nun wissen. Oje, diese Frage überrumpelt mich. Wenn ich ihm beichte, dass mir sein Foto gefallen hat, hält er mich sicher für oberflächlich. Zudem habe ich mir sein Profil kaum angesehen, weshalb ich nicht einmal weiß, wo ich anknüpfen soll. Fieberhaft denke ich über eine Antwort nach.

»Nun, ich habe mich gefragt, warum gerade ein Mann wie du online nach einem Date suchst«, sage ich schließlich, weil mir etwas anderes nicht einfällt.

»Ich suche nach einer festen Beziehung«, korrigiert er mich prompt und sein Blick wird eindringlicher. »Ich bin kein Mann, der gern allein ist. Meine letzte Partnerin hat mich erst kürzlich verlassen. Zwar hängt mein Herz noch an ihr, dennoch möchte ich mich wieder neu verlieben, um über sie hinwegzukommen. Das klingt im ersten Moment vielleicht etwas unfair dir oder anderen Frauen gegenüber, doch ich habe bisher gute Erfahrungen mit dieser Strategie gemacht. Mein Herz steht offen und ich bin bereit neue Wagnisse einzugehen, um glücklich zu werden.«

Diese ehrliche Antwort überrascht mich. Außerdem kann ich kaum glauben, dass er ebenfalls so denkt wie ich. Auch ich suche gerade verzweifelt nach einem Mann, der mich meine Gefühle für David vergessen lässt.

»Ich kann dich sehr gut verstehen«, antworte ich lächelnd und ergreife seine Hand, die neben seinem Teller locker auf dem Tisch liegt. Er verschränkt meine Finger sogleich mit seinen und erwidert mein Lächeln.

»Dann sitzen wir wohl im selben Boot. Das ist doch eine gute Voraussetzung für etwas Neues, oder?«

***

Nach dem überaus köstlichen Tiramisu bin ich tatsächlich so satt, dass ich kaum die Treppe hinunterkomme. Vielleicht liegt es auch an dem Wein, den ich getrunken habe. Ich fühle mich leicht und ein bisschen benebelt, aber irgendwie auch verdammt glücklich. Fabian stützt mich, damit ich in den hohen Schuhen nicht über meine eigenen Füße stolpere, bis wir unten ankommen.

Wie ein echter Gentleman zahlt er unsere Rechnung, dann ruft er ein Taxi, um mich nach Hause zu bringen.

»Es ist wirklich nett von dir, dass du mich nach Hause begleitest«, sage ich zu Fabian, nachdem der Wagen vor meinem Wohnhaus anhält.

»Das ist doch selbstverständlich«, entgegnet er charmant. Fabian steigt aus und geht um das Auto herum, um mir die Tür zu öffnen. Er reicht mir sogar seinen Arm, um mir beim Aussteigen behilflich zu sein. Tatsächlich ein wahrer Gentleman.

»Willst du ... Ähm ... Noch mit rauf kommen?«, frage ich ihn verlegen. Fabian sieht mich eindringlich an. Schatten liegen auf seinem Gesicht, ich kann nicht deuten, was er über mein Angebot denkt. Habe ich mich zu weit vorgewagt? Habe ich mir die Spannung zwischen uns nur eingebildet?

»Bist du dir sicher?« Etwas Dunkles liegt in seiner Stimme, sie ist rauer als vorhin im Restaurant. Nun bekomme ich leise Zweifel, ob meine Einladung eine gute Idee gewesen ist. Aber einen Rückzieher kann ich jetzt auch nicht mehr machen, also nicke ich.

»Natürlich. Wir können den Abend doch nett ausklingen lassen ... Ich mache einen ziemlich guten Espresso«, schlage ich ihm vor und zeige ihm ein strahlendes

Lächeln. Fabian strafft die Schultern, dann lächelt er ebenfalls.

»Wenn das so ist, komme ich sehr gern noch kurz auf einen Kaffee hoch.« Er geht um das Auto herum und öffnet den Kofferraum, um eine schwarze Umhängetasche herauszuholen. Mir ist gar nicht aufgefallen, dass er eine Tasche im Restaurant dabeihatte. Dann lehnt er sich durch das geöffnete Beifahrerfenster vor und bezahlt den Taxifahrer, der direkt wieder davonfährt. Schweigend folgt er mir ins Wohnhaus.

»Meine Wohnung ist zwar nicht besonders groß, aber für eine Person reicht es allemal«, erkläre ich ihm und es fühlt sich beinahe wie eine Rechtfertigung an. Fabian ist toll, da komme ich mir neben ihm ganz unbedeutend vor ...

Um meine Unsicherheit zu überspielen, gehe ich direkt in die Küche und stelle die Kaffeemaschine an. Dann koche ich zwei Espressi, die ich ins Wohnzimmer bringe. Fabian hat bereits den Weg dorthin gefunden, immerhin kann man es vom Flur aus gar nicht verfehlen.

»Oh, vielen Dank«, sagt er und hebt erstaunt seine Augenbrauen. Vermutlich hat er nicht damit gerechnet, dass ich ihm *wirklich* Kaffee koche.

Ich setze mich neben ihn, lasse aber noch ein wenig Abstand zwischen uns, um die Situation nicht ganz so eindeutig zu machen. Denn eigentlich weiß ich nicht, was ich will. Vorhin im Restaurant war ich mir sicher, dass es gefunkt hat. Jetzt fühlt sich die Spannung seltsam an. Ob ich den ersten Schritt wagen soll, um die Stimmung zu lockern?

Doch bevor ich mich zu einer Initiative entschließen kann, legt sich seine Hand in meinem Nacken. Er streicht mir meine Haare zu Seite, lässt die Fingerspitzen über meinen Hals hinabwandern. Ein Schauder durchläuft mich. Seine Berührung ist sanft und aber bestimmend. Es ist mir nicht unangenehm so wie bei Marcel. Trotzdem lässt mich irgendetwas zögern. Ich kann mich nicht entspannen, kann mich nicht fallen lassen. Abwartend sitze ich da und sehe Fabian in die dunklen Augen.

»Eines musst du wissen ...«, beginnt er und nähert sich mir noch ein Stück. Sein Gesicht ist auf einmal so nah, dass mir der Duft seines Aftershaves in die Nase steigt. Ein seltsames Kribbeln breitet sich in meiner Magengegend aus. Erregung mischt sich mit etwas anderem. Panik? Dunkle Vorahnung? Ich kann dieses Gefühl nicht beschreiben, doch es ist mir ein bisschen unheimlich.

Seine sinnlichen Lippen legen sich sanft auf meinen Mund und ersticken jegliche Frage, die sich in meinem Kopf gebildet hat, im Keim. Automatisch schließe ich die Augen, lasse mich auf den Kuss ein. Fabians Zunge streicht über meine Lippen, er küsst meine Mundwinkel und wird schnell fordernder. Ich öffne den Mund und er nimmt sich sofort das, was er will. Forsch, fast schon unnachgiebig und dominant, als wolle er mich in Besitz nehmen, erforscht er mit der Zunge meine Mundhöhle und raubt mir den Atem. Haltsuchend klammere ich mich am Revers seines Jacketts fest, während er meine Schultern packt und mich fester gegen die Rückenlehne des Sofas presst.

Die Welt um mich herum verschwindet, die Konturen vermischen sich zu einem einzigen Bild, das in meinem

Inneren heiß auflodert. Fabian, wie er mich um den Verstand küsst! Dieser Mann ist der absolute Wahnsinn und ich bin fast schon enttäuscht, als er meine Lippen wieder freigibt. Sofort will ich ihn erneut an mich ziehen und küssen, doch er hält mich mit einem gebieterischen Blick auf Abstand.

»Sollten wir uns aufeinander einlassen – und das hoffe ich wirklich sehr – dann erwarte ich von meiner Partnerin einige Dinge ...«

»Alles, was du willst«, murmele ich immer noch berauscht von diesem Kuss. Ein Lächeln huscht über sein Gesicht, dann greift er nach der Tasche, die er am Boden neben der Couch abgestellt hat, öffnet sie und holt ein nagelneues iPhone und ein MacBook heraus. Irritiert betrachte ich die Gegenstände vor mir.

»Was ist das?«, frage überflüssigerweise. Wozu trägt er die Dinge mit sich herum? Obwohl ich mich nicht so gut mit Technik auskenne, sehe ich sofort, dass es sich hierbei um die neusten Modelle handelt, die verdammt teuer sind.

»Nun«, beginnt er gedehnt und sieht mich eindringlich an. Seine Stimme klingt dabei eine Nuance dunkler und tiefer als noch im Restaurant, und jagt mir einen Schauder über den Rücken. Angespannt kralle ich meine Finger in den Rock meines Kleides, zerknülle den Stoff, sodass er ein Stück höher rutscht. Irgendwie ist mir die Stimmung zwischen uns plötzlich ein bisschen unheimlich.

»Als wir bereits im Chat miteinander geschrieben haben, fühlte ich eine Verbindung zu dir. Und als ich dich dann im Restaurant gesehen habe ... Es hat mir die Sprache verschlagen. Wir sind Seelenverwandte,

Carolin«, erklärt er so sachlich, als würde er über das Wetter sprechen. Wie erstarrt sehe ich Fabian an. Wovon zur Hölle spricht der Kerl? Seelenverwandtschaft? Wir kennen uns gerade mal wenige Stunden. Und wenn er wüsste, dass sich meine Kollegin im Chat für mich ausgegeben hat, würde er vermutlich anders über mich denken.

Fabian deutet mit einer lockeren Handbewegung auf das Handy und den Laptop auf dem Couchtisch vor uns. Sein Lächeln ist so charmant wie zuvor, doch etwas blitzt in seinen Augen auf, das mir einen kalten Schauder über den Rücken jagt.

»Da wir uns nun näher kennengelernt haben und ich mir sicher bin, dass auch du diese spezielle Verbindung zwischen uns spürst, will ich keine Zeit verlieren. Verstehst du, was ich meine?« Seine dunklen Augen ruhen auf mir, sein durchdringender und prüfender Blick gehen mir unter die Haut. Langsam schüttele ich den Kopf, weil ich gerade rein gar nichts verstehe.

»Das ist doch ganz klar: Durch das GPS deines Handys und Laptops weiß ich ab jetzt immer, wo du bist und mit wem du dich triffst. Ich möchte nicht, dass dir meinetwegen etwas passiert. Außerdem würde ich gern, dass du im Vorfeld mit mir besprichst, was du den Tag über machst. Du solltest jederzeit für mich zur Verfügung stehen können.«

Seine Worte machen mich wirklich sprachlos. Will mich der Kerl etwa *überwachen*? Das ist doch die Höhe! Ich bin gerade so schockiert, dass mir nicht einmal eine geistreiche Erwiderung einfällt, mit der ich ihn zum Teufel jagen kann.

Fabian greift mit der Hand in die Innentasche seines Jacketts und zieht einen kleinen Gegenstand heraus, den er mir unter die Nase hält. Es ist ein Schlüssel, der an einem kleinen Plüschherz baumelt. Nun verstehe ich wirklich nur noch Bahnhof. Er scheint mir meine Verwirrung anzusehen, denn sein Lächeln wird milde und der Ausdruck in seinem Gesicht ähnelt dem meiner Schwester Claudia, wenn sie ihren Kindern die Welt zu erklären versucht.

»Das ist der Zweitschlüssel zu meinem Haus. Solange wir ein Paar sind, würde es mich wirklich freuen, wenn du bei mir wohnst. Dort hast du deutlich mehr Platz und Raum, um dich zu entfalten. Außerdem sorgen eine Haushaltshilfe, ein Chauffeur und ein Hausmeister dafür, dass es dir an nichts fehlen wird. Du wirst dich um nichts kümmern müssen. Wegen deiner Arbeit musst du dir auch keine Sorgen machen, das regele ich schon. Sicher wird dein Chef deinen Vertrag kurzfristig auflösen können, wenn ich ihn darum bitte.«

Ich komme aus dem Staunen nicht mehr raus. Dabei hatte ich wirklich geglaubt, bei ihm einen Volltreffer gelandet zu haben. Doch nur, weil er höllisch gut aussieht und verdammt gut küssen kann, heißt es doch noch lange nicht, dass wir gleich zusammenziehen müssen. Außerdem arbeite ich gern und bin niemand, der sich von einem Mann aushalten lässt, nur, um auf der faulen Haut rumzuliegen und ausschließlich für ihn abrufbereit zu sein. Nein, so jemand will ich nicht sein. Fabian hat durchaus seine Qualitäten, doch nach dem ersten Date so ein Angebot zu bekommen wirkt erschreckend auf mich. Ich schenke ihm ein kleines

Lächeln, während ich fieberhaft überlege, wie ich ihn möglichst charmant aus der Wohnung werfen könnte.

»Ich würde vorschlagen, wir fahren gleich noch zu mir«, sagt er selbstgefällig und steht bereits von der Couch auf. Na, der hat es ja wirklich eilig. Dabei wartet er nicht einmal auf meine Zustimmung. Sicher ist Fabian daran gewöhnt, dass seine Partnerinnen ihm hörig sind und seine Kontrollmasche nicht hinterfragen. Ich hingegen kann mich mit so einem Verhalten nicht anfreunden. Weil ich jedoch nicht unhöflich sein will – immerhin hat er das teure Abendessen im Restaurant bezahlt – erhebe ich mich ebenfalls und nicke ihm zu.

»Gern. Dann lass mich nur schnell das Nötigste einpacken, okay?«, sage ich hastig und springe bereits vom Sofa auf. Dann sprinte ich beinahe ins Badezimmer und verriegele die Tür hinter mir, weil mir kein anderer Zufluchtsort bleibt, der nicht in seiner Reichweite ist. Mein Schlafzimmer liegt genau im Blickfeld. Wenn ich von dort heimlich aus der Wohnung flüchten sollte, würde Fabian es mitkriegen. Mit wildklopfendem Herzen lehne ich mich gegen das kühle Holz, atme heftig durch den Mund, als hätte ich gerade einen Dauerlauf hinter mir. Was mache ich denn jetzt? Wie kriege ich diesen Kerl aus meiner Wohnung, ohne dass es zu auffällig wirkt? Der Abend war so schön, doch diese Situation ist wirklich total verrückt, dass sie beinahe schon surreal wirkt. Fabian an sich ist der perfekte Kandidat als meine Begleitung zu Steffis Party, wenn er doch nur nicht so besitzergreifend wäre ...

Fieberhaft denke ich über einen Ausweg nach, durchquere mein winziges Bad mindestens hundert Mal, doch jede Idee, die mir in den Sinn kommt, verwerfe ich wieder. Vielleicht sollte ich ihm einfach die Wahrheit sagen, ihm sachlich erklären, dass ich mich nicht von ihm kontrollieren lassen werde und ihn höflich zum Gehen auffordern? Er ist zwar sexy, doch ich bin noch meilenweit davon entfernt mich in ihn verliebt zu haben, als dass ich mich auf seine Forderungen einlassen würde.

Weil ich Fabian nicht noch länger warten lassen will, verlasse ich das Bad und schleiche mich auf Zehenspitzen in den Flur. Aus einem Impuls heraus hole ich mein Smartphone aus meiner Handtasche auf der Kommode und wähle Sabrinas Nummer. Vielleicht kann sie mir ja helfen ihn loszuwerden.

»Hey Caro, es passt gerade leider gar nicht. Ich bade die Zwillinge, bevor sie ins Bett gehen. Und wenn du nicht verantworten kannst, dass mir mein Handy ins bunte Badewasser fällt, dann–«, beginnt sie, doch ich falle ihr direkt ins Wort, ohne sie zu begrüßen.

»Was? Deine Oma ist heute gestorben?«, sage ich das erstbeste, was mir in dieser Notsituation einfällt. Dabei spreche ich besonders laut, um sicherzugehen, dass Fabian mich im angrenzenden Wohnzimmer deutlich hören kann.

»Ähm ... sie ist schon ziemlich lange tot, aber das weißt du doch. Sie hat die beiden Jungs noch nicht einmal kennengelernt–«

Erneut unterbreche ich sie, gehe dabei langsam zurück ins Wohnzimmer. »Natürlich komme ich sofort zu dir! Bin in ein paar Minuten da. Tschüss!«, hastig lege ich auf, bevor Sabrina noch etwas sagen kann, dann sehe ich zu Fabian, der immer noch mitten im Raum steht und darauf wartet, dass ich meine sieben Sachen zusammenpacke. Seine autoritäre Ausstrahlung lässt mich einen Augenblick lang zögern und seinen Vorschlag in Erwägung ziehen, doch schnell habe ich mich wieder im Griff.

»Alles okay?«, fragt er und sieht plötzlich ernsthaft besorgt aus. »Du klangst eben so aufgeregt.«

»Ach, es ist alles eine absolute Katastrophe! Eben hat meine Kollegin angerufen. Ihre Großmutter ist plötzlich verstorben und sie ist ganz verzweifelt ...«, lüge ich, ohne dabei rot zu werden. »Sorry, aber ich muss zu ihr. Sie hat noch zwei kleine Kinder und weiß gerade wirklich nicht wohin mit sich.«

Fabian nickt langsam, rührt sich jedoch nicht von der Stelle. Meine Ungeduld steigt an, ich werde unsicher, ob diese Masche bei ihm zieht. Wie soll ich diesen Typen sonst noch loswerden?

Ungeduldig löse ich mich aus meiner Starre und gehe auf ihn zu, nehme Handy und Laptop vom Couchtisch, die ich ihm in den Arm drücke. Irritiert hebt Fabian eine Augenbraue, bleibt jedoch stumm.

»Ich muss mich beeilen. Es ist ein Notfall«, wiederhole ich noch einmal.

»Soll ich hier auf dich warten? Wir könnten danach zu mir.«

Sofort schüttele ich den Kopf. Hat er sie nicht mehr alle? Er möchte in einer fremden Wohnung warten, bis sein Date zurückkommt, während dieses vorgibt einer trauernden Freundin unter die Arme zu greifen?! Glaubt er allen Ernstes, ich würde tatsächlich bei ihm einziehen, wenn er hier ausharrt? Ganz zu schweigen davon, dass ich gar nicht zu Sabrina fahre, sondern einfach nur möchte, dass Fabian endlich von hier verschwindet.

Weil er sich immer noch nicht von der Stelle bewegt, nehme ich kurzerhand seinen Arm und zerre ihn aus dem Raum. Wie eine willenlose Marionette lässt er es geschehen. Dann gehe ich an ihm vorbei in den Flur und öffne die Wohnungstür.

»Du musst jetzt gehen«, sage ich eindringlich, versuche meine Stimme streng klingen zu lassen. Fabian wirkt verwirrt, beinahe schon geschockt, dass ich es tatsächlich ernst meine. Sicherlich bin ich die erste Frau, die ihm so schnell den Laufpass gibt. Das Licht im Flur springt an.

»Carolin, jetzt warte mal«, startet er einen letzten Versuch, mich zu was auch immer zu überreden, doch ich lege meine Handfläche auf seine Brust und schiebe ihn zur Tür heraus.

»Tut mir leid, ich bin wirklich auf dem Sprung. Ich melde mich bei dir!«, lauten meine letzten Worte, ehe ich ihm die Tür vor der Nase zuknalle.

***

Knapp zehn Minuten, nachdem ich mein Date praktisch aus der Wohnung geschmissen habe, klingelt mein Handy erneut.

»Sag mal, was war denn das für eine Schmierkomödie?«, will Sabrina verwirrt wissen.

»Sorry, aber ich musste mein Date loswerden. Dein perfekter Kandidat hat einen Knall! Ich frage mich gerade ernsthaft, wie du Gerd in diesem Online-Portal kennenlernen konntest. Dein Gespür für Männer ist ebenfalls katastrophal!«, beschwere ich mich bei ihr.

Das Treffen mit Fabian war eine Enttäuschung und genauso eine Zweitverschwendung wie meine bisherigen Blinddates.

»Also, um ehrlich zu sein, hat er mich gefunden. Mir hat sein Profil zu Beginn gar nicht gefallen. Doch irgendwie kam eins zum anderen und dann läuteten für uns auch schon die Hochzeitsglocken«, erklärt sie sachlich. »Aber sag, was war da los mit diesem Fabian? Ich habe heute mit keinem Anruf mehr gerechnet. Eigentlich solltest du jetzt in seinen Armen liegen, statt mit mir zu telefonieren.«

»Da ich keiner meiner Freundinnen von diesem verrückten Plan erzählen kann, bist du meine einzige Mitverschwörerin«, entgegne ich und gehe zurück ins Wohnzimmer. Beim Vorbeigehen fällt mein Blick in den Spiegel über der Flurkommode. Kurz betrachte ich mein Gesicht. Mein roter Lippenstift ist von dem innigen Kuss völlig verschmiert. Eins muss ich Fabian lassen, er kann wirklich gut küssen!

Im Wohnzimmer schmeiße ich mich aufs Sofa und atme tief aus.

»Sag mal, wie gut kanntest du diesen Fabian eigentlich?«

»Flüchtig, wieso? Ich habe mich mal auf einem Firmenevent ein bisschen mit ihm unterhalten, während Gerd mir etwas zu trinken besorgt hat. Er war ein angenehmer Gesprächspartner. Und extrem höflich. Warum?«

»Ja, das ist er in der Tat …«, murmele ich vor mich hin. Dann räuspere ich mich. Ein kleiner Hauch von Bedauern beschleicht mich, weil ich ihn einfach weggeschickt habe, obwohl der Abend so gut angefangen hatte. »Aber leider tröstet sein tadelloses Verhalten nicht über seine Kontrollsucht hinweg. Sorry, aber ich kann mich mit *so etwas* nicht anfreunden.«

»Wie bitte?«, fragt Sabrina in überraschtem Ton.

»Ja. Dieser Kerl ist ein totaler Kontrollfreak«, sage ich diesmal laut, nehme meine Espressotasse vom Couchtisch und trinke sie in einem Zug leer. Das Getränk ist bereits eiskalt und ungenießbar, bringt jedoch wenigstens ein bisschen Klarheit in meine Gedanken. »Er hat mir vorgeschlagen bei ihm einzuziehen, nachdem wir uns geküsst haben. Außerdem hatte er ein Handy mit einer installierten Überwachungs-App dabei, das ich von nun an nutzen sollte, um für ihn immer erreichbar zu sein.« Genervt verdrehe ich die Augen, weil ich immer noch nicht drauf klarkomme, wie überstürzt das Ganze war.

»Echt jetzt? Er wollte mit dir zusammenziehen?« Meine Kollegin bricht in schallendes Gelächter aus, verstummt dann abrupt und kichert leise. Vermutlich ist ihr gerade eingefallen, dass ihre Kinder schlafen und durch den Krach womöglich noch mal wach werden könnten. Sie gluckst immer noch, durch das Handy höre ich das leise Klicken der Türklinke.

»So, ich bin in der Küche, damit Gerd unser Gespräch nicht belauschen kann. Schließlich handelt es sich hier um einen seiner Vorgesetzten ... Jetzt erzähl mir alles haargenau. Wie kam es zu diesem exklusiven Angebot?« Sie klingt dabei fast schon euphorisch, als hätte sie tierischen Spaß daran Näheres über mein schreckliches Date zu erfahren.

»Na ja, es fing wirklich gut an. Wir waren in einem noblen Restaurant, haben uns sehr gut unterhalten.

Dann habe ich ihn noch mit auf einen Espresso eingeladen ...«

»Oh, das hat er sicher als eine Einladung gesehen«, tadelt sie mich lachend.

»Natürlich weiß ich das, bin doch nicht blöd«, empöre ich mich. Ich hatte wirklich schon genug Beziehungen und auch den ein oder anderen One-Night-Stand, um diese Anspielung genau zu kennen. »Ich habe uns tatsächlich einen Espresso gemacht, weil ich ihn nach so einem üppigen Abendessen immer für eine bessere Verdauung brauche. Auf jeden Fall–« Ich hole tief Luft, denn jetzt kommt der Höhepunkt meiner Geschichte. »Er hat mich geküsst und mir danach verkündet, ich wäre seine Seelenverwandte.«

»Ich hätte Fabian nicht für einen Esoteriker gehalten. Mir kam er sehr souverän vor ...«

»Tja, da kann man sich irren. Ich für meinen Teil kann nicht darüber hinwegsehen, von einem Mann auf Schritt und Tritt kontrolliert zu werden. Mag sein, dass es Frauen gibt, die ihm gern hörig wären, ich bin es jedoch nicht!

Da wird er sich wohl nach einer anderen Frau umsehen müssen.«

»Wirklich schade, gutaussehend ist er ja ...«, wirft meine Kollegin nachdenklich ein. Das bestreite ich nicht, dennoch ist mir ein ganz *normaler* Typ viel lieber. Eben einer wie David.

Kapitel 11

Heiligabend bricht mit strahlendem Sonnenschein herein. Zwar herrschen draußen immer noch frostige Temperaturen, doch solange die Sonne scheint, lässt es sich mit passender Kleidung aushalten. Über Nacht hat es erneut geschneit, der Hof vor dem Haus ist mit einer glitzernden Schicht Schnee bedeckt. Glücklicherweise ist es nicht so viel wie vor einigen Wochen, denn sowohl David als auch der Hausmeister sind aktuell nicht da und so räumt niemand die Einfahrt frei. Zum Glück habe ich seit Beginn meines Urlaubs die Abdeckplane auf dem Auto, sodass es nicht mehr zufrieren kann. Aus Fehlern lernt man bekanntlich.

Gut gelaunt verstaue ich die Weihnachtsgeschenke für meine Nichte und Neffen im Kofferraum, bevor ich mich ans Steuer setze und den Motor starte. Nach Davids Hilfe mit der Batterie läuft wieder alles wie geschmiert.

Ich fahre extra schon am späten Nachmittag los, um pünktlich zum Abendessen bei meiner Familie zu sein. Die Autobahn Richtung Essen ist frei, vermutlich hatten viele der Reisenden die Idee, bereits am Vorabend oder am frühen Morgen in den Weihnachtsurlaub aufzubrechen. Selbst David ist schon längst in Hamburg, wie er mir in einer Nachricht berichtet hat. Ich solle von ihm Grüße an meine Familie ausrichten ...

Ohne Stau oder weiteren Komplikationen erreiche ich Essen und biege in die Wohnsiedlung meiner Eltern ein. Das Einfamilienhaus, in dem meine Schwester Claudia und ich aufgewachsen sind, befindet sich schon einige Generationen im Besitz meiner Familie. Meine Eltern haben es von meiner Oma geerbt, als ich noch nicht auf der Welt gewesen bin.

»Carolin! Endlich bist du da!«, ruft mir meine Mutter von der Tür aus zu, als ich aus dem Auto steige. Sie hält den Eimer mit dem Biomüll in der Hand, den sie vermutlich gerade draußen in die Tonne entleert hat. Lächelnd gehe ich auf sie zu, die große Tasche mit den Geschenken für die Kinder hängt über meiner Schulter.

»Wieso endlich? Ich bin doch extra früh losgefahren, um pünktlich zu sein«, entgegne ich mit hochgezogenen Augenbrauen, während Mama mich umarmt.

»Claudia ist mit ihrer Familie schon seit dem Frühstück hier«, erklärt sie mir und führt mich ins Haus. Natürlich, meine Schwester wohnt aber auch in der übernächsten Straße und ist praktisch jeden Tag zu Besuch, seitdem sie Kinder hat. Allein mit drei Rabauken und einem Hund würde ich es vermutlich ebenfalls nicht lange aushalten, wäre mein Mann Tag und Nacht auf der Arbeit so wie ihr Michael.

Claudia ist zwar nur ein Jahr älter als ich, doch bereits verheiratet. Hat ein hübsches Einfamilienhaus mit großem Garten gekauft, einen Labrador namens Charlie und drei bezaubernde Kinder. Ich hingegen habe kaum etwas vorzuweisen, außer meiner mittelmäßigen Karriere im Büro, der Mietwohnung in Köln und einiger gescheiterter Beziehungen. In den Augen meiner Eltern hat meine Schwester alles richtig gemacht, während

ich immer noch auf der Stelle trete und nicht voran-
komme. Aber Familie und Haus sind auch nicht alles,
was es im Leben zu erreichen gibt. Irgendwann werde
ich ebenfalls Kinder und ein nettes Häuschen haben.
Dazu brauche ich jedoch einen Partner, mit dem es länger als ein paar Monate klappt.

Die ganze Familie hat sich in der Küche versammelt
und kümmert sich um die letzten Vorbereitungen für
das Essen. Ich betrachte die Köstlichkeiten auf der Arbeitsplatte, die nebeneinander aufgereiht sind. Claudia
ist damit beschäftigt, Häppchen auf Servierplatten zu
verteilen, als ich neben sie trete und mir eins der belegten Brote mit Lachs vom Teller stibitze.

»Hey Caro. Mit dir habe ich noch gar nicht gerechnet«,
meint sie an mich gewandt, ohne jedoch mit ihrer Arbeit innezuhalten.

»Ich hatte Glück mit dem Verkehr«, antworte ich mit
frechem Grinsen. Natürlich verstehe ich die Spitze meiner Schwester, aber ich will mir jetzt nicht die Laune
verderben lassen. Dass ich nach dem Abitur zum Stu-
dieren nach Köln gezogen bin, kann niemand aus meiner Familie so recht begreifen. Hier in Essen gibt es
ebenfalls eine Uni mit denselben Studienangeboten
und ich hätte auch nicht so viel Geld für eine winzige
und überteuerte Wohnung ausgeben müssen. Ich für
meinen Teil habe den Abstand aber einfach gebraucht,
um endlich auf eigenen Beinen zu stehen.

Mein Vater betritt die Küche. Als er mich sieht, umarmt er mich ebenfalls zur Begrüßung.

»Ich freue mich, dass du es geschafft hast«, sagt er mit
einem warmen Lächeln.

»Natürlich! Immerhin ist Weihnachten«, gebe ich zurück. »Wie könnte ich euch an diesem Tag hängen lassen?« Er legt mir kurz die Hand auf die Schulter, dann nimmt er die bereits fertig belegten Servierplatten und bringt diese ins Wohnzimmer rüber, in dem wir jedes Jahr an Weihnachten essen. Die Küche ist zwar gemütlich, für so viele Personen jedoch nicht groß genug.

»Mama, darf ich mir später etwas von deinem Schichtsalat mitnehmen? Ich habe einer Freundin versprochen ihn zur Party mitzubringen«, frage ich meine Mutter, die gerade eine große Form mit dem traditionellen Gänsebraten aus dem Backofen herausholt und auf einen Untersetzer stellt.

»Meinst du, er hält sich so lange?«, fragt sie skeptisch. »Ich kann dir auch das Rezept raussuchen, damit du ihn selber machen kannst. Es ist wirklich total simpel.«

Ich zucke die Achseln. »Du machst ihn so viel besser als ich.« Wenn ich ohne Date zu Steffis Weihnachtsparty kommen muss, dann will ich wenigstens für einen leckeren Salat sorgen. Ich weiß jetzt schon, dass ich ihn niemals so perfekt hinkriegen werde wie meine Mutter. Zur Not muss ich kurz vor der Party nochmal hierherfahren, um mir eine Schüssel abzuholen.

»Ach komm, du wirst doch wohl einen Schichtsalat schaffen«, meint Claudia mit gerunzelter Stirn. Im Gegensatz zu ihr bin ich nun mal nicht die perfekte Hausfrau. Ich bin ja schon froh, wenn ich ein einfaches Nudelgericht hinbekomme und die Wohnung einigermaßen sauber halten kann, ohne dass ich ständig Dinge verliere und diese in den seltsamsten Winkeln wiederfinde.

Meine Schwester dreht sich von der Arbeitsplatte weg und verschränkt die Arme vor der Brust. Bevor sie jedoch noch etwas sagen kann, stürmen Sarah und Mats in die Küche.

»Mama! Darf ich schon von dem Nachtisch essen?«, fragt die Sechsjährige aufgeregt. Ihre blonden Haare sind zu einer kunstvollen Flechtfrisur auf ihrem Kopf aufgetürmt, die jedoch durch das Spielen mit ihrem jüngeren Bruder bereits in Mitleidenschaft gezogen wurde. Mats greift nach der Hand seiner Mutter und sieht aus großen Kinderaugen zu ihr auf. Claudia beugt sich lächelnd zu dem Kleinen hinunter.

»Nein, erst essen wir zu Abend. Süßes gibt's danach, das wisst ihr doch«, erklärt sie streng, lächelt ihre Kinder dabei aber ganz warmherzig an. Zuerst rechne ich mit Enttäuschung und lautem Protest, doch dann entdeckt Sarah mich und rennt zu mir.

»Tante Caro!«, jubelt sie und hüpft freudig in meine Arme. Den Nachtisch scheint sie bereits vergessen zu haben. »Hat der Weihnachtsmann bei dir etwas für mich abgegeben?«

»Warst du denn brav?«

»Natürlich! Ich habe mir jeden Abend die Zähne geputzt und meinen Teller fast immer leer gegessen. Und in der Schule kann ich die Buchstaben sogar schon besser schreiben als meine Freundinnen«, entgegnet das Mädchen aufgeregt. Lächelnd tätschele ich ihren Kopf. Meine Tasche mit den Geschenken habe ich im Flur stehengelassen. Sobald sich ein passender Moment ergibt, werde ich diese unter den Weihnachtsbaum legen, damit die Kinder es nicht mitbekommen.

»Gehst du mit Mats noch ein bisschen Spielen, während wir Erwachsenen den Tisch decken?«, frage ich meine Nichte, die sogleich zustimmend nickt. Claudia drückt mir die Schüssel mit dem Schichtsalat in die Hände, sodass ich kurz darauf den beiden Kindern ins Wohnzimmer folge.

Der Weihnachtsbaum leuchtet bereits, die Kugeln glänzen. Dieses Mal hat sich mein Vater selbst übertroffen, denn der Baum ist noch größer als die Jahre zuvor. Er reicht beinahe bis an die Zimmerdecke. Mein Schwager Michael geht mit dem kleinen Benny auf dem Arm im Raum auf und ab.

»Grüß dich, Carolin«, sagt er beiläufig, dann redet er erneut auf das nörgelnde Baby ein. Claudias jüngster Spross ist ein Schreikind, das besonders am Abend von den vielen Eindrücken überfordert ist, weshalb er sich nur schwer beruhigen lässt. Michael sieht bereits ziemlich verzweifelt aus, denn Benny will einfach nicht aufhören zu quengeln. Sobald er stehen bleibt, schreit der Kleine wieder.

»Hey Michi. Wie läuft's auf der Arbeit? Noch immer so stressig?«, frage ich und nehme ihm das weinende Baby ab. Benny klammert sich sofort an mich und ich klopfe ihm leicht auf den Rücken, damit er ein Bäuerchen machen kann. Erleichtert lässt sich mein Schwager aufs Sofa fallen, dankbar, ein paar Minuten Ruhe zu haben.

»Ja leider. Ich bin gefühlt Tag und Nacht unterwegs und wenn ich nach Hause komme, weint und schreit der Kleine nach wie vor fast ununterbrochen. Es ist ein Wunder, dass ich nicht im Stehen einschlafe«, sagt er seufzend. Sarah rennt zu ihrem Vater und hüpft auf seinen Schoß, dann schmiegt sie ihren Kopf an seine Halsbeuge. »Aber es wird besser. Irgendwann.«

Mit einem milden Lächeln sieht er seine Tochter an. Das Bild der beiden rührt mich. Claudia hat wirklich Glück mit ihrer kleinen Familie. Ein bisschen beneide ich sie darum, obwohl ich mir dieses Leben als Hausfrau und Mutter im Moment nicht mal im Traum vorstellen kann.

Meine Mutter kommt herein, bringt Teller und Besteck zum großen Esstisch.

»Carolin, mach dich doch bitte kurz mal nützlich und deck den Tisch«, verlangt sie plötzlich.

Ich übergebe Benny wieder an seinen Vater und folge Mamas Anweisung. Während ich die Teller an die jeweiligen Plätze stelle, kommt Claudia mit dem Gänsebraten. Papa stellt Ofenkartoffeln in einem Wärmebehälter auf den Tisch.

»Ich dachte, du kommst mit deinem Freund«, sagt er ganz beiläufig zu mir.

»Mit welchem?«, frage ich irritiert und denke augenblicklich an David, den ich während des Studiums schon einmal zum Weihnachtsessen mitgebracht habe. Damals haben meine Eltern geglaubt, wir wären ein Paar und waren ganz enttäuscht, als ich sie vom Gegenteil überzeugt habe.

»Na diesen Typen von deiner Arbeit. Ich glaube, er hieß Carsten ...«

»Mit ihm ist Schluss.« Hatte ich meinen Eltern überhaupt von ihm erzählt? Daran kann ich mich nicht mehr erinnern.

»Oh. Das hat ja nicht lang gehalten«, kommt es von Claudia, die es mal wieder nicht lassen kann, mir mein verkorkstes Liebesleben vorzuhalten.

»Er war nun mal nicht der Richtige«, entgegne ich trocken. Genau wie alle vor Carsten. Niemand wird wohl zu mir passen, weil keiner von ihnen so wie David ist. Neben meinem besten Freund verblassen all die anderen Männer. Seitdem ich mir über meine Gefühle im Klaren bin, habe ich einen völlig neuen Blick auf das, was ich vorher noch eine *Beziehung* genannt habe. Nun bin ich mir sicher, allein mit David glücklich werden zu können. Die Erkenntnis, dass ich bis zur Weihnachtsparty keinen Mann finden werde, um ihn mitzubringen, stimmt mich weniger traurig als die Tatsache, dass eine Beziehung zu David aussichtslos ist. Er wird mit Isabella auf der Party erscheinen, wird neben ihr sitzen und sie anlächeln, während ich ihn nur aus der Ferne betrachten kann.

Mit diesen Blind-Dates habe ich die letzten Wochen nur meine Zeit verschwendet, denn tief in mir habe ich gewusst, dass keiner dieser Männer meine Gefühle für David vertreiben könnte. Ich habe mir bloß eingebildet, die Situation und mich selbst im Griff zu haben, doch das war nur eine Illusion. Etwas, woran ich unbedingt glauben wollte.

Eines ist mir durch die Dates klar geworden: Ich brauche David nicht in einem Designeranzug wie Fabian, nicht muskelbepackt wie Marcel und schon gar nicht so draufgängerisch wie Kevin. Ich brauche David, so wie er ist. Diese Erkenntnis kommt zwar spät, aber wenigstens bin ich mir nun sicher, dass ich mich nicht mit irgendwelchen anderen Männern über meine Gefühle hinwegtrösten kann. Deshalb muss ich es wohl akzeptieren, Single zu bleiben, und meinem besten Freund bei seinem Glück zuzusehen. Irgendwann werden die Gefühle verschwinden und dann werde ich wieder glücklich sein. Irgendwann ...

***

Das Essen ist wirklich sehr lecker. Es schmeckt beinahe so gut wie in dem Restaurant, in dem ich zwei Tage zuvor mit Fabian gewesen bin. Der Gänsebraten zergeht im Mund, Mamas Schichtsalat ist ein Traum und der Nachtisch, den Claudia mitgebracht hat, könnte nicht köstlicher sein.

Pappsatt lehne ich mich auf meinem Stuhl zurück und streiche mir über den gefüllten Bauch. Das Weihnachtsessen bei meinen Eltern ist immer wieder ein Genuss. Ich liebe die entspannte Atmosphäre, die selbst von Claudias kleinen Sticheleien nicht getrübt wird. Mama besteht wie jedes Jahr darauf, dass wir alle gemeinsam einige Weihnachtslieder zum Besten geben, die Claudia und ich bereits in unserer Kindheit gesungen haben. Bei *O Tannenbaum* stimmt sogar Sarah mit ein, was ziemlich lustig klingt, weil sie den Text vertauscht. Zufrieden lehne ich mich auf meinem Stuhl zurück und betrachte die Gesichter meiner Familie. Gemeinsam am Tisch zu sitzen, zu essen und sich lustige Geschichten zu erzählen gehört für mich an diesem Tag einfach dazu. Außerdem ist Weihnachten ein Familienfest, das ich ungern ohne meine Familie verbringen möchte.

»Dürfen wir jetzt die Geschenke auspacken?«, fragt Sarah aufgeregt. Als Michael zustimmend nickt, hüpft die Kleine von ihrem Platz und stürmt zum Weihnachtsbaum, um die Pakete hervorzuholen. Auch Mats klettert vom Stuhl, um seiner Schwester hinterherzueilen. Er ist ein ruhiger Junge, nicht so ein Wirbelwind wie Sarah, und mein Patenkind.

Stürmisch reißt meine Nichte das Geschenkpapier auf, während Mats noch etwas Hilfe braucht. Ich verlasse meinen Platz und setze mich zu den Kindern auf den Fußboden.

»Soll ich dir helfen?«, frage ich Mats, der sofort auf meinen Schoß klettert. Es ist bereits nach acht und ich merke, wie müde der Kleine eigentlich schon ist. Nickend kuschelt er sich an mich, das Päckchen mit dem Geschenk fest an sich gedrückt. Nach der Bescherung wird er vermutlich sofort einschlafen. Lächelnd tätschle ich seinen Kopf, dann reiße ich das Geschenkpapier mit flinken Fingern auf, damit er nicht noch länger auf die Folter gespannt wird.

»Wow! Ein Bagger!«, ruft er erstaunt und versucht bereits den Klebestreifen von der Verpackung zu reißen. Auch dabei helfe ich ihm, bis er endlich den gelben Spielzeugbagger in den Händen halten kann.

»Freust du dich über das Geschenk, das dir der Weihnachtsmann gebracht hat?«

»Ja!« Aus leuchtenden Kinderaugen sieht er mich an. Das Strahlen auf seinem Gesicht erwärmt mein Herz. Ich gebe Mats einen Kuss auf die Stirn, dann erhebe ich mich wieder und gehe zu den Erwachsenen an den Tisch zurück. Sarah hat eine neue Barbie bekommen und Benny einen großen Plüschteddybären, dem er jedoch aktuell keine Beachtung schenkt. Um das alles zu realisieren, ist er einfach noch zu klein.

»Du sollst den Kindern nicht immer solch teure Geschenke machen«, mahnt mich Claudia, die ihren Jüngsten gerade mit der Flasche füttert. Ich zucke bloß die Achseln.

»Wohin sonst mit dem ganzen Geld, das ich verdiene? Schließlich habe ich keine eigenen Kinder, die ich verwöhnen könnte.«

»Könntest du haben, hättest du einen Partner«, meint sie bloß und ich spüre schon wieder einen Stich im Herzen.

***

»Und du bist dir sicher, dass du heute noch nach Hause fahren willst?«, fragt mich mein Vater mit gerunzelter Stirn, nachdem ich mich an der Tür von meinen Eltern verabschiede. Claudia bringt gerade die Kinder ins Bett. Heute Nacht bleiben die Kleinen bei ihren Großeltern. Alles andere würde für viel zu viel Trubel sorgen. Michael wartet mit Benny, der ebenfalls in seinen Armen eingeschlafen ist, im Wohnzimmer, bis meine Schwester fertig ist. Dann werden sie sich auch auf den Heimweg machen.

»Morgen früh bin ich zum Weihnachtsbrunch bei meiner Arbeitskollegin eingeladen. Da möchte ich ungern zu spät kommen. Und aktuell fällt es mir unglaublich schwer, rechtzeitig aufzustehen«, entgegne ich mit einem Lächeln.

»Aber pass bitte auf und fahr vorsichtig«, mahnt mich meine Mutter besorgt.

»Ach, ich glaube kaum, dass um diese Uhrzeit noch viele unterwegs sind. Außerdem wird doch regelmäßig geräumt und gestreut«, beruhige ich meine Eltern, umarme sie zum Abschied und verlasse das Haus. Während der Stunden, die ich hier gewesen bin, hat es richtig geschneit. Alles glänzt im schwachen Licht der Außenbeleuchtung und für einen Moment bleibe ich stehen und betrachte die unberührte Straße vor mir. Es ist unglaublich still, dunkel und wunderschön.

Ich brauche einen Moment, um mein Auto vom Schnee zu befreien, aber zum Glück ist er frisch und nicht festgefroren, sodass ich die Wagentür ohne Probleme öffnen und einsteigen kann.

Der Weg zur Autobahn stellt sich jedoch schwieriger heraus als gedacht. Ich fahre sehr langsam durch die winterlich beleuchtete Stadt, denn die Straße ist unter der Schneeschicht glatt. Zu allem Übel ist auch noch die Autobahnauffahrt, die ich immer nehme, gesperrt. Kurzerhand hole ich mein Handy hervor und tippe meine Adresse ins Navi, um eine alternative Route über die Landstraße zu nutzen zu können. Die mir angezeigte Strecke ist nur fünfzehn Minuten länger als mein üblicher Weg, also stecke ich das Handy in die Halterung und wende mein Auto. Die Landstraße ist zu dieser Stunde nur wenig befahren und weil es immer noch leicht schneit, fürchte ich, hier ebenfalls nicht schneller voranzukommen. Seufzend reduziere ich die Geschwindigkeit, denn in der Dunkelheit um mich herum wird es zunehmend gruseliger. Die Straße ist glatt, der Himmel nachtschwarz – beides macht mir Angst und sorgt dafür, dass ich vorsichtiger werde.

Die Heimfahrt ist die reinste Katastrophe! Ich hätte auf meine Eltern hören sollen ... Nach nur einer halben Stunde bereue ich meine Entscheidung, über Land gefahren zu sein und nach einer Stunde fluche ich regelrecht, denn es ist wirklich keine Menschenseele unterwegs. Die Dunkelheit erschwert meine Fahrt zusätzlich, aber wenigstens schneit es nicht mehr.

Kurz vor Solingen fahre ich durch ein kleines Waldstück, in dem die Straße besonders glatt ist. Also drossele ich mein Tempo nochmals auf Schrittgeschwindigkeit, was mir leider wenig hilft. In einer Kurve kann ich den Wagen nicht in der Spur halten und rutsche von der Straße. Panisch trete ich die Bremse durch, was mein Auto nur noch mehr ins Schleudern bringt. Ich kneife die Augen fest zusammen und kralle meine Finger ins Lenkrad, als der Wagen quietschend zum Stehen kommt. Mir schlägt das Herz bis zum Hals, als ich vorsichtig die Augen öffne und durch die Frontscheibe sehe.

Da ich keine Schmerzen habe und mich frei bewegen kann, schnalle ich mich ab und steige langsam aus dem Wagen, um mir das Ausmaß der Katastrophe genauer anzusehen. Jetzt erst realisiere ich, dass ich in den gegenüberliegenden Graben gerutscht bin. Dabei steckt das Auto mit den Vorderrädern fest. Mist, wie soll ich denn hier wieder rauskommen?

Seufzend hole ich mein Handy aus dem Wageninneren, um den Pannendienst zu rufen. Als ich über Google die Telefonnummer vom ADAC heraussuchen will, schaltet sich mein Smartphone plötzlich ab. Die Batterie ist leer.

»Mann, das kann doch jetzt nicht wahr sein!«, zische ich völlig verzweifelt. Wieso muss das gerade mir passieren? Jetzt stehe ich hier mutterseelenallein im Schnee, irgendwo im nirgendwo.

Verärgert trete ich mit dem Fuß gegen die geschlossene Fahrertür, was mir leider nur Schmerzen einbringt und nicht wirklich hilft. Dann umrunde ich das Auto und hole das Warndreieck aus dem Kofferraum. Wenn ich hier schon feststecke, dann sollte ich wenigstens vorbeifahrende Autofahrer warnen, damit sie vorsichtiger sind und meinen Wagen im Straßengraben nicht übersehen.

Den Schal enger um die Schultern geschlungen, entferne ich mich einige Meter vom Auto. Nach fünfzig Metern stelle ich das Warndreieck in den Schnee. Meine Hände frieren, ich führe sie zum Mund und hauche hinein, bevor ich sie fest gegeneinander reibe. Leider bringt es nicht wirklich viel und mir wird immer kälter. Deshalb beschließe ich schnell zurück zu meinem Auto zu gehen, um mich wenigstens im Inneren ein wenig aufzuwärmen. Wenn ich noch länger draußen in der Dunkelheit herumschleiche, bin ich morgen sicher krank. Wobei ich dann zumindest eine Ausrede hätte, nicht auf Steffis Weihnachtsparty erscheinen zu müssen.

Die kalten Hände tief in den Taschen meines Mantels vergraben, stampfe ich durch den knöchelhohen Schnee. Über mir funkeln die Sterne am schwarzen Nachthimmel und eigentlich müsste ich mich über diese romantische Atmosphäre und die völlige Stille um mich herum freuen, doch leider ist das Gegenteil der Fall. Die Einsamkeit dieses Ortes legt sich wie eine bleierne Faust um mein Herz. Angst kriecht langsam meinen Nacken hinauf, denn dieser Ort ist so verlassen und abgelegen, dass mich sicher niemand finden würde, sollte etwas passieren. Wenigstens spenden die

Autoscheinwerfer ein wenig Licht. Wenn ich die Lampen jedoch anlasse, wird die Autobatterie über kurz oder lang ebenfalls den Geist aufgeben, was das Fortkommen von diesem Ort nur noch schwieriger machen würde. Jedes Knistern der Bäume im Wind, jedes noch so kleine Rascheln der kahlen Äste und selbst meine eigenen Schritte im Schnee jagen mir eine Gänsehaut über den Rücken. Verdammt, ich hasse die Dunkelheit, und gerade in diesem Moment fühle ich mich furchtbar schutzlos und allein. Wäre David doch nur hier, er könnte mir wenigstens ein bisschen die Angst nehmen.

Obwohl ich es gar nicht will, muss ich erneut an meinen besten Freund denken, der vermutlich schon im Bett liegt und Isabella fest an sich drückt. Bei dieser Vorstellung wird mir die Brust eng und ein Kloß bildet sich in meinem Hals. Traurig schlucke ich ihn hinunter. Ich sollte mir besser überlegen, wie ich so schnell wie möglich nach Hause komme, statt in Selbstmitleid zu zerfließen.

Noch bevor ich meinen Wagen wieder erreichen kann, hält ein dunkles Auto neben mir. Ich versuche es zu ignorieren und gehe schnurstracks geradeaus. Der Fahrer lässt das Beifahrerfenster herunter, während er im Schritttempo neben mir herfährt. Stur starre ich nach vorne, versuche ihm keine Beachtung zu schenken. Diese Situation ist viel zu gruselig und ich komme mir wie in einem Horrorfilm vor, in dem das Opfer in ein fahrendes Auto gezerrt und im nächstgelegenen Wald verscharrt wird.

»Hallo. Kann ich Ihnen helfen?«, höre ich eine tiefe Männerstimme fragen. Ohne ihn anzusehen, schüttele ich heftig den Kopf und beschleunige meine Schritte.

Sobald ich im Schutz meines Autos bin, werde ich die Türen von innen verriegeln, vorausgesetzt ich komme so weit. Ich habe vielleicht noch knappe zwanzig Meter vor mir, weshalb ich zu rennen beginne.

»Hey, jetzt warten Sie doch«, ruft er mir hinterher, aber ich renne einfach weiter. Der Mann beschleunigt und fährt an mir vorbei. Ich will schon erleichtert aufatmen, als ich ihn jedoch neben meinem eigenen Wagen halten sehe. Oh verdammt! Jetzt habe ich keine Fluchtmöglichkeit mehr.

Sofort werde ich langsamer, versuche das Erreichen meines Autos so lange wie möglich hinauszuzögern, aber es hilft nicht. Alternativ könnte ich in das angrenzende Waldstück laufen, doch wie ich mich kenne, habe ich mich spätestens nach zehn Minuten darin verlaufen. Meine Handtasche, in der ich das Pfefferspray aufbewahre, liegt auf dem Beifahrersitz und das Smartphone in meiner Manteltasche ist tot. Viele Optionen habe ich also nicht.

Panisch sehe ich mich nach allen Seiten um, ob ich nicht irgendwas finde – vielleicht einen Stock – womit ich mich wenigstens halbwegs verteidigen kann. Leider ist der Schnee viel zu dicht und zu hoch, als dass ich auf die Schnelle etwas darunter erkennen kann.

Der Mann steigt aus dem Auto und hebt die Hände über den Kopf.

»Sie müssen keine Angst haben. Ich will Ihnen nur helfen«, ruft er mir zu. Langsam nähere ich mich, behalte meine Abwehrhaltung jedoch bei.

»Ich habe gar keine Angst«, entgegne ich kurz angebunden, als ich in einiger Entfernung vor ihm stehen bleibe. Zwei Meter Sicherheitsabstand werden hoffentlich reichen, um rechtzeitig davonzulaufen, falls er mich angreifen sollte.

»Hören Sie, ich habe Ihr Auto bereits beim Vorbeifahren gesehen. Erst dachte ich, Sie würden nur halten, doch dann bin ich noch einmal umgekehrt, weil ich das Warndreieck im Rückspiegel gesehen habe«, erklärt er und schenkt mir ein Lächeln, das ich nur vage im schwachen Licht seiner Scheinwerfer ausmachen kann. Ich habe in meiner Panik gar nicht bemerkt, wie ein Auto an mir vorbeigefahren ist. Dass er extra umgedreht hat, ist wirklich nett von ihm ... und das an Heiligabend.

»Also ..., wenn Sie mir helfen wollen ...«, beginne ich zögernd. »Mein Auto steckt im Graben fest. Ohne Hilfe komme ich da vermutlich nicht mehr raus. Leider ist mein Handyakku leer gegangen, sodass ich noch nicht mal den Pannendienst anrufen konnte ...«

Er nickt nachdenklich. »Ich habe ein Abschleppseil und ein paar Werkzeuge im Kofferraum«, meint er und deutet auf seinen Wagen. Misstrauisch beäuge ich das Fahrzeug. Ich habe zwar wenig Ahnung von Autos, aber dieses Model ist modern und nagelneu, es kommt mir eigenartig vor, dass der Typ darin Werkzeug transportiert. Ob es sich doch um einen Serienkiller handelt, der mich bloß in Sicherheit wiegen will?

»Aber ich vermute mal, dass ich Sie dennoch nicht aus dem Graben ziehen kann. Ich habe ein Automatikgetriebe. Bei der glatten Fahrbahn wäre es ein aussichtsloses Unterfangen.« Er zuckt ratlos mit den Achseln. »Ich könnte Ihnen lediglich anbieten, den Pannendienst anzurufen.« Der Mann holt sein Handy aus der

Manteltasche und hält es mir entgegen. »Wenn Sie wollen, können Sie auch anrufen.«

Ich schüttele den Kopf. »Ich kenne mich hier nicht aus. Wissen Sie, wo wir uns gerade befinden?«

»Natürlich. Meine Eltern wohnen nicht weit von hier.« Er wählt bereits eine Nummer und geht ein paar Schritte, während er telefoniert. Neugierig mustere ich ihn von der Seite. Der Fremde ich groß, fast so groß wie mein Date Marcel, jedoch nicht ganz so kräftig gebaut. Die dicke Winterjacke und die Wollmütze auf seinem Kopf verdeckten einen Großteil seines Körpers. Selbst seine Augenfarbe kann ich in dieser Dunkelheit nicht erkennen. Einzig der dichte Vollbart ist gut zu sehen.

»Also, der ADAC könnte sogar schon in einer knappen halben Stunde hier sein, weil sie Bereitschaft haben. Dann würden sie Ihren Wagen abschleppen und bis zur nächsten Werkstatt bringen, um einmal zu checken, ob er irgendwelche Schäden abbekommen hat. Das passiert, aber natürlich erst nach den Feiertagen«, teilt er mir den Inhalt seines Telefonats mit. »Ob Sie einen Leihwagen bekommen, konnten sie mir jetzt noch nicht sagen. Ich könnte sie jedoch ein Stück mitnehmen. Wohin waren Sie unterwegs?«

»Nach Köln«, antworte ich leise. Ein Zittern geht durch meinen Körper, die eisige Nachtluft kriecht unter meinen Mantel. Instinktiv schlinge ich die Arme fest um mich.

»Das passt ja perfekt! Ich fahre ebenfalls gerade zurück nach Köln, bin bei meiner Familie gewesen«, erklärt der Mann gut gelaunt. »Wenn das mal nicht ein Wink des Schicksals war. Ich werde Sie mitnehmen, darauf bestehe ich. Sonst erfrieren Sie mir hier noch, bis der ADAC kommt. Das dauert meistens ewig. Und dazu ist heute Heiligabend. Ich glaube, da bewegt sich keiner so schnell und verlässt die traute Familienrunde.«

Keine Ahnung, ob ich zustimmen soll, aber es ist tatsächlich ein interessanter Zufall. Vielleicht kann er meinen Weihnachtsabend ja retten, indem er mich nach Hause bringt. Seine sympathische Art sorgt dafür, dass ich mehr und mehr an Scheu verliere. Also schenke ich ihm ein kleines Lächeln.

»Es ist nett, aber ich kann so ein Angebot unmöglich annehmen ...«

»Natürlich können Sie das.« Er kommt näher und legt mir die Hand auf die Schulter. Erst will ich zurückweichen, doch dann gewähre ich ihm diesen kurzen Körperkontakt. Der Fremde führt mich mit sanftem Druck zu seinem Auto.

»Wir sollten nicht in der Kälte warten. Ich habe die Standheizung laufen, das wird Ihnen guttun. Sie sehen schon ganz verfroren aus«, meint er und öffnet bereits die Beifahrertür für mich. Skeptisch betrachte ich das Wageninnere. Die Lampe geht direkt an, sodass ich das schwarze Leder der Sitze erkennen kann. Wärme strömt hinaus ins Freie. Soll ich wirklich mit ihm mitfahren?

»Nun steigen Sie schon ein. Keine Angst, ich beiße nicht«, sagt er mit einem warmen Lächeln. Na ja, dann hoffe ich mal auf ein Weihnachtswunder. Er sieht nicht gerade wie ein Serienkiller aus, der an Heiligabend unterwegs ist, um sein nächstes Opfer zu suchen. Also nehme ich sein Angebot an und setze mich auf den Beifahrersitz. Wärme empfängt mich und erst jetzt merke ich, wie kaltgefroren meine Glieder sind. Mein unbekannter Retter schließt die Tür, dann setzt er sich hinters Steuer und nimmt die Wollmütze vom Kopf.

Dank der Innenraumbeleuchtung kann ich endlich sein Gesicht besser betrachten. Der Mann hat dunkle, kurz geschnittene Haare, die wegen der Mütze nun ein wenig zerzaust aussehen. Seine Augen sind ebenfalls dunkel jedoch nicht ganz so wie sein Haar. Die kleinen Lachfältchen in seinem Gesicht und der dichte Vollbart lassen ihn älter wirken, sodass ich sein Alter nicht einschätzen kann. Vielleicht ist er Mitte dreißig.

Der Mann streckt mir seine Hand entgegen.

»Ich bin Thomas«, stellt er sich mir vor.

»Carolin«, entgegne ich und ergreife seine Hand. Sein Händedruck ist fest und warm. Sofort kribbeln meine eiskalten Finger, weshalb er auch noch nach meiner anderen Hand greift und diese mit einem leichten Druck warm rubbelt. Diese Geste ist mir tatsächlich nicht unangenehm, vertreibt die Kälte immer mehr aus meinem Körper. Nun bin ich wirklich froh, dass Thomas mich hier aufgelesen hat. Ansonsten hätte ich sicher bis zum Morgengrauen in der Kälte ausharren und darauf hoffen müssen, dass irgendwann andere Autos an dieser abgelegenen Stelle vorbeigefahren wären.

»Soll ich ein bisschen Musik anmachen?«, fragt er, um die Stille zwischen uns zu brechen.

»Klar, warum nicht?«

Sogleich erklingt Weihnachtsmusik aus den Autolautsprechern. Er summt versonnen vor sich hin. Auch David singt gern beim Autofahren, worüber ich mich früher immer lustig gemacht habe. Denn mein bester

Freund kann genauso gut singen wie ich kochen: also gar nicht.

»Ich mag diesen Song«, rechtfertigt er sich, als er meinen amüsierten Blick bemerkt. Es ist *Last Christmas* von Wham. »Es ist ein Klassiker und ein Muss zur Weihnachtszeit.«

Einen Moment bleiben wir nebeneinandersitzen und lauschen der Musik im Radio, als ich schon einen großen Wagen durch den Seitenspiegel an der Tür erkennen kann. Das Auto hält hinter uns an. Die Gelben Engel sind tatsächlich verdammt schnell.

Thomas bemerkt den Abschleppdienst ebenfalls und steigt aus. Ich folge ihm, um die nötigen Details mit den Männern zu besprechen. Nachdem sichergestellt ist, dass der ADAC mein Auto aus dem Graben zieht und wegbringt, machen Thomas und ich uns auf den Weg nach Köln. Morgen früh werde ich benachrichtigt, wohin mein Wagen gebracht wurde und wann ich ihn wieder abholen kann. Ich bin wirklich froh darüber, dass sich Thomas bereit erklärt hat, mir mit dem Auto zu helfen. Allein war ich in der Situation einfach viel zu überfordert, um einen klaren Kopf zu bewahren.

Bevor wir aufbrechen, tauschen wir Nummern aus, damit ich ihn nach den Feiertagen kontaktieren kann, um zu berichten, ob mit dem Auto alles in Ordnung ist.

Die Autofahrt mit ihm gestaltet sich als gesellig, denn er redet viel, erzählt mir in der kurzen Zeit praktisch seine ganze Lebensgeschichte.

»… und dann hat Tante Gerti doch tatsächlich in Papas Kaffeetasse gespuckt, als er es nicht mitbekommen hat«, erzählt er mir gut gelaunt, was beim heutigen Weihnachtsessen passiert ist. »Nur, weil er ihr Outfit kritisiert hat. Aber mal ehrlich, meine Tante ist fünfundsiebzig, da trägt man keine paillettenbesetzten Röcke, als würde man auf eine Karnevalsparty gehen. Der rote Pullover mit dem großen Rentier drauf passte wirklich nicht dazu. Niemand hat sich getraut, es ihr zu sagen, bis auf mein Vater natürlich. Er nimmt eben nie ein Blatt vor den Mund.«

»Das klingt nach einem lustigen Abend«, meine ich nachdenklich.

»Ja. Mit meiner Familie ist es nie langweilig. Ich habe zwar keine Geschwister, dafür aber recht viele Cousins und Cousinen, mit denen ich aufgewachsen bin. Es ist immer was los und wenn ich Urlaub habe, besuche ich sie, sooft ich kann. Hast du Geschwister?«

»Eine Schwester, ja«, antworte ich knapp. »Doch mein Verhältnis zu ihr hat sich in den Jahren immer mehr abgekühlt, nachdem sie Michael geheiratet hat. Wir haben einfach eine unterschiedliche Sicht, was einige Dinge betrifft.« Ich zucke die Achseln. Bisher habe ich niemandem wirklich erzählt, was mich an meiner großen Schwester stört. Irgendwie fühlt es sich bei Thomas ganz natürlich an über meine Beziehung zu Claudia zu sprechen.

»Außerdem verbringt sie sehr viel Zeit mit ihrer Familie, geht in ihrer Mutterrolle richtig auf, während ich viel arbeite und gern mit meinen Freundinnen unterwegs bin. Ich weiß gar nicht, wann Claudia das letzte Mal auf einer Party gewesen ist, geschweige denn, ob sie jemals wieder auf eine gehen wird. Irgendwie schade, denn als Kinder haben wir uns wirklich nahegestanden.«

»Oh, scheint ja nicht so, als würdet ihr euch gut verstehen. Eine gute Beziehung kann man aber nicht erzwingen«, entgegnet Thomas mitfühlend, setzt den Blinker und verlässt die zugeschneite Hauptstraße. Von hier ist es nicht mehr weit bis zu meinem Wohnblock. »Ich würde mir tatsächlich wünschen, noch mehr Zeit mit der Familie verbringen zu können. Es ist nur schade, dass ich einen Job in Köln habe, der mich ziemlich einspannt. Da ist das tägliche Pendeln einfach nicht drin, sodass wir uns alle viel zu selten sehen.«

Thomas redet wirklich wie ein Wasserfall, aber ausnahmsweise stört mich das überhaupt nicht. Es vertreibt uns die Zeit und seine Geschichten sind nicht aufdringlich, sondern laden geradezu zum Zuhören ein. »Morgen habe ich leider Bereitschaft, weshalb ich nicht über Nacht in Solingen geblieben bin. Glück für dich, denn ansonsten hätte ich dich nicht aufsammeln können«, meint er mit einem Zwinkern in meine Richtung.

»Wo arbeitest du denn?«, frage ich nun neugierig.

»Ich bin Feuerwehrmann«, erklärt er mit Stolz in der Stimme. Wow, einem richtigen Feuerwehrmann bin ich bisher nicht begegnet. Meine Ex-Freunde waren alle nur typische Büroangestellte oder irgendwelche Mechaniker. Die Vorstellung, wie er täglich Menschen unter Einsatz seines Lebens aus brennenden Gebäuden rettet und Katzen von Bäumen holt, ist wirklich sexy.

»Ich liebe meinen Job, auch wenn man da nicht so viel Freizeit hat.«

»Das klingt wirklich spannend«, entgegne ich ehrlich begeistert. »Ich arbeite im Büro. Ein kleiner Chemiebetrieb, nichts Besonderes.«

»Wäre nichts für mich. In einem Büro zu sitzen und Mails zu schreiben oder zu telefonieren.« Er wirft mir einen deutlich längeren Seitenblick zu als nötig. »Aber zu dir passt es. Ich könnte dich mir nicht in einem Feuerwehranzug oder etwas anderem vorstellen. Dafür sitzt du dann in einem hübschen Bürooutfit – vielleicht in einer engen Bluse mit tiefem Ausschnitt und einem knielangen Bleistiftrock – an deinem Platz und verdrehst deinen Kollegen den Kopf.« Er lacht auf und kratzt sich verlegen am Hinterkopf. »Sorry, das sollte jetzt nicht abwertend klingen, ehrlich. Meine Ex-Freundin ist nur täglich so zur Arbeit gegangen. Leider hat sie mit ihrem Aufzug irgendwann das Interesse ihres Abteilungsleiters geweckt und mich seinetwegen verlassen. Nun sind die beiden bereits ein halbes Jahr verheiratet und sie schon schwanger. Frag mich jedoch nicht, was vorher da war. Das Baby oder der Ring am Finger.« Erneut lacht er und sorgt für ein wohliges Kribbeln in meinem Inneren. Thomas ist gnadenlos ehrlich. So eine Eigenschaft habe ich bisher selten bei jemandem gesehen. Die Unterhaltung mit ihm macht wirklich Spaß und die halbe Stunde, die wir bis zu meinem Wohnblock brauchen, vergeht beinahe wie im Flug.

Irgendwann biegt er in meine Straße ein und schaltet den Motor ab. Ich sehe aus dem Beifahrerfenster. Das Wohnhaus liegt im Dunkeln und der Schnee ist noch dichter als bei meiner Abfahrt heute Nachmittag.

»Also, da wären wir«, sagt er nach einer kurzen Pause. Ich lege bereits die Hand an den Türgriff, doch er hält mich zurück. »Carolin ... Ich habe mich wirklich gefreut, dich kennenzulernen. Wenn du möchtest, dann könnten wir uns ja noch mal treffen. Vielleicht auf einen Kaffee? Und, ähm–« Er bricht ab und sieht auf einmal ziemlich verlegen aus. »Also, ich könnte dir mit dem Auto helfen.«

Für einen Moment bin ich wie erstarrt, weil ich kaum mit seinem Interesse gerechnet habe, aber dann lächele ich mild. Er ist mir wirklich sympathisch und unter anderen Umständen hätte ich ganz sicher einem weiteren Treffen zugestimmt, doch irgendwie bin ich nach all den Enttäuschungen der vergangenen Wochen einfach müde, mir krampfhaft einen Freund zu suchen. Diese Erkenntnis überrascht mich, denn mich hat gerade ein toller Mann buchstäblich vom Straßenrand aufgesammelt, den ich nun jedoch ablehne. Thomas ist ganz anders als Malte, Marcel oder Fabian. Er hat ein bisschen was von David. Doch was bringen weitere Treffen, wenn sich mein Herz sowieso nur nach meinem besten Freund sehnt? Ich wäre nicht ehrlich zu Thomas und das wäre unfair.

»Danke für deine Hilfe. Es war nett von dir, mich nach Hause zu fahren. Wegen meines Autos melde ich mich nach den Feiertagen bei dir. Dann kann ich dich auf einen Kaffee einladen. Ganz unverbindlich und als Dank, einverstanden?«

Sein Lächeln wirkt gezwungen und ein bisschen enttäuscht, aber er versucht mich zu nichts zu überreden, sondern nickt nach einer kurzen Weile zustimmend.

»Dann wünsche ich dir eine gute Nacht und schöne Feiertage«, sagt er schließlich.

»Danke. Wünsche ich dir auch«, entgegne ich und steige aus.

Kapitel 12

»Carolin! Na endlich! Die anderen sind alle schon da. Wir warten nur noch auf dich, um mit dem Essen zu beginnen«, sagt Steffi zu mir, nachdem sie mich an der Wohnungstür begrüßt und mir direkt die Schüssel mit dem Schichtsalat abgenommen hat. Ich streife meinen Mantel ab.

»Sorry, aber es ging nicht eher. Mir fehlten noch Zutaten für den Salat«, entschuldige ich mich bei meiner Freundin. Mamas Schichtsalat hat die Autofahrt leider nicht überlebt, denn ich habe die Schüssel im Kofferraum meines Wagens vergessen, nachdem der Pannendienst ihn abgeschleppt hatte. Das ist mir erst am nächsten Morgen eingefallen, nachdem ich am späten Vormittag aufgewacht bin und Steffis Nachricht wegen des Weihnachtsessens auf meinem Handydisplay entdeckt hatte. Und da ich ja aktuell auch kein Auto mehr hatte, konnte ich nicht noch einmal spontan zu meinen Eltern fahren, um meiner Mutter einen neuen Salat abzuschwatzen. Leider waren die Supermärkte ebenfalls geschlossen, sodass ich noch nicht einmal die Originalzutaten besorgen konnte. Also musste ich improvisieren. Zum Glück hatte ich noch einige Dinge im Kühlschrank und mit dem Rest hat mir meine Nachbarin eine Etage tiefer ausgeholfen. Vermutlich schmeckt der Salat nicht halb so gut, wie wenn ihn meine Mutter gemacht hätte, aber er ist zumindest genießbar, wie ich nach einer kurzen Geschmacksprobe festgestellt habe.

Die restlichen Weihnachtsfeiertage habe ich dann Netflix schauend auf dem Sofa verbracht, denn es hörte gar nicht mehr auf zu schneien. Zwar sind weiße Weihnachten genau das, was sich jedes Jahr sehnlichst gewünscht wird und so ein Spaziergang durch den Schnee hat auch wirklich etwas Romantisches an sich, aber manchmal ist er dann doch ein wenig unpraktisch. Ein paar Mal telefonierte ich mit Sabrina, die sich nach dem Stand der Dinge in Sachen „Date zu Weihnachten" erkundigen wollte. Als ich ihr gestanden habe, dass ich nun doch allein zu der Party gehen würde, war sie beinahe enttäuscht.

Steffi schaut kurz über meine Schulter.

»Was ist denn mit deinem Freund, den du mitbringen wolltest?«, fragt sie mit gerunzelter Stirn. Schnell schließe ich die Wohnungstür hinter mir. »Kommt er etwa später? Wir wollen endlich mit dem Essen starten. Ich für meinen Teil bin schon am Verhungern.«

»Ähm ...« Ich habe ganz vergessen Stefanie darüber in Kenntnis zu setzen, dass ich allein kommen werde. »Ihn hat leider die Grippe erwischt, ziemlich schlimm. Du kennst ja Männer, wenn sie krank sind. Da bewegen die sich keinen Zentimeter mehr als nötig«, lüge ich mit einem unschuldigen Lächeln.

»Wirklich schade. Wir alle waren schon so gespannt auf ihn.« Sie geht voraus, dann dreht sie sich noch einmal zu mir um. »Übrigens, schicke Stiefel. Solche wollte ich auch haben, aber sie waren ziemlich schnell ausverkauft. Selbst online habe ich keine mehr bekommen.«

Grinsend schaue ich auf meine Fußspitzen. Es sind exakt die Stiefel, die ich im Schaufenster gesehen habe, die jedoch nicht mehr in meiner Größe verfügbar gewesen sind. Deshalb bin ich auch völlig überrascht gewesen, als ich an Heiligabend ein Päckchen vor meiner Wohnungstür gefunden habe. Mit einem Geschenk habe ich an diesem Abend gar nicht mehr gerechnet, nachdem die Sache mit meinem Auto passiert war. Umso mehr habe ich mich über die schönen Stiefel gefreut, die von David gewesen sind. Wie das Päckchen vor meiner Tür gelandet ist, obwohl mein bester Freund bereits vor mir zu seinen Eltern aufgebrochen ist, ist mir noch immer ein Rätsel. Bisher konnte ich mich nicht persönlich bei ihm bedanken, was ich jedoch gleich nachholen werde.

Also ziehe ich die Stiefel aus und sehe zu, dass ich endlich zu meinen anderen Freunden ins Wohnzimmer komme. Stefanie hat den großen Esstisch gedeckt und den ganzen Raum weihnachtlich dekoriert. Der Weihnachtsbaum mit den blinkenden Lichterketten und den vielen Weihnachtskugeln wirkt zwar wie jedes Jahr ein bisschen zu überladen, verbreitet jedoch eine schöne Partystimmung. Aus der Musikanlage tönen leise Weihnachtslieder.

»Hey Caro! Na endlich«, sagt Betty und kommt auf mich zu, um mich zu begrüßen. Ihr Freund Fritz erhebt sich ebenfalls vom Sofa und reicht mir die Hand.

»Gut siehst du aus. Ist das Kleid neu?«, fragt er neugierig. Ich boxe ihm lachend gegen die Schulter. Jedes Mal, wenn wir uns sehen, neckt er mich dafür, dass mein Kleiderschrank bald aus allen Nähten platzt, denn ich komme nie zweimal im selben Outfit zu einer Party.

Zumindest nicht, wenn es sich immer um dieselben Partygäste handelt. Heute trage ich ein rotes Pulloverkleid, dessen lange Ärmel an den Schultern ein bisschen gerafft sind, was ansonsten jedoch ziemlich schlicht ist.

»Nein, das hatte ich bereits vor zwei Wochen auf der Arbeit an«, entgegne ich grinsend und winke Marie zu, die sich gerade mit Sebastian am kalten Buffet bedient. Lauras Freund Maik nippt an einem Becher, nickt jedoch ebenfalls in meine Richtung, als er auf mich aufmerksam wird.

Tobias kommt mit einem großen Topf zur Tür herein. »Ich habe Nachschub«, verkündet er und stellt den Alkohol auf der Wohnzimmerkommode ab, die zu einer provisorischen Getränkebar umfunktioniert wurde. Laura springt vom Sofa auf.

»Perfekt, mein Glühwein ist bereits leer.« Sie hält Tobi ihren Becher entgegen, der ihn sogleich großzügig füllt. Auch ich stelle mich zu Laura, umarme sie kurz, dann bekomme ebenfalls ich einen Becher vom Gastgeber eingeschenkt.

»Es gibt zum Essen übrigens Feuerzangenbowle«, verkündet er. »Steffi muss nur noch die letzten Zutaten vermischen. Dann können wir alle auf einen netten Abend anstoßen und mit dem Essen starten. Jetzt sind wir ja endlich vollzählig.«

Ich freue mich schon auf Steffis berühmte Feuerzangenbowle, die sie alljährlich zu der Party zubereitet. Es ist eine Tradition, die wir zu unseren Studienzeiten begonnen haben und die wir nun in all den Jahren fortführen. Früher haben wir uns einen Spaß daraus gemacht so viel davon zu trinken, bis einer von uns schlappmacht. Da waren wir jedoch noch jung und dumm. Heute genießen wir die Bowle, statt uns hemmungslos damit zu betrinken.

»Wird auch Zeit«, meint Maik seufzend und reibt sich über den Bauch. »Ich habe schon einen Bärenhunger.«

»Kein Wunder, du hast heute kaum etwas gegessen«, kommentiert Laura die Aussage ihres Freundes. Ich sehe mich in dem Wohnzimmer um. Wir müssten zwölf Leute sein, sechs Pärchen, von denen ich als einzige allein gekommen bin. Ich zähle jedoch nur meine Freundinnen und ihre Partner. David und Isabella fehlen. Gerade will ich Tobias fragen, wo mein bester Freund ist, als dieser den Raum betritt. Sofort drehe ich mich nach ihm um, weil ich seine Stimme höre. Mein Herzschlag beschleunigt sich, doch ich versuche ruhig zu bleiben und mir meine aufkommenden Gefühle nicht anmerken zu lassen. Bis auf meine Kollegin Sabrina weiß keine meiner Freundinnen, dass David und ich vor einiger Zeit Sex hatten. Und schon gar nicht, wie verknallt ich seitdem in ihn bin. Bisher konnte ich meine Gefühle sehr gut verbergen, weil ich auf eine Ablenkung durch die Online-Dates gehofft habe. Doch jetzt, nachdem ich mit diesem Kapitel endgültig abgeschlossen habe, fällt es mir verdammt schwer, in Davids Nähe locker zu bleiben. In den letzten Tagen musste ich immer wieder an unseren One-Night-Stand denken. Wie gut und vollständig, ja sogar geliebt, ich mich in seinen Armen gefühlt habe. So ging es mir bisher in keiner meiner Beziehungen ...

»Caro, wie war Weihnachten bei deinen Eltern?«, fragt er mich mit einem Lächeln, nachdem ich mich ein Stück von den Getränken entfernt habe.

»Gut. Es war schön, wieder mal alle zu sehen. Die Kinder wachsen einfach unglaublich schnell. Benny versucht sogar bereits zu krabbeln«, erzähle ich ihm. David kennt meine große Schwester und ihren Mann ebenfalls. Sie haben beide in Köln gelebt und gearbeitet, während ich noch zur Uni gegangen bin. Erst nach der Hochzeit sind Claudia und Michael nach Essen in die Nähe meiner Eltern gezogen. Zur Taufe des kleinen Mats ist David als meine Begleitung dabei gewesen.

»Und wie war es bei dir? Hat sich deine Schwester über das Geschenk gefreut?«, will ich wissen. Dieses unverfängliche Gespräch lenkt mich wenigstens ein bisschen von dem Chaos in meinem Inneren ab.

»Wie man's nimmt«, meint er achselzuckend. »Mit dem neusten Thriller von Stephan King habe ich ihren Geschmack leider nicht wirklich getroffen.«

»Dafür aber meinen«, murmele ich nun leise und mit geröteten Wangen. »Danke für die Stiefel. Woher wusstest du, dass ich genau dieses Model haben wollte? Und die Größe passt perfekt.«

Er lächelt warm und mir kommt es so vor, als würde er nach meiner Hand greifen wollen, es sich jedoch im letzten Moment anders überlegt.

»Keine Ahnung. Ich habe sie im Schaufenster gesehen und musste direkt an dich denken. Deine Größe wusste ich noch von früher. Hast du schon vergessen, wie oft du mich zum Shoppen mitgeschleppt hast, wenn einer deiner Affären gerade mit dir Schluss gemacht hat? Das war sozusagen deine Alternative zum Frustessen. So viel Geld wie möglich für überteuerte Klamotten ausgeben, um besonders hübsch auszusehen, damit sich dein Ex Grün und Blau ärgern kann.« Er grinst übers ganze

Gesicht, was mich noch verlegener macht. Wieso merkt er sich solche Kleinigkeiten wie meine Schuhgröße? Er hat doch eine feste Freundin, an die er denken sollte. Apropos, wo ist Isabella überhaupt? Hilft sie Steffi in der Küche bei der Feuerzangenbowle?

Ich hebe den Kopf. »Wo ist Isabella denn?«

»Sie wollte noch ein paar Tage bei ihrer Familie in Hamburg bleiben«, erklärt er tonlos und dreht sich von mir weg. Gerade in diesem Moment bringt Steffi die Feuerzangenbowle ins Wohnzimmer. Damit wird jedes Jahr das Buffet eröffnet.

Nachdem jeder ein Glas der Bowle bekommen hat, können wir uns an den Tisch setzen. Jeder Platz ist liebevoll dekoriert, kleine Schokoladenweihnachtsmänner warten auf den Tellern, zudem gibt es Platzkarten. Ich überfliege die Namen, bis ich meinen entdecke und mich hinsetze. Neben mir nimmt Sebastian Platz. Mein rechter Platz bleibt leer, dann folgt David, dessen Seite ebenfalls frei bleibt.

»David, du kannst ja aufrücken. So sitzen wir alle näher beieinander«, schlägt Steffi vor und nimmt die beiden überflüssigen Teller weg. Mein bester Freund nickt und setzt sich dicht neben mich. Sofort spüre ich, wie die Hitze in mir aufsteigt. Warum bin ich heute nur so empfindlich? Liegt es daran, dass Isabella nicht hier ist? Oder weil ich ihn vermisst habe?

Er lächelt mir zu, dann schaut er wieder auf seinen Teller. Stefanie geht zu ihrem Platz, hebt ihr Champagnerglas und klopft kurz mit der Gabel dagegen, bis das Glas leise klirrt.

»Ich freue mich, dass ihr alle so zahlreich erschienen seid«, beginnt sie formell, aber mit so viel Liebe in der

Stimme, dass wir unwillkürlich lächeln müssen. »Ich hoffe auf einen sehr schönen Abend. Euch allen frohe Weihnachten.«

Auch wir anderen erheben die gefüllten Gläser und prosten ihr zu, bevor wir einen Schluck trinken. Ich nehme gleich zwei, um meine Nervosität ein bisschen im Zaun zu halten.

Das Essen ist vorzüglich. Stefanie hat ein gutes Händchen, was das Aussuchen der passenden Speisen angeht.

Es gibt neben einigen Beilagen wie Reis und Bratkartoffeln noch gedämpftes Gemüse in Hollandaisesoße und verschiedene Salate, die wir Gäste mitgebracht haben. Als Vorspeise hat sie eine kalte Platte mit Fisch und Antipasti vorbereitet. Als Hauptgang gibt es einen Schweinebraten, Lachsfilet und gebackene Gänsekeulen.

Doch auch wenn alles verdammt lecker ist, bekomme ich kaum einen Bissen runter. Mein Hunger, den ich den ganzen Tag verspürt habe, ist auf einmal wie weggeblasen. Lustlos schiebe ich ein Stück Brokkoli von einem Tellerrand zum anderen.

»Was ist denn los? Schmeckt es dir nicht?«, fragt David leise. Unsere anderen Freunde sind in verschiedene Gespräche vertieft, sodass sie kaum auf uns achten.

»Doch, doch. Es schmeckt wie immer sehr gut. Aber irgendwie habe ich das Gefühl, krank zu werden, oder so. Ich habe keinen richtigen Appetit ...«

David hebt fragend die Augenbrauen. »Wenn es dir nicht gut geht, warum bist du dann nicht zu Hause geblieben? Jeder hätte dafür Verständnis gehabt. Wenn dein Freund ebenfalls krank ist ...«

»Ach was. Ich wollte Steffi nicht enttäuschen. Außerdem habe ich wirklich Lust auf diese Party«, sage ich schnell und winke mit der Hand ab. David hat wohl mitbekommen, dass mein imaginärer Freund mit einer Grippe im Bett liegt. Vielleicht sollte ich ihn aufklären, dass es gar keinen Freund gibt?

Ich greife nach meinem Glas mit der Feuerzangenbowle und trinke es in einem Zug leer. Als ich aufstehen und mir Nachschub holen will, hält mich David am Handgelenk zurück.

»Und du solltest es mit dem Alkohol vielleicht etwas langsamer angehen lassen, wenn du kaum was im Magen hast«, sagt er streng. Lächelnd befreie ich mich aus seinem Griff, was eigentlich mit äußerstem Widerwillen passiert. Seine Finger an meinem Handgelenk fühlen sich einfach zu gut an.

»Ein bisschen vertrage ich schon noch. Ich bin doch kein kleines Kind, auf das du aufpassen musst.« Entgegen seinem Rat schenke ich mein Glas randvoll und trinke bereits an der Bar einen Schluck, bevor ich zu den anderen zurückgehe.

Gleichzeitig überlege ich, warum Isabella nicht auf diese Party gekommen ist. Sind die beiden zusammen... Oder etwa nicht? Ist an Heiligabend etwas vorgefallen, über das mein bester Freund nicht mit mir reden will?

Betty beugt sich vor und schenkt mir den Rest aus der Champagnerflasche nach.

»Wollen wir gleich ein Spiel spielen?«, fragt sie in die Runde. »Ich habe da etwas vorbereitet, um uns ein bisschen die Zeit vor dem Nachtisch zu vertreiben.«

»Oh ja! Das ist eine gute Idee«, stimmt Laura zu und klatscht vergnügt in die Hände. Ihr merkt man den

Alkohol bereits an. Auch ich spüre, wie sich die Feuerzangenbowle und der Champagner in meinem Körper breitmachen.

Die anderen stimmen ebenfalls zu und so holt Betty einen Zettel aus ihrer Handtasche.

»Es ist ein Pärchenspiel. Ich bin davon ausgegangen, dass wir heute alle mit Partnern kommen. Caro, du kannst dich ja mit David als Zweierteam zusammentun. Die Pärchen unter uns haben eventuell einen Vorteil, aber zumindest kennst du David ja schon gefühlt dein ganzes Leben lang, also könnte das ebenfalls spannend werden«, erklärt sie die Spielregeln. »Ich mache den Spielmaster, da ich mir die Fragen ausgedacht habe. Es geht der Reihe nach um, jeder muss abwechselnd eine Frage beantworten. Wenn ihr eine Frage zu eurem Partner richtig beantwortet habt, bekommt ihr einen Punkt. Wer die meisten Punkte hat, gewinnt.«

»Und um was spielen wir? Was bekommt das Gewinnerteam?«, will Fritz neugierig wissen. Natürlich ist er sofort Feuer und Flamme, denn er ist ein Gewinnertyp. Bei jedem Gesellschaftsspiel ist er mit Feuereifer dabei, nimmt die Sache ziemlich ernst und ist am Ende sehr frustriert, sobald er nicht als Erster ins Ziel kommt.

»Gute Frage«, überlegt Betty. »Darüber habe ich mir keine Gedanken gemacht.«

»Wie wäre es mit einem Kuss? Das Gewinnerpaar muss sich küssen«, schlägt Marie vor und kichert amüsiert. »Das wäre kein großer Einsatz, da wir ja alle vergeben sind, aber dennoch witzig. Nur bei Carolin ...« Sie schaut zu mir rüber. Ihre blauen Augen wirken bereits ein bisschen glasig. Ich werde nervös und eine Gänsehaut macht sich auf meinem Körper bereit. Sollte ich gewinnen ... Würde David dann ...? Nein, ich glaube kaum, dass wir Pärchen-Fragen korrekt beantworten können, schließlich sind wir bloß beste Freunde. Also stimme ich lächelnd zu.

»Warum nicht. Das klingt nach Spaß. Ihr habt ja sowieso bessere Chancen«, meine ich achselzuckend und auch David nickt, wenn auch zögernd. Hat er Bedenken wegen Isabella? Ich versuche den Gedanken an seine Freundin in den hintersten Winkel meines Kopfes verbannen, und mich auf das Spiel zu konzentrieren. Denn ich bin ganz neugierig, was die anderen für Antworten liefern werden.

»Alles klar. Wenn jeder mit dem Einsatz einverstanden ist, können wir loslegen.« Betty klatscht in die Hände, dann setzte sich ein bisschen gemütlicher hin, lehnt sich im Stuhl zurück und entfaltet das Papier. »Wir könnten es auch noch spannender machen, und die Fragen durch Zufallsprinzip stellen. Ähnlich wie beim Flaschendrehen? Oder auszählen? Ene meine muh?«

»Flaschendrehen«, wirft Stefanie ein. »Das erinnert mich so an unsere Kindheit.«

»Alles klar!« Betty greift über den Tisch nach der leeren Champagnerflasche, schiebt eine der Salatschüsseln zur Seite und legt sie mitten auf den Tisch. Tobias steht auf und sammelt die leeren Teller ein, damit wir mehr Platz für das Spiel haben. Betty startet und dreht die Flasche. Gespannt sehen wir alle dabei zu, wo sie stehen bleibt. Der Flaschenhals zeigt auf Maik.

»Also, die erste Frage geht an Laura. Maik muss dann sagen, ob sie recht hat. Ich vertraue darauf, dass ihr die

Wahrheit sagt«, stellt Betty in strengem Ton klar. »Denn für jede falsche Antwort müsst ihr trinken, okay?«

»Wie wär's, wenn wir es umgekehrt machen?«, schlägt Sebastian grinsend vor. »Wir trinken bei einer richtigen Antwort. Dann ist der Anreiz größer.« Von meinen Freunden kommt zustimmendes Gemurmel. Sofort springt Sebastian auf und bringt den großen Topf mit der Feuerzangenbowle zu uns an den Tisch, um jeden Becher erneut zu füllen.

Betty holt einen Kugelschreiber aus ihrer Handtasche, notiert die Namen der Paare auf dem Zettel.

»Also, Laura. Hier kommt die erste Frage: Welche meiner Verwandten mag ich richtig gern, obwohl sie total schrullig sind?«

»Du? Ich kenne deine Verwandtschaft doch gar nicht«, entgegnet Laura verwirrt.

»Nicht meine. Die von Maik«, korrigiert Betty.

»Ah, das ist leicht. Tante Beate. Sie hat einen echt seltsamen Humor und mich gruselt es immer vor ihren hervorstehenden Zähnen, wenn sie lacht. Aber Maik vergöttert diese Frau aus einem mir unerfindlichen Grund.«

»Dich vergöttere ich mehr, mein Schatz«, säuselt Maik und Laura kichert wie ein junges Mädchen, das gerade mit ihrem Schwarm spricht. »Aber Tante Beate steht dennoch hoch im Kurs. Sie hat mir immer Süßigkeiten zugesteckt, als ich noch ein kleiner Junge gewesen bin.«

»Deswegen also dein Bauchansatz?«, stichelt Tobias.

»Nein, das kommt von Lauras guter Küche.«

Alle lachen, auch ich kann mir ein Grinsen nicht verkneifen. In den Jahren, in den Laura und Maik schon zusammen sind, hat er deutlich an Gewicht zugelegt, während Laura immer noch so schlank ist wie zu Beginn ihrer Beziehung.

»Also bekommt Team ML einen Punkt. Ihr dürft einen Schluck trinken«, verkündet unsere Spielmasterin und die beiden nehmen sofort einen großen Schluck von ihrer Feuerzangenbowle. Die Flasche dreht sich erneut. Mit jeder Runde, die sie an mir vorbeizieht, werde ich nervöser, kralle sogar die Finger in die weiße Tischdecke. Erleichtert atme ich aus, als die Flasche auf Tobias zeigt.

»Tobi, dann erzähl doch mal: Für welchen Star schwärmt Steffi – und schämt sich ein bisschen dafür?«

Tobias beginnt zu lachen. »Harry Styles«, kommt die Antwort wie aus der Pistole geschossen. »Sie mag seine Frisur.«

»Hey. Seine Musik ist auch super«, verteidigt Stefanie ihren Musikgeschmack. »Außerdem sollte doch jeder einen Teenieschwarm haben, oder? Da ist nichts dabei.«

»Gut. Ein Punkt geht an TS.« Tobias gibt Steffi ein High Five, dann trinken beide. Erneut dreht sich die Flasche und dieses Mal bleibe ich nicht verschont, denn der Flaschenhals zeigt auf David. Sofort erhöht sich mein Puls und ich greife nach meinem Becher, um meine trockene Kehle zu befeuchten.

»Halt«, unterbricht mich Betty streng, sodass ich mitten in der Bewegung innehalte und meine Hand wieder zurückziehe. »Erst trinken, wenn die Frage richtig beantwortet ist. Also, David, dann zeig uns doch mal, wie gut du Carolin kennst: Was macht Caro am liebsten, wenn sie allein zu Hause ist?«

»Netflix schauen, und zwar am besten ganz kitschige Liebesfilme«, antwortet er grinsend. Zufrieden hebe ich meinen Becher an die Lippen und auch David trinkt, ohne Bettys Zustimmung abzuwarten. Jede meiner Freundinnen weiß, dass ich ein Serien- und Filmejunkie bin. Der Alkohol und die leichte Frage beruhigen meine Nerven, sodass ich nun weniger Angst vor diesem Spiel habe. Doch als die Flasche nun auf mich zeigt, steigt meine Nervosität erneut an.

»Caro, erzähl uns etwas über David: Was war sein schönstes Erlebnis mit dir?«

Mir wird heiß. Verdammt, das weiß ich nicht. Also ... es gab so viele, als Letztes fällt mir unsere Keksaktion in seiner Küche ein, oder die Weihnachtsfeier mit dem anschließenden ... Hitze steigt in meine Wangen, als ich an den Sex mit David denke. Nein, das darf ich auf keinen Fall erwähnen. Außerdem weiß ich ja nicht, ob diese Erlebnisse auch für ihn die schönsten gewesen sind. Gott, ich muss mir etwas einfallen lassen!

»Gibst du auf?«, fragt Fritz. Er war bisher noch nicht dran, wähnt sich jedoch bereits jetzt als Sieger dieses Spiels.

»Nein, auf keinen Fall. Es gibt nur so viele, da ist es gar nicht so leicht, das schönste Erlebnis herauszupicken«, entgegne ich, verschränke lässig die Arme vor der Brust und lehne mich in meinem Stuhl zurück, um noch mehr Sicherheit auszustrahlen. »Ich denke, es war der Moment, als David die Wohnung genau mir gegenüber bekommen hat und ich ihm beim Streichen geholfen habe. Wer hat schon das Glück neben seiner besten

Freundin zu wohnen«, rate ich ins Blaue, weil ich wirklich nicht weiß, was ich meinen Freunden erzählen soll. Alle Augenpaare richten sich auf David, der ganz ruhig neben mir sitzt und vor sich hin grinst. Keine Ahnung, was gerade in seinem Kopf vorgeht, und ich hoffe inständig, dass er mir zustimmt.

»Richtig«, antwortet er dann nach einer endlos langen Pause, in der ich den Atem angehalten habe. Erleichtert sacke ich in mich zusammen. Ob es wirklich das schönste Erlebnis für ihn gewesen ist, kann ich nicht sagen, denn ich habe mir bloß etwas ausgedacht.

Betty notiert einen Punkt für uns auf ihrem Zettel und ich entspanne mich wieder. Danach müssen sich Marie und Sebastian Bettys Fragen stellen, was jedoch keinen Punkt bringt, weil sich die beiden nicht über einer Antwort einig werden. Betty und Fritz sind ebenfalls dran, kassieren sogar zwei Punkte hintereinander. Nach einer weiteren Runde mit einer Pleite bei Steffi und Tobi stoppt die Flasche erneut vor David.

Betty grinst schelmisch, als sie auf ihren Zettel schaut.

»Viele Fragen haben wir nicht mehr, also geht es jetzt um die Wurst: Würde Caro lieber eine Woche ohne Sex oder ohne ihr Smartphone auskommen?«

Mir bleibt der Mund offen stehen, als diese Frage durch den Nebel, der sich vom ganzen Alkohol in meinem Kopf gebildet hat, dringt. Mir bricht der Schweiß aus, doch mein bester Freund ist die Ruhe selbst.

»Sex ist für Caro wichtig, also tippe ich darauf, dass sie ihr Handy für eine Woche vernachlässigen würde, statt auf den Sex zu verzichten«, sagt er seelenruhig. Dabei durchbohren mich seine braunen Augen regelrecht. Mein Gesicht glüht, meine Ohren brennen.

»Das … ähm … wie … wie kommst du denn auf diesen Blödsinn?«, presse ich mühsam hervor. Gelächter ertönt am Tisch. Seitdem ich von Carsten getrennt bin, hatte ich keinen einzigen One-Night-Stand mehr – bis auf das eine Mal mit David.

»Da hat David wohl ins Schwarze getroffen«, meint Laura kichernd. »Ich kann mich noch ganz gut an den Clubbesuch erinnern, als du mit Ke–«

»Lasst uns schnell weitermachen«, sage ich und falle Laura ins Wort. Diese Sache mit Kevin sollte unter uns bleiben, auf keinen Fall will ich, dass David erfährt, was ich in den letzten Wochen nach unserer gemeinsamen Nacht alles angestellt habe, um meine Gefühle für ihn zu verdrängen.

»Also schön«, sagt Betty und dreht die Flasche. Zu allem Übel zeigt die Flasche erneut auf David.

»Ihr wollt es wohl wirklich wissen, was?«, brummt Fritz, der seine Aussicht auf den Sieg beinah als verloren betrachtet. »Betty dreht nicht richtig.«

»Du kannst gern selbst drehen«, entgegnet die Angesprochene mürrisch, doch Fritz verschränkt bloß die Arme vor der Brust und schaut beleidigt drein. Mir wäre es auch lieber, wenn endlich wieder jemand anderes an der Reihe wäre.

Betty sucht bereits die nächste Frage raus. »Okay, das ist jetzt echt ein bisschen fies, aber wenn ihr die richtig beantwortet, gewinnt ihr. Denn Caro und David liegen gleichauf mit Steffi und Tobi. Also, die letzte Frage lautet: In welchem Moment habe ich mich in dich verliebt?«

Ich erstarre. Bettys Worte bringen mich völlig aus der Fassung. Trotz des Alkoholspiegels, den ich mittlerweile im Blut haben müsste, bin ich wie gelähmt. Ich kann kaum atmen und mein Herz scheint für einen Moment stehen zu bleiben. Diese Frage ... Ich kann sie nicht beantworten. Ich will sie gar nicht beantworten. Nicht vor meinen Freunden und schon gar nicht vor David. Denn von meinen Gefühlen darf er nichts erfahren. Ich schweige lieber ewig, als dass ich unsere Freundschaft mit einer ehrlichen Antwort gefährden würde.

Alle starren mich an. Selbst David wirkt plötzlich verunsichert.

»Wollen wir nicht lieber schon tanzen?«, frage ich stattdessen und lache überdreht, springe bereits von meinem Platz auf. Der Stuhl fällt krachend nach hinten, sodass mein bester Freund neben mir regelrecht zusammenzuckt. Ich schwanke ebenfalls, doch da greift David auch schon nach meinem Handgelenk. Ich versuche ihn abzuschütteln, wobei ich mir gleichzeitig wünsche, dass er mich nie wieder loslässt.

»Caro ...«, murmelt er kaum hörbar, sieht dabei auf seine Hand, die mich festhält. In meinen Ohren pulsiert es, der Alkohol schießt mir sofort in den Kopf, sodass mir ganz schwindelig wird.

»Heißt es, dass du die Frage nicht beantworten kannst?«, fragt mich Steffi mit hochgezogenen Augenbrauen, die ihren Sieg bereits in der Tasche wähnt. Was soll ich denn darauf bitte erwidern? Schließlich handelt es sich um Pärchenfragen, und David und ich sind nun mal kein Pärchen, sondern bloß beste Freunde.

»Diese Frage ist überflüssig ...«, entgegnet David gefasst. Da gebe ich ihm völlig recht.

»Es ist nun mal die letzte Frage auf meinem Zettel. Ich bin der Reihe nach durchgegangen. Kann ich doch nichts dafür, dass ihr diese Frage abbekommen hat ...«, meint Betty achselzuckend und streicht den Zettel auf dem Tisch glatt, damit alle es sehen können. Sie hat hinter jede Frage einen Haken gemacht, nur noch die letzte Frage ist übrig. Na großartig! Wie viel Pech kann man haben?!

Mit beiden Händen halte ich mich an der Tischkante fest, um nicht umzukippen. Durch den Alkohol, das wenige Essen und meine zu hastige Bewegung, gerät mein Kreislauf komplett ins Schwanken. In meinem Kopf dreht sich alles.

»Ich ... ich habe mich nie in ihn verliebt ...«, flüstere ich so leise wie möglich, räuspere mich dann, als meine Freundinnen mich irritiert und neugierig zugleich mustern. Verlegen senke ich den Blick und starre auf meine Hände, wage kaum, mich zu David umzudrehen. Nach einem Moment der Stille zwischen uns, die lediglich von den leisen Klängen der Weihnachtsmusik durchbrochen wird, zuckt Betty mit den Achseln.

»Okay, dann zähle ich jetzt mal zusammen.« Ein Moment bleibt es still im Raum. Nur mein wildes Herzklopfen ist zu hören. Ich will nicht wissen, wer gewonnen hat ...

»Nun ... Wie es aussieht, hat Team DC die meisten Punkte«, verkündet Betty mit einem amüsierten Blick in meine Richtung.

»Hey, ich dachte, wir hätten gleich viele Punkte«, wirft Tobias verwirrt ein, doch Betty schüttelt den Kopf.

»Ich habe mich vorhin verzählt, sorry. Caro und David haben gewonnen. Das heißt dann wohl, dass ihr euch küssen werdet.«

Bei ihren Worten bleibt mir beinahe das Herz stehen. Ich kann David nicht küssen! Wenn ich das tue, kann ich vermutlich für nichts mehr garantieren! Meine Fassade würde bröckeln, alles wäre verloren ...

»Küssen! Küssen!«, ruft Fritz mit einem schelmischen Grinsen. »Das ist nur fair. Es konnte ja keiner ahnen, dass gerade ihr die meisten Punkte erzielt und dieses Pärchenspiel gewinnt ...« Unsicher sehe ich zu David rüber, in dessen Gesicht ich nicht lesen kann. Was denkt er darüber?

»Ein Kuss auf die Wange genügt ja«, lenkt Steffi mit einem aufmunternden Lächeln in meine Richtung ein. Sie hat gemerkt, wie unwohl ich mich fühle. Seufzend erhebt sich David von seinem Platz.

»Nun ... Wenn wir gewonnen haben, dann will ich kein Spielverderber sein«, meint er seelenruhig, ohne mich dabei anzusehen. Mir schlägt das Herz bis zum Hals. Es ist nicht nur der Alkohol, der meine Lage verschlimmert. Auch das Adrenalin schießt durch meinen ganzen Körper, weshalb mir heiß und kalt zugleich wird. Bevor ich etwas sagen oder auf seine Aussage reagieren kann, umfasst der mit einem Arm meine Taille und zieht mich nah an sich heran. Unsicher sehe ich in seine braunen Augen, die auf meinem Gesicht ruhen. Sein eindringlicher Blick geht mir bis ins Mark, sorgt dafür, dass ich mich kaum von der Stelle rühren kann. Ich glaube, vor Nervosität gleich zu sterben, als er sich ein Stück runter beugt.

»Sorry, aber da müssen wir beide nun durch«, raunt leise in mein Ohr, dann spüre ich auch schon seine warmen Lippen auf meinem Mund. Hitze durchläuft mich wie ein Stromschlag. Seine Lippen lösen ein Sturm aus Gefühlen in meinem Inneren aus, dem ich einfach nicht standhalten kann. Ich drohe in die Knie zu gehen, doch David hält mich mit seinen starken Armen fest, sodass meine Schwäche niemandem weiter auffällt.

Ich klammere mich an ihn, kneife die Augen zusammen und versuche ruhig zu bleiben. Aber als seine Zunge über meine Lippen streicht, kann ich mich kaum beherrschen. Mit einem leisen Seufzen öffne ich den Mund und gewähre ihm Einlass. Sofort wird der Kuss inniger, leidenschaftlicher, seine Arme pressen mich noch enger an sich. Ich erwidere den Kuss, umkreise mit meiner Zunge seine, schmecke den süßlichen Alkohol und seinen eigenen Geschmack, der einfach unglaublich ist. All meine Sinne konzentrieren sich auf David und diesen berauschenden Kuss, von dem ich nie erwartet hätte, ihn noch einmal erleben zu können.

Es dauert eine ganze Weile, bis er mich endlich wieder loslässt. Ein leichtes Zittern geht durch meinen Körper und ich muss mehrmals blinzeln, um wieder ins Hier und Jetzt zu kommen. Alles in mir ist weich und wunderbar entspannt. Als hätte der ganze Frust der letzten Wochen sich in diesem Kuss entladen. Irgendwo aus der Ferne nehme ich ein leises Klatschen wahr, das immer lauter wird. Irritiert sehe ich in die Runde unsere Freunde.

»Wow, also so eine Show hätte ich nicht erwartet«, meint Tobias erstaunt. Die anderen nicken ebenfalls sprachlos. »Dass ihr das echt durchzieht.«

»Es sah ja fast so aus, als liefe was zwischen euch«, neckt mich Marie und wackelt vielsagend mit den Augenbrauen.

»Wir sind nur Freunde. Das hat nichts zu bedeuten«, entgegne ich hastig, meine Stimme klingt dabei viel zu schrill in meinen Ohren. Mein Gesicht glüht und mein Bauch kribbelt wie verrückt. Dieser Kuss hat mich ziemlich aus dem Konzept gebracht. Ich sehe David nicht an, traue mich kaum seine Reaktion abzuwarten, und stürme plötzlich zu der Musikanlage, die ich voll aufdrehe. Helene Fischers *Atemlos* hallt in ohrenbetäubender Lautstärke durch das Wohnzimmer. Die Weihnachtsplaylist hat Tobi bereits während des Spiels gegen die aktuellen Charts und Steffis Lieblingsmusik ausgetauscht.

»Caro, nicht so laut. Die Nachbarn werden sich noch beschweren«, mahnt mich Stefanie verärgert und kommt zu mir, um die Anlage wieder runterzudrehen. Ich lasse mich jedoch nicht beirren und betätige erneut den Lautstärkeregler.

»Ach quatsch. Seid doch nicht solche Spielverderber. Das ist eine Party, oder? Dann lasst uns endlich tanzen«, rufe ich über die laute Musik hinweg und werfe die Arme in die Luft, um mich wild im Kreis zu drehen. Alles in mir dreht sich, ich merke meine Füße kaum, die immer schneller werden. Genauso wenig wie die Blicke meiner Freundinnen, die nun alle verstummt sind. Jemand kommt zu mir und packt mich am Arm, sodass ich in meinem wilden Tanz einen Moment innehalten muss.

»Caro, bitte. Was soll das denn?« David sieht mich verwirrt und zugleich besorgt an. Dieses Mal schaffe ich es, mich von ihm loszureißen. Der Sturm in meinem Inneren sorgt dafür, dass ich wütend werde. Wieso zur Hölle küsst er mich einfach, obwohl er eine feste Freundin hat? Das ergibt keinen Sinn und tut wahnsinnig weh. Und jetzt versucht er mir auch noch den Spaß zu verderben. Dabei will ich mich nur ablenken, um nicht gleich wieder über ihn herzufallen.

»Lass mich! Ich will tanzen!«, zische ich. Enttäuschung zeigt sich für einen Augenblick auf seinem Gesicht, doch dann zuckt er bloß die Achseln und lässt mich endlich in Ruhe. Marie und Laura erheben sich ebenfalls von ihren Plätzen.

»Vielleicht hat Carolin ja recht und ein bisschen Tanzen vor dem Nachtisch schadet nicht«, höre ich Laura sagen. Ihre Stimme ist viel zu leise, dennoch freue ich mich über die Zustimmung.

»Dann lasst uns den Tisch zur Seite schieben, um mehr Platz zu haben«, schlägt Maik vor. Tobias und Sebastian packen mit an. Ich hüpfe auf meine Freundin zu und reiße sie in eine wilde Umarmung, drehe mich dabei mit ihr, als wolle ich Salsa tanzen. Lachend stoßen wir gegen den Tisch, den die Männer wegschieben.

»Autsch, pass doch auf!«, beschwert sich Laura, die wohl mit dem Knie gegen ein Tischbein gestoßen ist. Der große Topf mit der Feuerzangenbowle schwankt bedrohlich und etwas von dem Getränk schwappt über den Rand auf die weiße Tischdecke. Laura zerrt mich schwungvoll zurück, wir prallen gegen Steffi, die bereits mit einem Putzlappen in der Hand zum Tisch eilt. Zu dritt taumeln wir unkontrolliert durchs Wohnzimmer und gegen den Weihnachtsbaum. David kann gerade noch eingreifen, bevor wir den Baum umreißen.

Er packt Steffi und mich an den Schultern und schiebt uns zur Seite. Die große Tanne wackelt, bleibt jedoch an Ort und Stelle.

Lachend ergreife ich Steffis Hände und drehe sie, obwohl sie sich aus meinem Griff befreien will.

»Gott, du bist ja total betrunken!«, ruft sie verärgert und entreißt mir ihre Hände. Ich grinse vor mich hin. Ja, ich bin betrunken. Und das ist auch gut so, denn dadurch hält das bisschen Selbstbeherrschung, um nicht plötzlich in Tränen auszubrechen. Mein Herz schmerzt fürchterlich, ich bin verwirrt und euphorisch zugleich, weil mich Davids Kuss völlig aus der Bahn geworfen hat. Ich tanze, um nicht an seine weichen Lippen denken zu müssen, die ich immer noch auf meinem Mund spüren kann.

Ein lautes Klingeln dringt durch die Musik. Kaum jemand achtet drauf, Marie und Laura tanzen immer noch neben mir zu einem neuen Lied von Rihanna, während die Männer sich an der restlichen Feuerzangenbowle bedienen.

Ich bemerke nicht, wie Stefanie in den Flur eilt, bis sie plötzlich zurückkommt. Ihr Gesicht ist kalkweiß, sie sieht total verunsichert aus.

»Jetzt macht doch endlich die Musik aus!«, ruft sie auf einmal wütend. Alle Augenpaare richten sich auf sie, hinter ihr betreten zwei Polizisten das Wohnzimmer. Sofort verstummt das anfängliche Gelächter. Mike geht zur Musikanlage und schaltet sie direkt ab. Stille breitet sich im Raum aus, niemand sagt etwas, denn alle starren entgeistert die Männer an, deren Präsenz nun den Raum erfüllt.

»Es ist nach Mitternacht. Die Nachbarn haben wegen Ruhestörung angerufen«, sagt einer der Polizist mit drohender Miene.

»Es tut mir leid. Wir werden die Party gleich auflösen«, entschuldigt sich Steffi mit bebender Stimme. Sofort kommt Tobias ihr zu Hilfe und legt ihr den Arm um die Schulter.

»Wir wollten niemanden stören, ehrlich. Ähm … Die Musikanlage spinnt zwischendurch ein bisschen, sodass wie die Lautstärke immer so schwer regulieren können …«

Der Polizist hebt fragend die Augenbrauen, als würde er Tobias diese Lüge nicht abkaufen. Selbst ich, in meinem Zustand, finde die Ausrede ziemlich schwach.

»Ob das wohl ein echter Polizist ist?«, flüstert mir Marie ins Ohr. »Es könnte auch ein Stripper sein.« Sie kichert dabei ununterbrochen, mittlerweile ist sie genauso betrunken wie ich. Während ich mit Betty getanzt habe, hat sie sich mit ihrem Freund Sebastian noch einiges von der verbliebenen Feuerzangenbowle gegönnt, bevor sie zu mir auf die provisorische Tanzfläche zurückgekehrt ist.

Mit einem schiefen Grinsen betrachte ich die beiden Männer, die uns alle mit grimmiger Miene anstarren. Ob es sich tatsächlich um Stripper handelt? Vielleicht wollte Steffi ein besonderes Highlight für die diesjährige Feier organisieren, von dem niemand anderes etwas geahnt hat. Möglich wäre es …

Laura kommt ebenfalls an meine Seite. »Weißt du noch, als vor Jahren einige betrunkene Typen unsere Karnevalsparty gesprengt haben? Sind einfach so in die WG gestürmt, verkleidet als Osterhasen, und wollten uns ihre Eier zeigen … Mann, was haben wir gelacht. Denn sie hatten tatsächlich bemalte Ostereier in ihren Körben dabei. Ach, das waren noch Zeiten, als wir an der Uni gewesen sind …«

Ob es sich hierbei ebenfalls um einen Streich handelt? Stefanie und Tobias schauen zwar nicht so aus, als fänden sie es lustig, dafür habe ich ein Dauergrinsen auf den Lippen. Ich kann nicht mehr klar denken, beäuge die Männer noch einmal genauer und komme zu dem Schluss, dass dies unmöglich echte Polizisten sein können. Die Musik war nicht so laut wie in einem Club, und Stefanies Nachbarn sind überwiegend Senioren, die sowieso kaum noch etwas hören.

Torkelnd gehe ich auf die Männer zu.

»Herr Wachtmeister, jetzt seien Sie nicht so eine Spaßbremse«, sage ich gut gelaunt, meine Stimme bebt dabei ein wenig vom Alkohol. »Sie können auch gern mit uns feiern. Schließlich ist Weihnachten. Das Fest der Liebe und Freundschaft.«

Sein böser Blick trifft mich, doch er kann meine gute Laune nicht trüben. Der Alkohol in meinem Blut macht mich mutig.

»Wir können eine Runde zusammen tanzen«, schlage ich ihm vor und ergreife seine Hand. Der andere Polizist hinter ihm kann sich ein Grinsen kaum verkneifen, sodass ich mir sicher bin, dass es sich nicht um echte Wachmänner, sondern nur irgendwelche ungeladene Gäste handelt, die durch unsere Musik angelockt wurden. Also warum sollten wir sie rausschmeißen? Wir könnten alle zusammen feiern, so macht es mehr Spaß. Außerdem lenkt mich attraktive, männliche Gesellschaft von David ab, der mich immer noch ziemlich verwirrt und zugleich besorgt ansieht.

»Caro! Jetzt hör auf mit dem Quatsch«, fährt mich Steffi an und zerrt an meinem Arm, damit ich den Polizisten loslasse.

Kichernd zerre ich den Mann durch den Raum und versuche ihn in einen wilden Tanz zu verwickeln. Er bleibt jedoch steif und entzieht mir seine Hände, was mich nur noch mehr reizt, ihn für mich zu gewinnen. Er sieht gut aus, und wer weiß, wie der Abend für uns beide enden könnte …

Steffis Gemecker und Davids besorgten Blick ignorierend, presse ich mich an den Mann und versuche mit ihm zu tanzen. Beinahe grob schiebt er mich zur Seite, weshalb ich ins Straucheln gerate. Laura versucht mir zu Hilfe zu kommen, doch ich habe meinen Körper nicht mehr unter Kontrolle, sodass ich sie ebenfalls mit mir zu Boden ziehe. Wir stürzen kichernd und quietschend gegen den bunt erleuchteten Weihnachtsbaum. Dieses Mal hält dieser unserem Gewicht nicht stand und schwankt drohend zur Seite.

»Scheiße! Der Baum!«, ruft Fritz quer durch den Raum, doch niemand der Anwesenden kann die Katastrophe noch verhindern. Die Tanne fällt krachend und klirrend auf den Wohnzimmerboden, Laura und ich finden uns inmitten von bunten Lichtern und kaputten Weihnachtskugeln wieder.

»So. Die Party ist für heute vorbei. Sollten Sie nicht augenblicklich alle nach Hause gehen, werde ich Sie mit zur Wache nehmen«, droht der Polizist und fährt sich mit der Hand zu seinem Schlagstock, der an seinen Gürtel hängt. Mit großen Augen sehe ich ihn an. Wow, er ist wirklich beeindruckend. Wie er seine Rolle spielt, ist unglaublich. Mühsam rappele ich mich auf, klopfe mir einige Tannennadeln vom Kleid und mache wieder einen Schritt auf den Mann zu.

»Wir feiern nur eine harmlose Party. Dafür können Sie uns doch nicht einfach festnehmen«, entgegne ich so charmant wie möglich. Leider findet der Polizist mich weniger reizvoll, denn er zückt Handschellen, die ebenfalls an seinem Gürtel baumeln.

»Glauben Sie etwa diese Dinger sind ein Fake?«, will er von mir wissen und hält mir die Handschellen entgegen. Ich beginne wie verrückt zu lachen, denn die sehen tatsächlich so aus wie die Handschellen, die ich bei dem Junggesellinnenabschied meiner Schwester bekommen habe. Damit habe ich meinen damaligen Freund ans Bett gefesselt, nachdem er sich von mir getrennt hatte. Der arme Kerl hat geflucht wie ein Kesselflicker, weil ich ihn einfach so in seiner Wohnung zurückgelassen habe. Bis heute weiß ich nicht, wie er sich befreit hat.

Grinsend strecke ich ihm beide Hände entgegen. »Wenn Sie wollen, nehmen Sie mich fest, Herr Wachtmeister. Ich bin mir sicher, wir werden uns danach irgendwie einig.« Ich klimpere mit den Wimpern, versuche immer noch das Interesse des Mannes zu wecken. David soll sehen, dass ich ebenfalls in der Lage bin, mir jemanden zu finden, auch wenn derjenige nicht so perfekt wie Isabella ist. Der Polizist lässt sich nicht beirren, die Handschellen klicken und auf einmal bin ich gefesselt.

»Noch irgendwelche Spaßvögel in der Runde?«, fragt er, während er grob mein Handgelenk umfasst.

Schmerz zuckt durch meinen Körper und langsam bekomme ich ein mulmiges Gefühl. Ist dieser Typ eventuell doch ein echter Polizist.

»Ähm ... Also ...«, beginne ich stammelnd und sehe hilfesuchend zu meinen Freunden, die alle total neben sich stehen. Nicht einmal David eilt mir zu Hilfe, er starrt mich nur fassungslos an, ungläubig darüber, dass ich jetzt wirklich verhaftet werde. Oh verdammt, was passiert hier gerade? Ich habe die Party ruiniert, Steffis Weihnachtsbaum zerstört, und einen Polizisten verärgert, der mich tatsächlich mit auf die Wache nimmt. Und das alles nur, weil ich meine Gefühle für David verdrängen wollte.

Völlig geschockt über mein eigenes Verhalten lasse ich mich von dem Polizisten durch den Flur führen. Ich kann nicht glauben, dass ich Weihnachten in einer Ausnüchterungszelle verbringen werde ...

Kapitel 13

Meine Glieder sind steif, mein ganzer Rücken schmerzt bei jeder noch so kleinen Bewegung. Die unbequeme Pritsche, auf der ich die vergangene Nacht verbracht habe, hat ihren Zweck definitiv erfüllt.

Nachdem mir am vorherigen Abend klar geworden war, dass dieser Polizist keinen Spaß macht, habe ich die ganze Autofahrt bis zum Gefängnis geheult. Trotz des Alkohols, der mein Hirn benebelt hatte, habe ich realisiert, wie bescheuert ich mich auf der Weihnachtsparty und vor meinen Freunden aufgeführt habe. Meine Tränen und mein Flehen, sie mögen mich doch einfach zu Hause absetzen, zeigten bei den beiden Polizisten keine Wirkung. Vermutlich sahen sie mich in meinem betrunkenen Zustand als Bedrohung, da ich mutwillig den Weihnachtsbaum umgestoßen und einen der Männer verärgert hatte.

Der gestrige Abend verschwimmt in pinken Wellen, genau wie die gestrichenen Wände vor mir. An die exakten Ereignisse kann ich mich nur noch schwammig erinnern. Die halbe Nacht habe ich auf die Farbe gestarrt, die man schwach in dem Mondlicht erkennen konnte, dass durch das schmale Fenster der Gefängniszelle fiel. Einzig der Kuss hat sich in mein Hirn eingebrannt, als wäre es ein Tattoo. Vermutlich werde ich ihn nie wieder vergessen können ... Und gerade das ist es, was mich wirklich fertigmacht! David hat mich in einem Ausnahmezustand erlebt, der mir außerordentlich peinlich ist. Sicher will er nach diesem Desaster nichts mehr mit mir zu tun haben.

Verzweifelt vergrabe ich mein Gesicht in den Händen. Wie konnte mir das nur passieren? Ich habe mich tatsächlich so stark betrunken, dass ich in einer Ausnüchterungszelle gelandet bin. In einer *Ausnüchterungszelle*! Ich! Das darf ich meiner Familie auf keinen Fall erzählen!

Die Tür raschelt, ich höre, wie jemand das Schloss entriegelt. Dann betritt der Polizist von gestern Abend die schmale Zelle.

»Na, haben Sie ausgeschlafen?«, fragt er und kann ein Grinsen kaum unterdrücken. Er amüsiert sich köstlich darüber, dass ich hier festsitze. Der Kerl hätte mich gar nicht festnehmen dürfen ... Aber in dem Moment war ich einfach viel zu betrunken und viel zu verzweifelt, um mit ihm zu diskutieren.

Stumm nicke ich ihm zu und erhebe mich von der Pritsche, schlucke jeden Kommentar herunter, um ihn nicht noch mehr zu verärgern. Ich will so schnell wie möglich nach Hause und die ganze Geschichte einfach nur vergessen.

»Gut. Ich hoffe, Sie haben etwas aus dieser Sache gelernt«, fügt er freundlicher gestimmt hinzu.

»Ja ...«, murmele ich kleinlaut, sodass er mich kaum versteht.

Der Mann hält die Tür weit auf. »Folgen Sie mir. Nachdem wir Ihre Personalien noch mal überprüft haben, dürfen Sie nach Hause. Sie werden bereits erwartet.«

Irritiert hebe ich den Blick. Holt mich tatsächlich jemand ab? In meiner geistigen Umnachtung habe ich gar nicht mitbekommen, wie der Beamte mit einem meiner Freunde gesprochen hat.

Der Polizist führt mich aus der Zelle in den Empfangsbereich, wo er meine Daten im Computer ergänzt. Dann gibt er mir meinen Personalausweis zurück und entlässt mich.

Mit hängenden Schultern und immer noch ziemlich erschlagen von dem mörderischen Kater, der nach dem Aufwachen über mich gekommen ist, ziehe ich die schwere Tür auf und verlasse das Polizeigebäude. Auf dem Parkplatz steht ein Auto, das mir vage bekannt vorkommt. Bei näherem Hinsehen wird mir auf einmal eiskalt. Scheiße, holt mich tatsächlich David von der Polizei ab? Kann es noch peinlicher werden? Mein gestriger Auftritt tut mir verdammt leid und ich schäme mich für mein Verhalten.

Mit eingezogenem Kopf husche ich an dem Auto vorbei, in der Hoffnung, dass mein bester Freund mich nicht bemerkt, als David auch schon die Fahrertür öffnet und aussteigt.

»Guten Morgen Caro«, grüßt er mich leise. Ich bleibe stehen und sehe zu ihm rüber. Er trägt wie immer seinen dicken Parker und die Wollmütze tief in die Stirn gezogen. Obwohl mir sein Anblick so vertraut ist, bin ich jedes Mal aufs Neue fasziniert, wie unglaublich gut er in alltäglicher Kleidung aussieht. Wieder einmal wird mir schmerzlich bewusst, was ich nicht haben kann. Was mir nur für einen kurzen Moment vergönnt gewesen ist: seine Zuneigung und Zärtlichkeit.

»Hey«, entgegne ich mit gesenktem Kopf. Ich traue mich kaum ihn anzusehen. So hat mich David noch nie erlebt, keiner meiner Freunde hat das. »Woher wusstest du, wo du mich abholen musst?«

Er kommt auf mich zu und legt mir eine Hand auf die Schulter. »Ich habe gestern Nacht mit der Polizeidienststelle telefoniert, nachdem alle nach Hause gegangen sind. Die Polizei hat mir gesagt, wo du bist und wann du wieder freigelassen wirst. Danach habe ich Steffi und Tobias beim Aufräumen geholfen. Der Baum muss leider entsorgt werden.« Er schmunzelt. »Das ist ja mal was. Bisher kannte ich niemanden, der in einer Ausnüchterungsstelle gewesen ist. Du bist die Erste, Caro. Und dann auch noch wegen so einer Kleinigkeit. Sicher hatten die Polizisten bloß schlechte Laune, sonst hätten sie dich bestimmt nicht mitgenommen.«

Ich zucke die Achseln. »Der Polizist hat gemeint, ich hätte randaliert. Na ja, habe ich ja auch irgendwie. Wegen mir ist der Baum umgefallen. Zum Glück ist nichts weiter passiert als das bisschen Chaos ...«

»Ziemlich viel Chaos für einen Abend«, entgegnet er grinsend und ich kann ebenfalls nicht widerstehen, ihm ein schwaches Lächeln zu schenken.

»So wurde euch wenigstens nicht langweilig«, entgegne ich kichernd, um mich zu verteidigen.

»Mit dir ist es nie langweilig.« David hat mir die Beifahrertür auf. »Na los, steig ein. Ich bringe dich nach Hause. Du siehst müde aus.«

***

Die nächsten Tage verbringe ich in meiner Wohnung. Ich traue mich nicht vor die Tür, weil ich Angst habe, erneut ein Chaos anzurichten. Die Weihnachtsparty und die ganzen Dates, die alle nichts gebracht haben, haben mir wirklich den Rest gegeben.

Stefanie ist immer noch sauer auf mich, weil ich ihre Party ruiniert und den ganzen Weihnachtsschmuck zerstört habe. Wenigstens sehen es meine anderen Freundinnen nicht ganz so eng, bei denen ich mich ebenfalls telefonisch entschuldigt habe. Dennoch schäme ich mich für mein Verhalten. Wie konnte ich nur so neben mir stehen?

Einige Male hat mir David geschrieben und sogar bei mir geklingelt, doch ich habe ihn immer wieder erfolgreich abgewimmelt. Ihn zu sehen, halte ich in meiner jetzigen Verfassung nicht aus. Ich kann nicht mehr täglich so tun, als wären wir beste Freunde. Denn das sind wir nicht. Nicht mehr. Ich sehe ihn schon lange nicht mehr nur als meinen Kumpel oder große Bruder, für mich ist er viel mehr als das. Vor allem nach dem Kuss fahren meine Gefühle Achterbahn. Obwohl ich fast täglich über diesen Abend nachdenke, kann ich mir immer noch keinen Reim auf sein Verhalten machen. Also schiebe ich die ganze Sache auf den vielen Alkohol, den jeder von uns, vielleicht mit Ausnahme von Stefanie, getrunken hat.

Erneut geht eine Nachricht von David auf meinem Handy ein. Er möchte mit mir reden ... Na großartig! Sicher will der den Kuss ansprechen und sich eventuell sogar dafür entschuldigen, weil er ihn bereut. Doch ich bereue es nicht, seinen Kuss erwidert zu haben, auch wenn er mich jede Nacht in meinen Träumen verfolgt und mich kaum noch richtig schlafen lässt.

Ich ignoriere Davids Nachricht, genau wie all die anderen, die er mir bisher geschrieben hat. Warum lässt er nicht locker? Er hat doch eine Freundin, soll er die Zeit lieber mit ihr verbringen, statt sich um mich zu sorgen. Mir geht's gut!

***

Silvester bricht mit einem erneuten Schneefall herein. Zum Glück muss ich heute nicht mehr vor die Tür, denn ich habe mich dazu entschieden das Jahresende allein in meiner Wohnung zu verbringen. Zwar haben mich bereits Marie und Betty zu sich nach Hause eingeladen, weil sie immer noch ein bisschen Mitleid wegen meiner Nacht in der Ausnüchterungszelle haben, doch ich habe strikt abgelehnt. Ich will ihren Pärchenabend nicht stören. Nach der verpatzten Weihnachtsparty vertraue ich mir selbst nicht mehr. Ich habe die beiden angelogen, dass mein vermeintlicher Freund, der an Weihnachten krank gewesen ist, mit mir feiern will. Damit konnte ich zwar ihre neugierigen Fragen nicht abwenden, sie jedoch zumindest vorerst abwimmeln.

Selbst Sabrina hat sich nach meinen Plänen für den Jahreswechsel erkundigt, schließlich weiß sie, dass ich keinen Freund habe ... Ihr habe ich erzählt, ich würde bei Freundinnen feiern. Ich werde einfach zu Hause bleiben und es mir dort richtig gemütlich machen, werde mir eine Pizza in den Ofen schieben und bis in die frühen Morgenstunden einen Serienmarathon starten. Das klingt nach einem verdammt guten Plan für Silvester, auf den ich mich regelrecht freue! Die Ruhe

231

wird mir nach dem ganzen Trubel der Weihnachtsfeiertage guttun.

Den Silvesternachmittag verbringe ich auf dem Sofa,
telefoniere mit Claudia und meiner Mutter. Sie fragen
mich, wie die Party war, doch ich bleibe vage, erzähle
ihnen nur die halbe Wahrheit. Danach nehme ich ein
ausgiebiges Bad, um meine verspannten Glieder ein
bisschen zu verwöhnen. Nach der Nacht auf der harten
Pritsche vor drei Tagen spüre ich jeden Muskel in meinem Körper, von dem ich nicht einmal wusste, dass er
existiert. Es ist zwar schon deutlich besser als am Tag
zuvor, dennoch fühle ich mich noch immer wie ein nas-
ser Sack Kartoffeln.

Erst überlege ich, mich hübsch zu machen, entscheide
mich jedoch wieder für Shirt und Jogginghose. Immerhin gehe ich nirgendwo hin, für die Couch wäre ein
Kleid viel zu schade. Ein bisschen ungewohnt ist es
schon, am Silvesterabend allein zu sein. Die letzten
Jahre habe ich entweder mit meinen Freundinnen in einem der Clubs in der Innenstadt gefeiert, oder einen romantischen Abend in einem Restaurant mit einem meiner Ex-Freunde verbracht.

Ob ich mich wohl doch bei Fabian, Marcel oder Malte
melden sollte, um heute nicht allein bleiben zu müssen? Jeder von ihnen hatte zwar irgendwie seine Ma-
cken, aber vielleicht wären sie gar nicht so übel, wenn
ich ihnen bloß eine zweite Chance gegeben hätte? Vielleicht hätte ich mich ja mit Online-Rollenspielen, Hard-
core-Fitnessplänen und sogar mit einem Kontrollfreak
arrangieren können? Keine Ahnung. Eventuell wäre
auch Thomas eine gute Wahl für den heutigen Abend.
Er ist mir sehr sympathisch gewesen und schien ehr-

lich an mir interessiert. Mittlerweile bereue ich es ein bisschen, ihm keine Chance gegeben zu haben. Sicher hätte ich mit ihm mehr Spaß als mit den Männern von meinen Blind-Dates.

Draußen ist es schon dunkel und vereinzelt kann ich bereits Feuerwerkskörper knallen hören. Es bleiben noch knapp zwei Stunden bis Mitternacht, aber vor allem die Jugendlichen nehmen es mit der Uhrzeit nicht so genau und lassen jetzt schon einige Raketen hochgehen. Kurz werfe ich einen Blick aus dem Küchenfenster, als ich im Augenwinkel ein buntes Funkeln am Nachthimmel sehe.

Meine Fertigpizza habe ich verspeist, der Wein ist auch schon wieder leer, weshalb ich mir gerade Nachschub aus der Küche holen will. Enttäuscht stelle ich jedoch fest, dass ich keine weitere Flasche im Kühlschrank habe. Im Vorratsregal, in dem ich Zucker, Mehl und andere Lebensmittel aufbewahre, finde ich ebenfalls keinen Alkohol.

Achselzuckend stelle ich den dreckigen Teller und mein Weinglas neben die Spüle. Dann werde ich wohl ohne Wein auskommen müssen. Vielleicht ist das auch besser so und sollte einer meiner Vorsätze fürs neue Jahr werden. Keinen Alkohol mehr! Schließlich habe ich genug Blödsinn angestellt, während ich betrunken gewesen bin. Angefangen von der Weihnachtsfeier auf der Arbeit bis hin zu Steffis Party. Unter Alkoholeinfluss endete alles in einem Desaster.

Wäre ich damals nüchtern gewesen, hätte ich bestimmt nicht mit David geschlafen. Vielleicht wäre ich immer noch mit Carsten zusammen, aber das ist eigentlich eine ganz andere Geschichte. Ich bin froh, diesen

Kerl losgeworden zu sein. Noch so ein Vorsatz für das neue Jahr: keine Beziehungen mehr. Es reicht. Ständig in ein neues Abenteuer zu stürzen, hat mir bisher nichts als Liebeskummer gebracht. Ich sollte endlich erwachsen werden, mich auf meine Arbeit konzentrieren und meine Liebesangelegenheiten dem Schicksal überlassen, statt krampfhaft nach einem Mann fürs Leben zu suchen. Diesen findet man nicht einfach an der nächsten Straßenecke, im Supermarkt und auch nicht im Club. Wenn die Zeit gekommen ist, wird es sich von allein regeln.

Das Klingeln der Wohnungstür reißt mich aus meinen philosophischen Gedanken. Heute erwarte ich ganz sicher keinen Besuch. Verwundert gehe ich zur Tür und öffne sie einen Spalt breit. Noch überraschter bin ich, als ich David vor mir stehen sehe. Er trägt ebenfalls eine Jogginghose und ein Sweatshirt, in der Hand hält er eine Champagnerflasche.

»Hey«, grüßt er leise und lächelt mich verlegen an. Ich schiebe die Tür auf, bleibe jedoch im Türrahmen stehen.

»Hey«, entgegne ich ebenso leise. Sein Erscheinen verwirrt mich. Müsste er jetzt nicht eigentlich mit Isabella zusammen feiern?

»Darf ich?«, fragt er mich, weil ich immer noch keine Anstalten mache zur Seite zu treten, um ihn in die Wohnung zu lassen. Sofort gehe ich von der Tür weg, damit er reinkommen kann. David drückt mir wortlos die Champagnerflasche in die Hand, ehe er direkt ins Wohnzimmer durchgeht, ohne auf mich zu warten. Einen Moment betrachte ich das Etikett der Flasche. Es ist ziemlich teurer Champagner, nicht das Billigzeug aus dem Discounter, das ich immer kaufe. Ich kann mich noch vage daran erinnern, wie mein bester Freund mir so eine Flasche nach meinem erfolgreichen Studienabschluss mitgebracht hatte.

Also hole ich zwei Sektgläser aus der Küche, dann gehe ich zu David rüber. Dieser hat es sich bereits auf dem Sofa bequem gemacht, die Fernbedienung in der Hand.

»Du schaust schon wieder Riverdale?«, stellt er fest, als ich mich neben ihn setze und die Flasche mitsamt den Gläsern auf den Couchtisch vor ihm abstelle.

»Ja, warum nicht. Die neue Staffel ist vor ein paar Tagen erschienen, deshalb dachte ich mir, diese lange Nacht ist perfekt, um alles noch einmal von vorne zu schauen«, entgegne ich, nehme ihm die Fernbedienung ab und starte die Serie. Ich bin bereits beim Ende von Staffel zwei angelangt, da ich die Erste schon im Laufe des Tages geschaut habe. Wenn ich es lang genug durchhalte, ohne einzuschlafen, dann werde ich sicher bis zur Vierten kommen.

»Ich mag die Serie ja auch. Dennoch bin ich kein Fan von Wiederholungen«, meint mein bester Freund und fixiert die Champagnerflasche zwischen seinen Beinen, um diese besser unter Kontrolle zu haben. Ich halte ihm die beiden Gläser bereits entgegen, als er den Korken mit einem Ruck herauszieht. Der Champagner sprudelt hoch, schießt in einer Fontäne aus dem Flaschenhals und ergießt sich über Davids Hände und seine Hose.

»Ach, scheiße!«, flucht er laut und hält die Flasche an der ausgestreckten Hand von sich weg über den Couchtisch. Die goldgelbe Flüssigkeit tropft auf die Glasplatte und bildet eine Lache.

»Na großartig. Das konntest du wirklich schon mal besser«, tadele ich ihn grinsend und halte ihm die Gläser entgegen, damit er den Champagner eingießen kann. Dann stelle ich sie auf dem Tisch ab und hole einen Lappen aus der Küche, um die Sauerei zu beseitigen, bevor der Alkohol noch auf meinen Teppich tropft.

»Ich bin wohl ein bisschen aus der Übung«, antwortet David und reicht mir eins der Gläser. Ich gebe ihm im Austausch den Lappen, damit er seine Hose notdürftig trockentupfen kann.

»Auf das neue Jahr«, sagt er dann und sieht mir fest in die Augen. »Auf das es besser beginnt, als das Alte geendet hat.«

Dem stimme ich zu und trinke direkt einen großen Schluck, er prickelt angenehm in meiner Kehle. Das alte Jahr ist tatsächlich nicht so gut gelaufen, wie ich es mir erhofft habe.

Ein paar Minuten sitzen wir schweigend nebeneinander und starren auf den Fernsehbildschirm. Auf die Handlung kann ich mich jedoch nicht länger konzentrieren, muss es zum Glück auch gar nicht, weil ich diese Folgen je bereits kenne. Die Stimmung zwischen uns wird immer angespannter, zumindest fühle ich mich so, als hätte mich jemand unter Strom gesetzt. Mit jeder Sekunde verstärkt sich das Kribbeln in meiner Magengegend, meine Nervosität ist bald greifbar.

»Sag mal ...«, beginne ich und durchbreche endlich das eigenartige Schweigen zwischen uns. »Was machst du eigentlich hier? Wieso feierst du nicht wie geplant?«

David lässt sich mit der Antwort so lange Zeit, bis sein Glas leer ist.

»Ich habe keine Lust zu feiern.«

»Was ist mit Isabella? Hattet ihr für heute nichts geplant?«, frage ich erstaunt, drehe mich zu ihm um, um ihn besser zu betrachten. Das schwache Licht der Stehlampe wirft Schatten auf sein Gesicht. Ich erkenne einen leichten Bartschatten, der mir eben noch nicht aufgefallen ist. Mein bester Freund sieht müde aus. Ob etwas passiert ist?

»Wir sind nicht mehr zusammen. Also ... eigentlich waren wir gar nicht richtig zusammen«, gesteht er mir zögernd, beinahe schon schüchtern, während er stur auf das leere Sektglas in seinen Händen sieht. Mir bleibt der Mund offen stehen. Ich glaube, mich verhört zu haben. Will er mich auf den Arm nehmen? Hat er sich tatsächlich von dieser perfekten Frau getrennt? Warum um Himmels willen?

»Was?«, krächze ich völlig überrumpelt von seinem Geständnis. Sie waren nicht zusammen? Aber ... aber das kann doch nicht wahr sein! Er verarscht mich ganz sicher. Beide wirkten auf mich wie ein total verliebtes Paar. Das konnte auf keinen Fall eine Lüge gewesen sein.

Endlich dreht David den Kopf in meine Richtung. Schatten liegen unter seinen Augen, als hätte er nächtelang kaum geschlafen. Jetzt erst merke ich, wie schlecht es ihm geht und sofort mache ich mir Sorgen.

»Es war nur Fassade. Nun ... ein bisschen wollte ich auch, dass wir uns ineinander verlieben. Also Isabella und ich. Sie ist die beste Freundin meiner Schwester, wir kennen uns schon ewig und ich mochte sie immer sehr«, erklärt er ein wenig stockend, sieht mir kurz ins Gesicht, dann an mir vorbei an die Bilder an der gegenüberliegenden Wand, als wüsste er nicht, wohin er schauen soll. »Es war meine Idee. Ich habe sie gefragt, ob sie mit mir zusammen sein will, und sie hat sofort zugestimmt. Erst habe ich fest daran geglaubt, dass ich-« Plötzlich bricht er ab und verfällt in Schweigen. Unruhig rutsche ich auf meinem Platz hin und her. Seine Worte ergeben keinen Sinn. Wieso zur Hölle hat er mir diese Beziehung nur vorgespielt?

»Ich ... also ...« Nervös dreht er das Glas in seinen Händen, bevor er sich besinnt und es zurück auf den Couchtisch stellt. Dann sieht er mir direkt in die Augen. Seine Miene ist ernst. »Ich wollte dich vergessen, Caro.«

Mir stockt der Atem, mir wird heiß und kalt zugleich. »Vergessen?«

»Nein, nicht so, wie du denkst«, korrigiert er sich sofort. »Du bist und bleibst meine beste Freundin. Du ... Ach verdammt. Ich rede mich hier um Kopf und Kragen, was?« Er lacht verlegen auf und ich glaube, trotz des dämmrigen Lichts sogar Röte auf seinen Wangen erkennen zu können. Jetzt verstehe ich wirklich nichts mehr. Liegt es etwa an dem Wein, den ich eben noch zu meiner Pizza getrunken habe? Kann ich keinen klaren Gedanken mehr fassen, weil ich bereits angetrunken bin?

»David-«

Er ergreift meine Hand und rückt näher an mich heran.

»Die Sache mit Isabella war nie ernst gemeint. Es war sozusagen ein Test. Wir beide haben von vornherein den Rahmen abgesteckt, wie weit wir gehen, um es zu versuchen. Doch eigentlich ist diese Beziehung von Beginn an zum Scheitern verurteilt gewesen, denn ich war nicht mit ganzem Herzen dabei. Ich konnte mich nicht auf Isabella einlassen, weil ich immerzu nur an dich denken musste.«

Jetzt bin ich völlig überfordert. Sogleich beschleunigt sich mein Puls und ich muss erst mal Luft holen. Meine Kehle ist auf einmal ganz trocken, ich schlucke den Kloß in meinem Hals hinunter, der sich während seiner Rede gebildet hat. Mein Herz macht einen Satz. Kann es wirklich sein, dass er …? Unmöglich! Bestimmt spielt mir mein Hirn einen Streich. Es ist Wunschdenken, das ich in seine Worte interpretiere.

»Aber ihr beide … Ich meine, ich habe doch gesehen, wie Isabella morgens deine Wohnung verlassen hat. Da bin ich davon ausgegangen, sie hätte bei dir übernachtet und ihr–« Ich lasse den Satz unbeendet, aber David versteht genau, worauf ich hinauswill. Sein Lächeln wird sanfter, der Druck seiner Hand um meine Finger fester.

»Sie wollte Sex, doch ich konnte nicht, denn ich bin in dich verliebt. War es schon die ganze Zeit.«

»In mich? Die ganze Zeit?« Ich traue meinen Ohren kaum. Träume ich oder macht mir David gerade ein Liebesgeständnis? In meinem Kopf dreht sich alles, ich kann einfach nicht glauben, was ich höre.

»Ja. Und das schon seit einer ganzen Weile. Erinnerst du dich an meinen einundzwanzigsten Geburtstag?«

Ich nicke stumm, immer noch total benommen von seinem Geständnis. Wie könnte ich diesen Abend vergessen? Mein damaliger Freund hatte sich genau diese Party ausgesucht, um mit mir Schluss zu machen.

Während alle anderen gefeiert haben, habe ich mir in Steffis Armen die Augen ausgeheult. Dann habe ich mich fürchterlich betrunken, bis ich mich übergeben musste.

»Als du in dieser Nacht mit ganz verquollenen Augen neben mir eingeschlafen bist, konnte ich an nichts anderes denken als daran, dass ich dich am liebsten für den Rest meines Lebens so im Arm halten würde.« Er sieht mich mit einem schüchternen Lächeln an. Wie vom Blitz getroffen hocke ich neben ihm und kann ihn nur mit offenem Mund anstarren. »Sorry, dass ich jetzt erst mit der Wahrheit herausrücke. Aber du warst immer so glücklich verliebt, da wollte ich dir keine Umstände machen. Mir war unsere Freundschaft wichtiger als meine unerwiderten Gefühle und–« Sein schüchternes Lächeln lässt mein Herz noch heftiger schlagen. »Deine Aussage bei dem Spiel ... Du weißt schon, die letzte Frage, die du zuerst nicht beantworten wollest.« Er macht eine kurze Pause, in der ich ihn völlig fassungslos anstarre. »Deine Antwort hat mir Mut gemacht, denn sonst hätte ich mich vermutlich nie getraut, heute mit dir zu sprechen und dir sagen, was ich wirklich empfinde.«

Endlich kommen seine Worte bei mir an. David hatte tatsächlich die ganze Zeit über dieselbe Angst, unsere Freundschaft zu gefährden, wie ich. Ich lege ihm den Zeigefinger an die Lippen. Er soll bloß nichts mehr sagen, denn dann würde ich vermutlich in Tränen ausbrechen. Das alles ist einfach zu viel für mein Herz. Da sitzt der Mann meiner Träume vor mir und gesteht mir seine Gefühle. Der Mann, den ich selbst schon lange abgeschrieben hatte, aus Angst, ihn sonst von mir zu stoßen. Dabei hat er die ganze Zeit dieselben Sorgen mit sich herumgetragen wie ich.

Gott, wie konnten wir beide nur so blind sein? Wieso hatte ich nie den Mut gehabt ihn auf den One-Night-Stand anzusprechen? Vielleicht hätten wir uns all die Missverständnisse und den Kummer der vergangenen Wochen ersparen können, wären wir nur ehrlich zueinander gewesen?

Jetzt kann ich ein leises Lachen kaum noch verkneifen. Die ganzen Gedanken, die ich mir wegen ihm und Isabella gemacht habe, meine Eifersucht und der verzweifelte Versuch, meine Liebe zu David zu verdrängen, indem ich mich mit anderen Männern getroffen habe ... Das wäre alles unnötig gewesen, hätte einer von uns bloß den Mund aufgemacht!

»Sag jetzt bitte nichts mehr«, flüstere ich, greife mit beiden Händen in seinen Pullover und ziehe ihn zu mir, um ihn zu küssen. Fest presse ich meine Lippen auf seinen Mund, als hätten seine Worte in meinem Kopf einen Schalter umgelegt, einen regelrechten Kurzschluss verursacht. Nie im Leben habe ich mir träumen lassen, dass David etwas für mich empfinden könnte. Den Sex zwischen uns habe ich auf den Alkohol und den feucht-fröhlichen Abend geschoben, mir kaum Hoffnungen gemacht.

Und nun ist er hier und gesteht mir seine langjährige Liebe, die ich nie bemerkt habe. Gott, wie blind bin ich nur gewesen? Der Mann meiner Träume war die ganze Zeit vor meiner Nase, wohnte nur eine Tür weiter und ich habe mich immer wieder kopflos in neue Affären gestürzt, ohne auch nur einmal innezuhalten und in mich hineinzuhören. Vielleicht hätte ich schon vor dem One-Night-Stand erkannt, was ich wirklich für meinen besten Freund empfinde.

Der Kuss überrascht ihn viel weniger als mich selbst, denn er erwidert ihn sogleich zärtlich. Legt seinerseits seine Hände an meine Wangen und streichelt mich, übernimmt die Führung. Seine Zunge tastet spielerisch über meine Lippen, meine Mundwinkel, bis ich den Mund öffne und ihm Einlass gewähre. Vorsichtig umspielen sich unsere Zungen und ich genieße diesen Moment der Nähe mit ihm. In seinen Armen fühle ich mich endlich geborgen, vollständig und angekommen.

Seine Hände streicheln mich, fahren mir durch die Haare, bis sie auf meinen Schultern liegen bleiben. Auch ich erkunde ihn mit den Fingern, lege meine Hand in seinen Nacken und streichle durch das weiche Haar, das immer ein bisschen zerzaust aussieht.

Eigentlich habe ich mir diesen Moment viel romantischer vorgestellt. In einem noblen Restaurant bei Kerzenschein und Musik, nicht mich in Jogginghosen, ungewaschenem Haar und leicht beschwipst vom billigen Rotwein aus dem Discounter. Aber das ist egal. Alles ist egal, solange David mich liebt. Solange er meine Gefühle erwidert, sind die Umstände total nebensächlich.

Unser Kuss wird intensiver, fordernder. Auch unsere Hände scheinen bald nicht mehr genug davon zu haben, bloß sanft zu streicheln. Ich schiebe meine Hände unter sein Sweatshirt, berühre seine warme Haut, die meine Fingerkuppen leicht kribbeln lässt. Ich spüre sein Grinsen an meinen Lippen, das mich mutiger macht. Also streiche ich mit meinen Händen über seinen Bauch, bis ich sie wieder herausziehe und den Saum seines Sweatshirts umfasse, um es hochzuschieben. David unterbricht den Kuss und hilft mir, es auszuziehen. Das Shirt folgt augenblicklich. Ich will ihn erneut küssen, doch er hält mich zurück. Sein Gesicht ist so nah, dass ich seinen warmen Atem an meiner Wange spüren kann.

»Eins müssen wir noch mal klarstellen«, raunt er mir ins Ohr. Seine Stimme klingt plötzlich eine Oktave tiefer. »Mein schönstes Erlebnis mit dir war die Nacht nach der Weihnachtsfeier. Deine Küsse, deine Berührungen, dein leises Seufzen ... Ich habe mich nie glücklicher gefühlt als in dieser Nacht.«

Seine Worte lassen mein Inneres kribbeln, bringen meinen Körper regelrecht zum Beben.

»So ging es mir auch. Es hat mir so viel bedeutet, dass ich es immer noch nicht in Worte fassen kann. Und eine Antwort bin ich dir ebenfalls noch schuldig: Der Moment, in dem ich mich in dich verliebt habe, war, als du mich geküsst hast. Draußen im Hof nach meiner Weihnachtsfeier, als es plötzlich zu schneien begonnen hat. Vielleicht sogar schon früher, doch in diesem Augenblick ist es mir bewusst geworden.« Meine Stimme ist leise, kaum ein Flüstern. Davids Augen blitzen auf, ein warmes Lächeln liegt auf seinen Lippen und endlich überbrückt er die Distanz zwischen uns und küsst mich erneut, dieses Mal voller Hingabe und unbändigem Verlangen.

Seufzend gebe ich mich dem Kuss hin, fahre mit meinen Händen immer wieder über seinen Rücken und genieße die Wärme seiner Haut. Unsere Zungen umkreisen sich spielerisch, neckend, suchend. Alles in meinem Kopf verschwimmt zu einem einzigen Gefühl des Glücks, das ich nicht beschreiben kann. Ich fühle mich unglaublich leicht und so, als wäre ich nach einer endlos langen Reise endlich dort angekommen, wo ich hingehöre: nämlich in Davids Arme. Und genau dort werde ich bleiben.

Bald reicht es mir nicht, ihn bloß zu küssen, denn das Verlangen übernimmt die Oberhand und leitet mich. Ich löse mich von ihm und erhebe mich vom Sofa, ziehe meinen besten Freund an der Hand auf die Beine. Mit einer Kopfbewegung deute ich zur Tür und David versteht genau, wohin ich ihn führen will. Statt mir bloß ins Schlafzimmer zu folgen, umschlingt er mich von hinten mit seinen Armen und senkt seine Lippen auf meinen Hals. Meine Schritte werden langsamer, unkoordinierter und gemeinsam torkeln wir durch den Flur.

Ich neige meinen Kopf zur Seite, um David mehr Raum für seine Küsse zu geben, die er auf meinem Hals platziert. Seufzend stoße ich die Schlafzimmertür auf und mache einen Schritt aufs Bett zu. David lässt von meinem Hals ab und dreht mich in seinen Armen erneut zu sich um. Lange sehen wir uns schweigend an, denn dieser Moment bedarf keiner Worte. Wir wissen beide, was wir wollen, zu lange mussten wir auf diesen Augenblick warten. Das Feuer in meinem Inneren, das sein Küssen entfacht haben, brennt immer heißer und lässt mich jede Hemmung verlieren. Ohne viel Federlesen ziehe ich mir das Shirt über den Kopf und lasse es achtlos auf den Boden zu meinen Füßen fallen. Dann öffne ich den Verschluss meines BHs, um mir diesen ebenfalls auszuziehen.

Schwer atmend schaue ich zu David auf, der mich sogleich wieder in seine Arme zieht und sein Gesicht in meinem Dekolleté vergräbt. Schmunzelnd schlinge auch ich meine Arme um seinen Hals und presse ihn noch fester an mich. Gemeinsam taumeln wir rückwärts zu meinem Bett, auf das ich mich fallen lasse und ihn mit mir ziehe. David landet über mir. Er ist nicht überrascht, dass ich es so eilig habe, denn ihm geht es ebenso.

Keuchend recke ich mich ihm entgegen, und er liebkost meine Brüste mit seinen Lippen, während ich mir bereits Jogginghose und Slip über die Hüfte schiebe. Mühsam strampele ich das Kleidungsstück von meinen Füßen. David lässt von mir ab und richtet sich ebenfalls auf, um sich zu entkleiden.

Mein Puls beschleunigt sich bei seinem nackten Anblick, ich versuche meine Aufregung zu unterdrücken. Es ist ja nicht so, als hätte ich David nicht schon einmal nackt gesehen, schließlich hatten wir bereits Sex. Doch damals bin ich ziemlich betrunken gewesen, heute hingeben bin ich trotz des Champagners im vollen Beisein meiner geistigen Fähigkeiten, um diese Situation in vollen Zügen auszukosten. Heute fühlt sich alles neu und ungewohnt an, als wäre es mein erstes Mal. Und irgendwie ist es das auch, denn heute schlafe ich zum ersten Mal mit einem Mann, den ich aus tiefstem Herzen liebe. Denn all meine vergangenen Partner können David nicht das Wasser reichen.

Mein bester Freund grinst mich frech an. »Was ist los? Habe ich dir die Sprache verschlagen?«

Kichernd strecke ich meine Arme nach ihm aus und er folgt meiner Aufforderung. Eng schmiege ich mich an ihn und spreize die Beine, damit er mehr Platz hat.

»Ich kann es kaum erwarten«, flüstere ich in sein Ohr, merke, wie David kurz die Luft anhält, bevor er mich ansieht und mir einen langen Kuss gibt. Mit den Händen streicht er über meine Seiten. Jede seiner Berührungen ist mir so vertraut, als wären wir schon ewig zusammen. Und irgendwie sind wir das ja auch, immerhin kennen wir uns bereits unser halbes Leben. David kennt jedes meiner noch so kleinen Geheimnisse, jede Macke und jeden Fehler, den ich in den Jahren unserer Freundschaft gemacht und bereut habe. Wir haben jedes Hoch und Tief miteinander geteilt. Für mich war David immer schon der wichtigste Mensch gewesen, doch meine Liebe für ihn habe ich nie bemerkt, gerade weil mir unsere Freundschaft so viel wert war. Nun liege ich in seinen Armen, spüre seine warme Haut an meiner und kann gar nicht glauben, dass alles wirklich real ist. Dass wir endlich geschafft haben, über unseren Schatten zu springen und das zuzulassen, was so lange verleugnet wurde.

»Hast du Kondome da?«, fragt er und seine Stimme klingt heiser, voller Erregung. Auch mein Körper ist bis aufs Äußerste gespannt, ich kann kaum klar denken, so sehr verlangt es mich nach David.

»Ja«, hauche ich atemlos. »In der Schublade. So wie beim letzten Mal.«

David beendet seine Streicheleinheiten, was eine kurze Welle der Enttäuschung durch meinen Körper jagt, und zieht meine Nachttischschublade auf.

Mein bester Freund zögert nicht lange, streift sich ein Kondom über und platziert sich erneut zwischen meinen Schenkeln, um endlich in mich einzudringen. Mit einem zufriedenen Seufzer spreize ich die Beine etwas mehr, um ihn noch näher zu spüren. Keuchend schlinge ich meine Arme um seinen Hals, ziehe ihn noch enger an mich und küsse ihn. Hungrig erwidert er meinen Kuss, während er sich langsam in mir bewegt, dann immer schneller wird. Unsere abgehakte Atmung ist das einzige Geräusch im Raum, das sich mit unserem wilden Herzschlag mischt. Unsere Küsse verlieren an Intensität. Sanft streichen seine Lippen über meinen Mund, geben mir ein Gefühl von Zufriedenheit. Alles um mich herum verliert an Bedeutung, nur noch die Nähe zu diesem Mann, den ich über alles liebe, zählt für mich. Diesen Mann will ich nie wieder loslassen, denn es hat so viele Jahre gedauert, bis wir uns endlich gefunden haben.

Noch enger presse ich mich an ihn, spüre dabei das Glück heiß durch meine Adern fließen. Nirgends auf der Welt würde ich jetzt lieber sein als hier in Davids Armen. Denn das ist der Ort, wohin ich gehöre. Heute und für immer.

***

Ich kuschle mich an David, lege meinen Kopf an seine Schulter und schließe die Augen. Mein Herz rast immer noch wie verrückt. Die letzten Stunden ziehen wie ein Film an mir vorbei, ich kann kaum glauben, dass wir hier nebeneinander in meinem Bett liegen, völlig ermattet und zutiefst befriedigt.

»Jetzt haben wir das Feuerwerk verpasst«, meint er und unterdrückt ein Gähnen. Seine Finger spielen mit einer meiner Haarsträhnen. Ich schenke ihm ein Lächeln, in das ich all meine Gefühle lege. Dieser Moment mit ihm war viel zu schön, als das ich auch nur einen Gedanken an Silvester verschwendet hätte. Das neue Jahr hat ohne uns begonnen.

»Das ist mir egal. Neben dir zu liegen ist eindeutig besser. Und ich finde, das ist ein verdammt guter Start ins neue Jahr«, erwidere ich und hauche ihm einen kurzen Kuss auf die Schulter, bevor ich mich noch enger an ihn schmiege. David schlingt die Arme um mich, hält mich fest.

»Was ist dein Neujahrswunsch?«, raunt er mir ins Ohr, nachdem wir eine Weile schweigend nebeneinandergelegen haben. Sein Dreitagebart kitzelt meine Wange. Über meine Antwort muss ich nicht lange nachdenken, denn ich weiß ganz genau, was ich mir wünsche.

»Dass wir nächstes Weihnachten zusammen verbringen. Als Paar«, antworte ich geradeheraus. David grinst mich an.

»Das lässt sich einrichten.« Sein Versprechen besiegelt er mit einem Kuss.